Armin A. Alexander

QEL-250

AF200960

Armin A. Alexander

QEL-250

Thriller

Bibliografische Information der Deutschen Nationalbibliothek
Die Deutsche Nationalbibliothek verzeichnet diese Publikation in der Deutschen Nationalbibliografie;
detaillierte bibliografische Daten sind im Internet über
http://dnb.d-nb.de abrufbar.

© 2019 Armin A. Alexander
Erste Auflage April 2019
Umschlag, Umschlagphoto und Satz:
Armin A. Alexander
Gesetzt aus der Libertinus Serif 11/13 pt (Scribus SVN, Linux)
Herstellung und Verlag:
BoD – Books on Demand GmbH, Norderstedt
ISBN: 978-3-7494-3700-9

http://blog.arminaugustalexander.de

1.

»Mit diesen Worten möchte ich meine Ansprache zu unserer diesjährigen Weihnachtsfeier abschließen. Ich wünsche allen Mitarbeitern der Forschungsabteilung III ein frohes Fest und ein erfolgreiches 1985 und hoffe, Sie im neuen Jahr wieder in gewohnter Frische begrüßen zu dürfen.«

Doktor Sieberts etwa achtminütige Ansprache blieb sich seit Jahren im wesentlichen gleich. Selbst diese acht Minuten schienen vielen noch zu lang, nicht einmal so sehr, weil er dabei den Chef herauskehrte, sondern auf eine Weise näselte, die bereits die Grenze des Erträglichen überschritt, was jedem, außer ihm auffiel. Er war ein kleiner, vierschrötiger Mann mit grauen Augen und schütterem Haar, trug stets graublaue Maßanzüge mit farblich schlecht darauf abgestimmten Krawatten und galt als mittelmäßiger, dafür umso pedantischer Kaufmann. Ohne einen im Aufsichtsrat sitzenden Onkel wäre er nicht zum Leiter der Forschungsabteilung III der Berger-Chemie aufgestiegen.

Ihm wurde nur der Form halber Beifall gespendet, danach wandte sich jeder wieder dem Glas Sekt, das er in der Hand hielt und seinem Gesprächspartner zu. Im Anschluß seiner Ansprachen zog er sich meist in sein Büro zurück, in den Labors ließ er sich nur blicken, wenn es ihm unumgänglich erschien.

»Er hält wirklich jedes Jahr die gleiche Ansprache«, bemerkte Bertram Schulz, von einem künstlichen Seufzer begleitet, zu Helene Jagenberg.

»Kann schon sein. Ich habe nicht sonderlich darauf geachtet«, erwiderte sie abweisend, seine Gegenwart war ihr lästig.

Sie drehte das Sektglas ungeduldig in den schlanken, unberingten Händen mit den halblangen dunkelrot lackierten Nägeln.

Schulz stand im Ruf des Don Juans der Abteilung. Laut unbestätigten Gerüchten soll er bald jede Kollegin gehabt haben, die halbwegs hübsch war. Er war durchaus attraktiv mit einem gewissen, allerdings aufdringlichen Charme, kleidete sich in modischer Eleganz und roch nach teurem Aftershave. In seiner ›Sammlung‹ fehlte allein Helene, die ihm aber die kalte Schulter zeigte, was ihn nicht ruhen ließ. Sie war überdurchschnittlich groß, was ihren zum Kräftigen tendierenden Körper schlanker wirken ließ, mehr rote als braune taillenlange Locken, braune, unter dichten, nicht unschönen Brauen liegende Augen, ein mehr rundes als ovales Gesicht, mit stets perfektem Make-up, einer Vorliebe für kurze Röcke und hohe Absätze, wodurch ihre Beine mit den muskulösen Schenkeln, schön geschwungenen Waden und schmalen Fesseln besonders lang wirkten. Ihren üppigen Busen betonte sie mit enganliegenden Oberteilen. Sie hatte ihr Chemiestudium zügig abgeschlossen und war mit ihrer Dissertation bereits zur Hälfte fertig, als die meisten ihrer Kommilitonen, die mit ihr begonnen hatten, das Thema ihrer Diplomarbeit eingereicht hatten. Von Hause aus war sie finanziell gut gestellt, so daß sie sich manchen Luxus gönnen konnte.

»Sie sind etwas streng mit mir«, verzog Schulz leicht pikiert das Gesicht, es war aber zu aufgesetzt, so daß er damit bei ihr das Gegenteil erreichte.

Ostentativ wandte sie ihm den Rücken zu und begann eine Unterhaltung mit einer jungen Laborantin. Schulterzuckend zog er ab. Die wievielte Abfuhr mochte sie ihm wohl gerade erteilt haben? Er konnte es nicht mehr sagen.

»Er hält aber auch wirklich jedes Jahr dieselbe Rede«, seufzte die Laborantin.

»Nun ja«, meinte Helene achselzuckend. »Ihm wird wahrscheinlich nichts Besseres einfallen. Mit einer mehrfach erprobten Rede kann man wenig falsch machen. Letztlich sind Weihnachtsfeiern immer irgendwo gleich.«

»Da haben Sie vermutlich recht, Frau Doktor Jagenberg«, fuhr die junge Laborantin fort, ohne zu bemerken, wie Helene leicht säuerlich das Gesicht verzog. Sie mochte es nicht, auf der Arbeit von den Laboranten mit ›Frau Doktor‹ angeredet zu werden, für sie hatte das den unangenehmen Beigeschmack des Einschmeichelns. »Was soll man schon zu so einem Anlaß sagen?«

Helene enthielt sich einer Antwort. Ginge es nach ihr, würden zu solchen Anlässen nicht nur keine Reden gehalten, sondern Betriebsfeiern zu den unausweichlichen Jahrestagen ganz unter den Tisch fallen. Sie warf einen ungeduldigen Blick auf ihre Uhr. Warum Gemeinsinn heucheln, wenn man den Rest des Jahres, obwohl man unter der Woche täglich mindestens acht Stunden miteinander verbrachte, aber selten ein privates Wort wechselte und dazu neigte, in den Kollegen Konkurrenten auf die nächste Beförderung zu sehen und die Vorgesetzten es zur Selbstdarstellung nutzten? Schon in der Schule waren ihr solche Feiern zuwider gewesen.

»Wie werden Sie die Festtage verbringen«, riß die Laborantin sie aus ihren Gedanken.

»Ich werde meinen Vater in Wolfach besuchen wie jedes Jahr. Er ist froh, seine Tochter wenigstens über die Feiertage bei sich zu haben. Übers Jahr sieht er von mir ja nicht viel«, sagte sie höflich und bemüht, es nicht allzu gekünstelt klingen zu lassen, während sie sich leicht ungehalten mit der Linken eine Locke aus der Stirn strich.

»Er ist Arzt, nicht wahr?«

»Ja«, war Helene weiterhin bemüht, ihre Ungeduld nicht allzu offen zu zeigen.

Sie schaute bereits zum vierten Mal innerhalb von fünfzehn Minuten auf die Uhr.

»Es gibt nichts Schöneres, als das Weihnachtsfest im Schoß der Familie zu verbringen«, entgegnete die Laborantin – Helene versuchte sich an ihren Namen zu erinnern – mit verklärtem Gesichtsausdruck, ohne sich ihres abgegriffenen Allgemeinplatzes bewußt zu sein.

Wie würde sie wohl reagieren, wenn sie ihr sagte, daß sie das Weihnachtsfest am liebsten mit Sex mit einem potenten Mann verbringen würde? Aber sie würde es nicht sagen, es brachte nichts, die Gefühle anderer zu verletzen. Warum machten solche Anlässe sie immer aggressiv? Sie war doch sonst nicht so. Schulz schaute sie wieder an, als wollte er gleich über sie herfallen. Wann verstand er endlich, daß er der letzte Mann war, mit dem sie vögeln wollte? Er war weder ihr Typ, noch glaubte sie, daß er so gut sei, um vorbehaltlos auf ihre Kosten zu kommen. Daß er es mit so gut wie jeder trieb, war ihr dagegen herzlich egal.

Nach einem erneuten Blick auf die Uhr entschied sie, dem Anstand genüge geleistet zu haben und sich empfehlen zu können.

»Für mich wird es Zeit.« Sie stellte ihr halbgeleertes, schales Glas Sekt auf dem nächsten Tisch ab. »Ich will morgen früh losfahren und muß noch packen.«

Ehe die Laborantin zu einer Entgegnung ansetzen konnte, hatte sie den Konferenzraum verlassen. Schnellen Schrittes ging sie über den menschenleeren Flur zu ihrem Büro, nahm den Mantel von der Garderobe, legte ihn über den Arm und nahm Handtasche und Aktenkoffer – ein Designerstück, ein Geschenk ihres Vaters zu ihrem fünfunddreißigsten Geburtstag vergangenen Mai. Auf dem Weg zum Fahrstuhl mußte sie an Schulz' Büro vorbei, in dem noch Licht brannte. Noch vor wenigen Minuten hatte sie ihn auf der Feier gesehen. Es sah ihm ähnlich, das Licht brennen zu lassen. Sie öffnete die Tür weit genug, um nach dem Lichtschalter greifen zu können. Noch rechtzeitig sah sie, daß er das Büro doch nutzte, wenn auch anders als üblich. Irmgard Reuter, Sieberts Sekretärin, eine attraktive, große korpulente Blondine Ende dreißig, war bei ihm. Sie hatte den Ruf, mit jedem Mann zu vögeln, der ihr gefiel und an Beziehungen nicht interessiert zu sein. Obwohl Helene sie mochte, weil sie bei den Männern den Ton angab, wollte sich keine Bekanntschaft zwischen ihnen aufbauen. Irmgard saß auf dem Schreibtisch, den Rock fast bis zur Taille hochgeschoben, so daß nicht nur die Ränder ihrer Halterlosen zu sehen waren, sondern auch das dichte, dunkle Schamhaar. Die Bluse hatte sie bis zum Nabel geöffnet, die großen schweren Brüste waren vom BH befreit. Er stand leicht seitlich. Sie küßten sich genüßlich, während er ihre Brüste massierte und sie ihm die Hose öffnete. Geräuschlos zog Helene sich zurück, nicht aus Diskretion, sondern weil sie keine Lust hatte, sich vom Anblick eines vögelnden Paares erregen zu lassen, von dem einer Bertram Schulz war.

Ihr gönnte sie es. Sie schien tatsächlich *jeden* zu nehmen! Wer weiß, wie oft sie bereits miteinander gevögelt hatten? Letztlich konnte ihr das egal sein.

Der Fahrstuhl kam relativ schnell. Sie betrat ihn und drückte auf den Knopf für die unterste Ebene der Tiefgarage.

Sie wollte nicht wissen, wie viele Quickies auf solchen Betriebsfeiern stattfanden und erinnerte sich, daß sie vor einigen Jahren auch mit einem Kollegen auf einer Betriebsfeier gevögelt hatte, allerdings in einer anderen Firma.

Der Fahrstuhl erreichte sein Ziel. Die Tür öffnete sich mit leisem Surren. Kühle, von Benzindämpfen erfüllte Luft schlug ihr entgegen. Es war still in der hell erleuchteten Tiefgarage, die über drei Geschosse reichte und über ebenso viel Fläche verfügte wie der Büro- und Verwaltungstrakt. Wer sich hier nicht auskannte, konnte sich problemlos verirren. Viele Fahrzeuge standen nicht mehr hier. Es war weit nach dem offiziellen Feierabend an einem Freitag. Daran denkend, daß sie ihren Mantel besser übergezogen hätte, ging sie leicht fröstelnd zu ihrem Wagen. Sie mußte, während das Klacken ihrer hohen Absätze auf dem Beton weithin schallend zu hören war, an die Kriminalfilme denken, in denen ein ahnungsloses Opfer, vorzugsweise eine schöne Frau wie sie, durch die Weiten einer solchen Tiefgarage ging, bis plötzlich hinter dem nächsten Pfeiler der maskierte Täter auftauchte, um sie in eine Ecke zu zerren und zu vergewaltigen oder sonst etwas mit ihr zu machen, das einen mutigen Helden auf den Plan rief. In der Gewißheit schmunzelnd, daß hierhin ebensowenig ein Unbefugter gelangen konnte, wie in den Tresor einer Bank, erreichte sie ihr luxuriöses Cabriolet. Sie schloß die Fahrertür auf und legte Aktenkoffer, Handtasche und Mantel auf den Beifahrersitz. Dann stieg sie ein und schlug die Tür zu, was laut durch die Tiefgarage hallte. Sie lehnte sich erleichtert zurück, schließlich warteten einige Tage ohne Siebert und vor allem ohne Schulz auf sie.

Sie startete den Motor, schaltete die Scheinwerfer ein und fuhr im Schrittempo zur Ausfahrt. Beim Verlassen der Tiefgarage mußte sie die Scheibenwischer einschalten, es hatte zu schneien begonnen. Der Himmel war seit zwei Tagen mit schweren Schneewolken verhangen, die nach rund einer Woche Frost aufgezogen waren, ohne daß es ein Quentchen wärmer geworden wäre. Eine dünne Schneedecke überzog bereits die Straßen. Sie hatte schon vor drei Wochen Winterreifen aufziehen lassen. Schließlich mußte sie um diese Jahreszeit im Schwarzwald mit verschneiten Straßen rechnen. Nun würden es auf der gesamten Strecke der Fall sein.

Minütlich nahm der Schneefall an Intensität zu, was gut im Licht der Straßenlaternen und der Scheinwerfer zu sehen war. Der Verkehrsfluß verlangsamte sich im gleichen Maße, wie der Schneefall sich steigerte. Trotz wiederholter Warnungen in Radio, Fernsehen und Zeitung fuhr die Mehrheit noch mit Sommerreifen. Sie stellte sich auf eine längere Heimfahrt ein und die Heizung hoch.

Sie brauchte über als eine Stunde länger zu ihrer in einem rechtsrheinischen Kölner Vorort gelegenen Wohnung. Bei dieser Witterung war sie froh, daß zum Haus eine Tiefgarage gehörte. Das Haus war fünfgeschossig mit zwei geräumigen Wohnungen je Etage. Die großen Balkone waren terrassenförmig angelegt, gingen nach hinten hinaus und boten einen ungehinderten Blick auf den Rhein.

Sie bog in die schmale Straße ein. Nur noch wenige Minuten

und sie war im Warmen. Auf der Fahrbahn lag bereits dick der Schnee. Sie reduzierte auf Schrittempo. Der Schnee knirschte unter den Reifen. Ein junger Mann stapfte eilig durch den Schnee. Er hatte den Kragen seiner Jacke hochgeschlagen und den Blick gesenkt, damit ihm der Schnee nicht zu sehr ins Gesicht geweht wurde. Vor ihr versuchte ein Mann seinen Wagen, offenbar noch mit Sommerreifen, in die verschneite Einfahrt eines Hauses zu manövrieren. Sie bremste behutsam ab, um dem Wagen keine Möglichkeit zum Ausbrechen zu geben. Seiner dagegen war ins Schleudern geraten und blockierte nun die Straße. Er warf ihr einen entschuldigenden und zugleich leicht verzweifelten Blick zu. Sie nickte freundlich zurück, um seine Nervosität nicht noch mehr zu steigern. Innerlich konnte sie über soviel Naivität, zu dieser Jahreszeit noch mit Sommerreifen zu fahren, nur den Kopf schütteln. Sie wartete geduldig, bis es ihm im vierten Anlauf gelang, ohne erneut ins Schleudern zu geraten, in die Einfahrt zu fahren. Dann fuhr sie weiter. Fast zehn Minuten hatte das Manöver sie aufgehalten.

Die Tiefgarageneinfahrt zu ihrem Haus war bereits größtenteils vom Schnee befreit, obwohl es noch immer heftig schneite. Sie hielt vor dem Gitter, das Unbefugten die Zufahrt verwehrte, ließ das Fenster hinunter, steckte den Garagenschlüssel ins Schloß und drehte ihn um. Surrend und leicht quietschend fuhr das Gitter nach oben. Sie ließ den Wagen langsam hindurchrollen. Nachdem sie die Lichtschranke passiert hatte, senkte sich das Gitter wieder, diesmal laut ratternd und nicht quietschend. Sie fuhr auf ihren Stellplatz und stellte den Motor ab. Schlagartig umgab Stille sie.

In der Wohnung legte sie ihre Sachen auf der breiten, bequemen Couch ab, ehe sie in die Küche ging und sich ein Glas Cola einschenkte, das sie in einem Zug leerte, während sie rücklings an der Anrichte lehnte. Der Sekt hatte einen unangenehmen Geschmack hinterlassen. Sie drehte das leere Glas gedankenverloren in der Hand und dachte an ihren Vater, den sie sehr mochte. Im vergangenen Sommer hatte er seinen Sechzigsten gefeiert, wirkte aber gut zehn Jahre jünger und hatte die Dynamik eines Mannes ihres Alters. Er war etwas größer als sie. Ihre Mutter, an die sie keine Erinnerung besaß, hatte Mann und Tochter von einem Tag auf den anderen verlassen, als sie ein Jahr alt war, und nie wieder etwas von sich hören lassen. Das entsprach zwar nicht ganz den Tatsachen, sie schrieb ihrem Vater jedes Jahr zu Weihnachten eine Karte mit einem kurzen Gruß ohne Absender. Laut den Poststempeln kam sie viel in Europa herum. Offiziell waren ihre Eltern noch immer verheiratet. Er hatte sich nie scheiden lassen. Sie hatte nie nach dem Grund gefragt. Überhaupt sprach er nur selten und dann sehr allgemein mit ihr über ihre Mutter. Sie wußte letztlich nicht viel mehr wie ihr Alter und wie sie kurz vor ihrem Weggang ausgesehen hatte, weil sie Fotos von ihr gesehen hatte. Sie sah ihrer Mutter ähnlich. Bis zum Beginn der Pubertät hatte sie nie eine Freundin ihres Vaters kennengelernt, obwohl sie schon relativ früh wußte, daß er immer eine hatte. Erst nachdem sie ihren ersten Freund mit nach Hause gebracht hatte, stellte er ihr die erste vor. Es waren ausnahmslos attraktive und gebildete Frauen, einige sogar verheiratet, manche in seinem Alter, manche jünger, und als er noch keine vierzig war, einige sogar älter. Sie hatte sie nie gezählt. Manche seiner Beziehungen dauerten ein Jahr, viele etwa ein halbes bis ein Jahr, wenige kürzer und gelegentlich kaum länger als eine Nacht. Ihre Beziehungen unterschieden sich bezüglich der Dauer kaum von denen ihres Vaters, was sie relativ gleichgültig ließ. Zu einigen Freundinnen ihres Vaters hatte sie freundschaftliche Beziehungen aufgebaut. Die Dauer seiner derzeitigen Beziehung schien in einen persönlichen Rekord zu münden, sie erstreckte sich bereits über annähernd drei Jahre. Sie hoffte, daß er bei ihr bliebe. Wie es schien, wollte er es auch. Sie würde wahrscheinlich die Feiertage mit ihnen verbringen, wie im letzten Jahr.

Sie stellte das Glas in die Spüle, ging ins Wohnzimmer, legte eine Platte auf, zog die Jacke aus, ließ sich in die Polster der Couch sinken, streifte die Schuhe von den Füßen, legte die Beine auf den Couchtisch und lauschte der Musik.

2.

Der intensive Schneefall ließ erst in den frühen Morgenstunden langsam nach. Als um acht Uhr der Wecker summte und Helene aus dem Tiefschlaf riß, hatte er fast aufgehört. Der Himmel war weiterhin wolkenverhangen, das Thermometer um zwei Grad gesunken, so daß an Tauwetter nicht zu denken war.

Sie räkelte sich in ihrem breiten, kunstvoll verzierten Metallbett zwischen dunkelblauen Satinlaken. Wie nahezu jeden Morgen beobachtete sie das Bild, das der dem Bett gegenüberstehende und von Wand zu Wand reichende Spiegelschrank von ihr zurückwarf, wenn sie durch das dämmrige Winterlicht auch nicht allzuviel von sich sah. Sie betrachtete sich gerne im Spiegel, besonders beim Sex. Sie war stolz darauf keine Silikoneinlagen zu benötigen. Sie stand auf, legte einen seidenen Kimono über die Schultern und ging ins Bad.

Nach einer kurzen Dusche und einem schnellen Frühstück rief sie ihren Vater an, der sich verschlafen meldete. Da er gewöhnlich um diese Zeit bereits munter war, auch an einem Samstag, mußte es gestern spät geworden sein. Als sie im Hintergrund die Stimme seiner Freundin und das Rascheln von Stoff vernahm, wußte sie, daß er im Schlafzimmer abgenommen hatte. Sie mußte schmunzeln und war zugleich froh, daß er immer noch über ein geregeltes Liebesleben verfügte.

»Was kann ich für dich tun, Tochter«, unterdrückte er ein Gähnen.

Er nannte sie selten beim Vornamen, sondern meist ›Tochter‹.

»Nichts, ich wollte dich nur wecken«, lachte sie. »Nein, ernsthaft, ich wollte Bescheid sagen, daß ich bald losfahre.«

»Du bist also auch erst aufgestanden.«

»Nein, ich bin schon länger auf. Ich habe bereits geduscht und gefrühstückt.«

»Allein?« Die Hoffnung, daß dem nicht so wäre, war nicht zu überhören.

»*Ganz* allein. *In* mir hält es halt kein Mann lange aus.«

»Für die frühe Stunde bist du schon ganz schön frivol«, tadelte er sie nur schwach.

»Ich erinnere dich daran, daß du das auch ganz gut kannst«, lachte sie aufgekratzt. »Ich will dich nicht länger stören. Grüße Annegret von mir. Und, Papa ...«

»Ja, Kind?«

»Sei lieb zu ihr. Sie verdient es.«

»Du kennst doch deinen alten Vater.«

»Eben drum«, meinte sie grinsend. »Bis heute Abend, Papa.«

Sie legte auf.

Auf der Höhe von Baden-Baden dämmerte es bereits. Am späten Nachmittag war es aufgeklart. Die Autobahnen waren zwar größtenteils vom Schnee geräumt, dennoch floß der Verkehr nur langsam. Sie verließ die Autobahn und fuhr weiter auf der Schwarzwaldhochstraße, die nur vereinzelt geräumt war. Der Mond schien von einem eisigen, klaren Himmel herab. Die dichte Schneedecke verhinderte, daß es richtig dunkel wurde und tauchte die Landschaft in ein gespenstisches Licht. Sie dachte an die Märchen und Geschichten von Hexen, Zauberern und anderen sonderbaren Gestalten, die in solch verschneiten, dunklen Tannenwäldern lebten. Es hätte sie nicht sonderlich überrascht, wäre hinter einer Kurve eine solche im Scheinwerferlicht aufgetaucht.

Sie erreichte Wolfach etwa eine Stunde vor Mitternacht. Der Ort wirkte um diese Zeit wie ausgestorben, nur die Hauptstraßen waren geräumt. Fast wäre sie im Schnee stecken geblieben, als sie in die Straße einbog, die zum Haus ihres Vaters führte, einem klassischen Schwarzwaldhaus. Ihr gelang es, im ersten Gang und im Schrittempo die Einfahrt zu erreichen, parkte hinter dem Geländewagen ihres Vaters und schaltete den Motor ab.

Kaum hatte sie den Schlüssel aus dem Schloß gezogen, wurde die Haustür geöffnet und ihr Vater und Annegret kamen heraus. Er strahlte, als hätte er seine Tochter jahrelang nicht gesehen. Annegret war dick vermummt. Ihr Vater dagegen trug lediglich einen Rollkragenpullover aus dicker Wolle und einen Kaschmirschal um den Hals, den Helene ihm letztes Weihnachten geschenkt hatte. Ihm schien die Kälte nicht viel auszumachen, die ihr entgegenschlug, als sie die Wagentür öffnete. Sie fror, trotz des Angorapullovers, der dunkelgrauen Lederhose, der Angorauntewäsche und der gefütterten Stiefel. Ihre warme Daunenjacke lag noch auf dem Beifahrersitz.

»Da bist du ja endlich, Tochter.«

Annegret hielt sich im Hintergrund. Wenngleich sie sich gut mit Helene verstand, fühlte sie sich bei Szenen zwischen Vater und Tochter noch immer als Fremde.

»Obwohl es nicht überraschen sollte, daß ich bei dieser Witterung bedeutend länger von Köln benötige, hast du sicherlich seit acht Uhr keine ruhige Minute mehr zugebracht«, stellte sie fröhlich fest, während sie ausstieg und sich die Daunenjacke über die Schultern legte. »Ich kenne doch meinen alten Herrn. Guten Abend, Annegret.«

Annegret erwiderte ihren Gruß mit einem herzlichen Nicken.

Sie war eine sehr hübsche Frau. Sie konnte ihren Vater verstehen, daß er mit ihr zusammen war.

Annegret, rotblond, eher zierlich, Mitte vierzig, war eine im Privaten meist zurückhaltende, sympathische Frau mittlerer Größe – zwischen Helene und ihrem Vater fühlte sie sich klein geraten. Als Chefredakteurin einer Modezeitschrift kleidete sie sich nachvollziehbar damenhaft chic.

»Du kennst doch deinen alten Vater«, meinte er achselzuckend, während er die Reisetaschen aus dem Kofferraum hievte, den Helene aufgeschlossen hatte.

»Je oller, je doller«, grinste sie.

»Rotzfrech wie immer«, bezahlte er mit gleicher Münze.

»Von wem ich das wohl habe«, meinte sie lapidar, während sie den Kofferraumdeckel schloß.

Annegret stand schon wieder in der Tür, die sie schloß sie, als Vater und Tochter im Haus waren.

»Eisig.« Sie schüttelte sich und schälte sich aus der Pelzjacke.

»Das stimmt. In Köln war es schon kalt, was immer etwas heißen will. Ist es bei uns kalt, ist es wirklich kalt im Land, aber hier ist es ja kaum wärmer als in einer Tiefkühltruhe.«

»Ihr seid zu empfindlich. Ihr sitzt zuviel in euren warmen Büros. Ihr müßtet mehr draußen sein.«

»Danke, aber ich bin froh, wenn ich Anfang Januar für einige Tage beruflich nach Mailand muß«, war Annegret alles andere als begeistert von dem Vorschlag. »Da ist es etwas wärmer als hier – hoffe ich jedenfalls.«

»Du hast bestimmt Hunger, Tochter?«

»Und wie! Ich habe mich schon auf der Herfahrt auf deine Kochkünste gefreut.«

»Kochen kann dein Vater ausgezeichnet. Ich fürchte immer um meine Figur, wenn ich bei ihm bin.«

»Das kannst du jemandem erzählen, der sich die Hose mit der Zange anzieht. Annegret, du nimmst prinzipiell nicht zu, ganz gleich, was du ißt, und willst stets einen Nachschlag.«

»Mein Vater, charmant wie eh und je.«

»Setzt euch an den warmen Kamin, sonst erfriert ihr mir noch. Ich serviere gleich das Essen.«

»Deinen Worten entnehme ich, daß ihr auf mich gewartet habt.« Helene war nicht überrascht.

»Du kennst doch dein Vater.«

Helene zuckte mit den Achseln. Und ob sie ihn kannte! Eine bessere Mutter konnte sich kein Kind wünschen.

Nach dem Essen, an dem sich nicht nur Helene reichlich bediente, saßen sie bei heißem Tee vorm warmen Kamin.

»An was arbeitet ihr derzeit? Es ist nicht allein die Neugierde eines Vaters, sondern das Interesse des Arztes, schließlich will ich wissen, was in Zukunft an brauchbaren und weniger brauchbaren Medikamenten auf mich zukommt.«

»Stimmt«, pflichtete Helene ihm lachend bei, »es gibt eine Menge weniger brauchbarer und auch einige überflüssige Medikamente auf dem Markt, irgendwie muß den Patienten ja das überzählige Geld aus der Tasche gezogen werden. Nein, ernsthaft, wir arbeiten derzeit an etwas alltäglichem, einem Mittel gegen Rheuma, nichts was einen Nobelpreis bringen könnte, aber das hoffentlich einigen Linderungen verschafft. Es handelt sich nicht unbedingt um etwas Neues, soll aber besser verträglich sein, erfolgt die Einnahme über einen längeren Zeitraum. Siebert hat dem Mittel intern die Bezeichnung QEL-250 gegeben. Bisher hat noch niemand herausgefunden, nach welchem Muster er sie vergibt.«

»Dieser Siebert ist dir nicht sonderlich sympathisch«, entnahm Annegret ihrem Tonfall.

»Siebert ist eigentlich niemandem sympathisch. Er wird zwar von vielen respektiert, aber ich wüßte nicht, zu wem im Unternehmen er ein engeres Verhältnis hätte. Nicht einmal Irmgard, die seit bald vier Jahren seine Sekretärin ist, besitzt so etwas wie ein Vertrauensverhältnis zu ihm, obwohl sie es eigentlich haben müßte.«

»Irmgard, das ist doch die scharfe, dralle Rothaarige, von der du mir schon erzählt hast«, warf ihr Vater ein und erntete darauf den strengen Blick Annegrets, die Machoausdrücke nicht mochte.

»Entschuldige, bitte, Anne, aber *die* Beschreibung stammt von meiner Tochter. Ich kenne diese Irmgard überhaupt nicht! Ich weiß nur, daß Helene gerne Freundschaft mit ihr schließen würde, sie aber offenbar nicht.«

»Sie will es nur darum nicht, weil sie bisexuell ist und ich nicht und sie an mir sexuell interessiert ist.«

»Letzteres kann ich nachvollziehen. Du bist schließlich eine gut aussehende Frau. Warum sollst du nicht auf Frauen und Männer gleichermaßen wirken«, meinte Annegret.

»Mir genügen die Männer«, entgegnete Helene kurz angebunden.

»Als Arzt würde ich deine Reaktion dahin deuten, daß du deine potentielle Homosexualität verdrängst«, meinte ihr Vater streng, dem es mißfiel, wenn jemand Annegret eine barsche Antwort gab.

»Quatsch«, reagierte Helene unwirsch. »Ich habe keine homosexuellen Neigungen. Eine Frau könnte mich nicht ansprechen, zumindest nicht sexuell.«

»Nun, als du mir von ihr erzähltest, hatte ich einen anderen Eindruck. Ich will dich zitieren: ›Sie hat schöne, lange, lockige, rote Haare, sinnliche Lippen, einen erstaunlich großen Busen, lange Beine mit kräftigen Schenkeln und schmalen Fesseln, sensible Hände. Ihre oft engen Röcke und die hohen Absätze ihrer Schuhe modellieren auf sehr anregende Weise ihren festen breiten Hintern heraus.‹ Du schwärmtest mir so von dieser Frau vor, wie du es gewöhnlich bei einem Mann tust, der dir gefällt. Das will zwar nichts heißen, aber ich glaube, daß du wie jeder Mensch einen homosexuellen Part in dir hast.«

»Papa, ich habe wirklich keine lesbischen Neigungen, glaube mir, sexuell läßt mich mein eigenes Geschlecht weitgehend kalt! Wahrscheinlich war ich ganz schön angesäuselt, als ich dir das erzählt habe, zumindest kann ich mich nicht daran erinnern.« Das entsprach nicht ganz den Tatsachen, wenn sie sich auch nur bruchstückhaft erinnerte.

»Eine schöne Frau kann mich durchaus sexuell ansprechen«, warf Annegret ein. »Ich hatte schon lesbische Erfahrungen, dein Vater weiß davon. Es war sehr schön. Solange die meisten Männer, von deinem Vater einmal abgesehen, meinen, daß allein ein strammer ›Junge‹ für eine Frau das alleinige Seelenheil bedeutet, solange wird man als Frau gerne die Zärtlichkeit einer anderen Frau in Erwägung ziehen. Eine Frau weiß oft besser, was eine Frau gerne hat. Natürlich gibt es auch Männer, die es wissen«, fügte sie hinzu und schaute Helenes Vater liebevoll an.

»Das mag ja alles stimmen, nur bei mir ist es anders«, hatte Helene keine Lust auf eine Fortsetzung dieser Debatte, nicht nur, weil sie fürchtete, sich in Widersprüche zu verstricken, sondern weil sie ihre Reaktion längst selbst als überzogen ansah, es aber aus falschem Stolz nicht zugeben wollte. »Ich weiß nur, daß keiner zu Siebert irgendeinen persönlichen Kontakt hat, nicht mal Schulz, der doch sonst wirklich mit jedem gutfreund sein will. Gestern abend, als ich auf dem Weg von meinem Büro zum Lift war, vögelten Irmgard und er in seinem Büro. Man muß sich eigentlich nur wundern, daß sie es überhaupt mit *ihm* macht«, sagte sie leicht verächtlich und spürte einen leichten Anflug von Eifersucht – ach verdammt, so falsch lag ihr Vater mit seiner Vermutung ja gar nicht!

»Vielleicht macht es ihr Spaß mit ihm«, vermutete ihr Vater. »Er mag beim Sex vielleicht anders sein.«

»Ich weiß nur, daß er nicht schwul ist«, entgegnete sie gereizt. »Ach, ich mag ihn einfach nicht! Er hat mich auf der Weihnachtsfeier schon wieder angebaggert!«

»Warum reagierst du auf das Thema Homosexualität eigentlich so heftig, das kenne ich nicht an dir? Von mir hast du das nicht. Ich kenne viele homosexuelle Menschen, die nicht anders sind wie wir *normale* Menschen. Als junger Mann habe ich einige in London kennengelernt, die wie deine Großeltern mit mir, vor den Nazis geflüchtet waren und die es dort oft genug auch nicht besser angetroffen hatten als bei dem irren Österreicher und seiner bayerischen Clique. Ich denke, du solltest als eine, die '68 mit dem Studium begonnen und sich in der Studentenbewegung engagierte, die seinerzeit alle Spielarten mitmachte, auch eine Zeit in einer der sogenannten Kommunen lebte, daneben noch ein vorbildliches Studium absolvierte, etwas mehr Toleranz einer Minorität gegenüber zeigen. Ihr hattet seinerzeit wirklich einige gute Ideen, nur scheint mir vieles davon mittlerweile in Vergessenheit geraten zu sein.«

»Ja, Papa, ich weiß. Ich bin auch froh, daß du nicht wie andere Eltern warst, die ihre Kinder nicht mehr verstanden und in uns nur langhaarige *Gammler* sahen. Ich muß noch daran denken, wie du mich '72 in der Kommune, in der ich wohnte, besuchtest. Himmel, waren da einige schrille Typen drunter! Fast alle haben später irgendwie den Sprung ins bürgerliche Leben zurückgeschafft. Das

Elternhaus bleibt nicht ohne prägenden Einfluß. Die haben vielleicht geschaut, als mein Vater blieb und mit uns diskutierte und in vielem mit uns einer Meinung war. Oder an jenem Abend in der Szenekneipe, wo die Razzia war und einige von unserer Clique Gras bei sich hatten und du es schnell einsammeltest und auf der Wache den Beamten versichertest, daß du nur mit deiner Tochter und ihren Freunden einen netten Abend verbringen wolltest und keiner von ihnen je gekifft hätte, du nicht gewußt hättest, was dort verkonsumiert würde, während wir versuchten, wie brave Bürgerkinder auszusehen. Die ganze Zeit hattest du Hasch für mindestens zwei Jahre bei dir. Ich verstehe bis heute nicht, daß die Schmiere dich nicht durchsucht hat.«

»Das ist eben der Respekt, dem man einem Jünger Äskulaps gegenüber besitzt«, sagte ihr Vater gönnerhaft.

»Nein, mein alter Herr ist schon in Ordnung. Er hat bei keiner meiner Eskapaden etwas gesagt. Auch nicht als ich eine Zeitlang mit zwei Männer zusammenlebte und es auch gleichzeitig mit ihnen trieb«, sagte sie nicht ohne Stolz und auch Wehmut.

»Glaubst du denn, daß ich während unserer Exiljahre in London in der Boheme viel anders gelebt hätte? Schließlich war dein Großvater ein international anerkannter Maler, der zu den bekanntesten deutschen Künstlern seiner Generation gemeinsam mit Otto Dix und Max Beckmann gehört. Es wurde oft genug von einem zweiten George Grosz gesprochen.«

»Zumindest was die Sittenprozesse Anfang der ’20er Jahre anging, konnte Opa mit ihm mithalten«, meinte Helene schmunzelnd und versöhnt. »Nein, ernsthaft, es stimmt schon. Es liegt wohl in der Familie, auch wenn Sohn und Enkelin typisch bürgerliche Berufe ergriffen haben. Es fällt mir bis heute schwer zu glauben, daß Oma Opa für einige seiner erotischsten Werke der ’20er Jahre Modell gestanden hat. Ich kenne Oma halt nur als umtriebige ältere Dame, die sich rührend um ihre kleine Enkelin gekümmert hat. Weißt du, daß ich es immer schade fand, daß sie nach dem Krieg nie mehr in Deutschland wohnen wollten? Ich sah sie viel zu selten. Wobei ich sagen muß, daß sie beide doch etwas inkonsequent waren, in Limburg waren sie faktisch in Deutschland und doch wieder nicht. Es ist immer wieder schön über alte Zeiten zu sprechen«, meinte sie sichtlich verklärt.

»Dein Vater ist ein Quell interessanter Künstleranekdoten«, bestätigte Annegret. »Wen er alles von den Großen kennt!«

»Ich muß sagen, ich bedaure es manchmal, nichts von Opas Talent geerbt zu haben. Ich könnte mir gut vorstellen, eines dieser ungezwungenen Künstlerleben zu leben. Meine Kommunenzeit vermittelte mir einen guten Eindruck davon. Obwohl wir ja aus Protest gegen die Ignoranz des Establishments, dessen sturem Streben nach materiellen Reichtum, die halsstarrige Verdrängung der Nazivergangenheit, so lebten und nicht aus der Tatsache heraus, daß wir anders waren.«

»Die Vergangenheit habt ihr zwar ins Gespräch gebracht, aber verarbeitet ist sie bis heute nicht, kann sie auch nicht, solange sich zwei verfeindete Systeme gegenüber stehen. Solange es die DDR und unser halbes Deutschland gibt, das so frei wie es tut, nicht ist – die Alliierten haben immer noch auf den meisten Sachen den Daumen drauf, was vielleicht eine Zeitlang das Beste war, was diesem Land passieren konnte – leider leben wir jetzt in einem neuen Glaubenskrieg – bleibt das so«, sagte ihr Vater illusionslos.

»Wer weiß wie lange es die DDR und den Ostblock noch geben wird«, seufzte Helene.

»Länger als uns allen lieb sein kann und solange Hüben wie Drüben daran verdient wird, besteht kein Interesse an einem Ende des Status quo.«

»Ich weiß nicht, ob politische Diskussionen weit nach Mitternacht das Wahre sind«, gab Annegret zu bedenken. »Deine Tochter wollte uns etwas über ihre Arbeit erzählen oder du solltest uns etwas über deine Bohemienzeit oder über deinen Vater erzählen. Die Nazis verabscheue ich ebenso wie ihr. Zum Glück waren meine Eltern bereits in der Schweiz, als es richtig losging. Sie kehrten erst '52 nach Hamburg zurück.«

»Also reden wir über Helenes Arbeit«, pflichtete er ihr bei. »Politik und Dummheit regen mich immer zu sehr auf. Wie weit seid ihr mit euren Versuchen?«

»Noch nicht allzu weit. Wir werden erst im neuen Jahr mit den Tests an den Laborratten beginnen. Wobei diese Ergebnisse immer mit Vorsicht zu genießen sind, auch wenn unsere Biologen es anders sehen. Eine Ratte ist letztlich doch kein Mensch. Umgekehrt kann man sich da allerdings nie so ganz sicher sein«, sie konnte sich diesen Einwurf nicht verkneifen. »Man kann aus Tierversuchen keine wirklich verläßlichen Rückschlüsse ziehen, wie ein Präparat auf die Psyche wirkt, schließlich sind Medikamente Drogen. Nebenwirkungen haben sie alle, sonst würden sie nicht wirken. Daher müssen in letzter Konsequenz auch Versuche an Menschen gemacht werden.«

»Ich halte Tierversuche auch nicht immer für das Geeignetste«, pflichtete ihr Vater ihr bei. »Besonders, wenn sie lediglich zur Befriedigung wissenschaftlicher Neugierde dienen.«

»Man könnte auch mit Computermodellen arbeiten, doch steckt das alles noch sehr in den Kinderschuhen, da der menschliche Körper als Computersimulation sehr aufwendig ist, und auch dann weiß man immer noch nicht, ob man alles erfaßt hat, schließlich gibt es immer noch eine kleine Gruppe, die anders auf einen Stoff reagiert als die Masse. Schließlich kann man sogar gegen Wasser allergisch sein. Vielleicht gibt es irgendwann einmal Computer, die leistungsfähig genug sind, solche Simulationen durchzuführen. Im Moment jedenfalls wäre es selbst für ein Unternehmen von der Größe der Berger-Chemie nahezu unbezahlbar für jede Forschungsgruppe einen eigenen Großrechner anzuschaffen, um wenigstens Grundlagen ohne Tierversuche zu erarbeiten. Die kleinen ›Personal Computer‹, die immer öfter in Büros anzutreffen sind, genügen ja lediglich als Schreibmaschinenersatz. Es wird sicherlich noch etwas dauern, bis sich da was ändert. Solange wird man um klinische und Tierversuche nicht herumkommen.«

»Mir tun die armen Tiere leid, die für Versuche herhalten müssen«, sagte Annegret teilnahmsvoll.

»Das können sie einem auch. Ich halte mich ungern im Tierversuchslabor auf. Es ist kurios, daß man Teile seiner eigenen Arbeit kritisiert und doch weiter macht.«

»Vielleicht ist die Gewißheit, Menschen, die leiden, helfen zu können, die einem hilft das Richtige abzuwägen und persönliche Vorbehalte unterzuordnen«, vermutete Annegret.

»Wahrscheinlich. Wenn dem nicht so wäre, hätte ich meine Arbeit längst aufgegeben.«

»Es freut mich zu hören, daß meine Tochter altruistische Neigungen besitzt«, lockerte ihr Vater das Gespräch etwas auf.

Helene überging diese Anspielung geflissentlich.

»Wir sollten langsam ins Bett gehen«, meinte Annegret nach einem Blick auf die Uhr, von einem herzhaften Gähnen begleitet. »Es war für alle ein langer Tag.«

»Eines der wenigen vernünftigen Worte an diesem Tag«, stimmte Helenes Vater zu.

3.

Seit drei Tagen regnete es nahezu ohne Unterbrechung. Der Himmel präsentierte sich als geschlossene schmutziggraue Fläche, nirgendwo ließ sich die Andeutung einer sich im Lichten befindlichen Wolkendecke erblicken. Die Stadt war in zwielichtiges Dämmerlicht getaucht, selbst um die Mittagszeit konnte nicht auf künstliches Licht verzichtet werden. Die Landschaft schien im endlosen Regen zu ertrinken. Die Feuchtigkeit schien überall zu sein, man war schon naß, kaum hatte man das Haus verlassen. Die konsequente Verweigerung des Thermometers die Zehngradmarke zu erreichen, geschweige zu überschreiten, trug nicht unbedingt zur Steigerung des Wohlbefindens bei, war wenig geschaffen, die Lebensgeister in Mensch, Fauna und Flora zu wecken, vieles wurde mit inneren Widerwillen gemacht, auch wenn man eine Tätigkeit sonst gern verrichtete. Nach einem überwiegend eisigen Winter folgte der April mit kühler Nässe, von Frühling keine Spur. Auch Helene blieb von diesem Hang zum Unwillen nicht verschont, zumal die Versuche mit QEL-250 entgegen aller Erwartung bisher erfolglos verlaufen waren.

»Ich verstehe es nicht«, rief Doktor Grasser, der leitende Biologe der Abteilung gereizt aus, nahm die Brille ab und legte sie auf seine Notizen.

Mit Daumen und Zeigefinger massierte er die Druckstellen, die die Brille auf der Nasenwurzel hinterlassen hatte. Er trank einen Schluck von seinem, schon seit geraumer Zeit erkalteten Kaffee, der längst kein belebend heißes Getränk mehr war, sondern nur noch eine kalte, bitterschmeckende, schwarze Brühe. Dem hiesigen Kaffee haftete ohnehin der Ruf an, ein besserer Muckefuck zu sein. Er war aber derart mit seinem Problem beschäftigt, daß er es nicht bemerkte.

Grassers alles andere als leiser Ausruf wurde von den Kollegen in seiner Nähe wahrgenommen.

»Was verstehen Sie nicht, Herr Kollege«, erkundigte sich Schulz, dem es nur selten gelang, seine Neugierde zu verbergen.

Mit einem großen Schritt war er bei Grasser und überflog dessen Notizen, die in einer klaren, steilen Handschrift erstellt waren. Allerdings wurde er nicht sonderlich schlau aus ihnen, da Grasser eine Art Kurzschrift verwendete, die nur er kannte und die es ihm erlaubte, auch umfangreiche Aufzeichnungen relativ kompakt darzustellen.

Grasser griff etwas achtlos nach seiner Brille, deren Gläser vom Fett der Fingerabdrücke leicht verschmiert waren und setzte sie wieder auf. Dann sortierte er mit leicht nervösen Fingern die auf dem Tisch verstreut liegenden Blätter, die er nochmals überflog und sagte zu Schulz:

»Laut meinen Berechnungen und langjährigen Erfahrungen hätten die Versuchstiere aller Gruppen, spätestens bei einer intravenös verabreichten Dosis von 2,8 mg eine, wie auch immer geartete Reaktion zeigen müssen. Wir haben aber allen schon über 3,6 mg verabreicht. Das sind fast dreißig Prozent mehr. Dennoch ist nicht die kleinste nachweisbare Reaktion erfolgt. Man könnte fast schon den Eindruck gewinnen, daß alle nur Salzlösungen verabreicht bekommen hätten und selbst dann hätte eine heftigere Reaktion erfolgen müssen, als es der Fall ist. Das ist es, was ich nicht verstehe, weil ich in all den Jahren, in denen ich bereits in diesem Metier tätig bin, so etwas noch nicht erlebt habe!«

»Sind Sie sicher, daß Ihnen nicht irgendwo ein Fehler unterlaufen sein könnte? Ich meine, wir machen alle einmal Fehler«, entgegnete Schulz mit einem nicht besonders intelligenten Gesichtsausdruck.

Grasser schaute ihn über den Rand der Brille, die ihm bis auf die Nasenspitze gerutscht war, leicht herablassend an. Seine Stimme nahm einen überlegenen Tonfall an und es lag ein nicht zu überhörender Tadel in seinen Worten, als er sagte: »Völlig, Herr Kollege, völlig. Sie dürfen mir ruhig glauben, dafür bin ich schon zu lange in diesem Geschäft.«

Schulz bemerkte, daß er mitten ins Fettnäpfchen getreten war und es besser wäre, nicht darin zu verweilen. Ehe er jedoch seinen Fauxpas irgendwie hätte gutmachen können, mischte sich Helene ins Gespräch.

»Ich meine, daß die Zusammensetzung der Präparate korrekt ist. Der Computer hat uns auch bescheinigt, daß, nach aller Erfahrung, allerspätestens bei 3,0 mg eine Reaktion hätte eintreten müssen. Es könnte natürlich sein, daß in der Computerberechnung ein Fehler ist«, räumte sie ein.

»Computer«, meinte Grasser verächtlich. »Ich verlasse mich lieber auf *meine* Erfahrungen. Und die sagen mir, daß eine Reaktion spätestens bei 2,8 mg hätte eintreten müssen und nicht erst bei 3,0 mg.«

»0,2 mg Differenz sind eigentlich nicht viel«, warf Schulz ein.

»Es gibt Stoffe da bedeuten 0,2 mg Differenz den sicheren Tod«, wies Grasser ihn zurecht, »*das* sollte Ihnen als promovierter Chemiker eigentlich bekannt sein.«

Schulz schwieg. Grasser schaffte es immer wieder, ihn als grünen Jungen dastehen zu lassen.

»Würde es stimmen, wäre die Arbeit der letzten drei Monate umsonst gewesen«, fuhr Grasser an Helene gewandt fort. Er mußte einen Seufzer unterdrücken, er verabscheute nichts mehr als eine Arbeit, die zu keinem brauchbaren Ergebnis führte. »Dennoch halte ich nicht viel von Computeranalysen. Diese Maschinen sind für wirklich komplexe Modelle viel zu langsam.«

»Das ist ein Umstand, mit dem wir in unserem Beruf rechnen müssen. Wissenschaft bedeutet auch, daß falsche Wege beschritten werden können, ohne daß man es zu Beginn bemerkt. Solange man aber feststellt, daß man sich geirrt hat und daraus die Konsequenzen zieht, ist das nicht weiter tragisch zu nehmen. Ich meine, daß man das nie außer Acht lassen sollte, wenn es noch so schmerzlich ist. *Errare humanum est, sagten schon die alten Römer,* wie mein alter Herr gerne mit einem Grinsen zu sagen pflegt. Wir sind schließlich alle nur Menschen, auch wenn das wie eine abgedroschene Phrase klingen mag«, sagte Helene freundlich, um den niedergeschlagenen Grasser, den sie auf besondere Weise mochte, etwas aufzurichten.

»Ja, ja, irren ist menschlich, sagte der Igel und kletterte von der Klobürste. Ich kenne *die* Sprüche. Darum geht es nicht, Frau Kollegin. Daß wir hier vielleicht einen falschen Weg beschritten haben, will ich nicht abschreiten, nach dem aktuellen Stand der Dinge kann davon ausgegangen werden, aber wenn diese *Dinger*«, war er erregt, bezeichnete er Computer immer als ›Dinger‹. Er besaß so gut wie kein Vertrauen in sie, im Gegenteil, für ihn waren sie eine Art Urform des Übels, die mehr Probleme schafften, als sie lösen könnten. »Wären diese *Dinger* wirklich zuverlässig, säßen wir hier nicht wie Studenten des ersten Semesters vor einem Problem des sechsten, die nicht wissen, wie sie es angehen sollen.«

Grasser begann sich in Rage zu reden. Sein Gesicht lief leicht rötlich an, sein stets etwas zu hoher Blutdruck meldete sich. Er war erhitzt und wurde zusehends kurzatmiger. Er mußte innehalten, ein leichtes Schwindelgefühl befiel ihn. Er kämpfte diesen kleinen Anfall nieder und bemühte sich um innere Ruhe.

»Es ist geschehen. Ob wir wollen oder nicht, wir müssen es akzeptieren und einen anderen Weg wählen«, warf Helene beschwichtigend ein. »Wir sollten klären, ob wir die Versuchsreihen sofort abbrechen oder noch etwas weiterlaufen lassen.«

»Brechen wir sie sofort ab. Es bringt nichts, auf diesem Irrweg weiterzuwandeln. Es kostet nur Zeit und Geld. Außerdem müssen wir uns vor Siebert rechtfertigen.«

Schulz sprach damit lediglich aus, was die anderen lieber verdrängten, daß Siebert einer der größten Pfennigfuchser war, die es gab.

»Mein Gott, Siebert«, rief Grasser aus. »Ich finde, der Mann sollte sich um seinen Kram kümmern und uns unsere Arbeit machen lassen. Er ist Betriebswirt und kein Chemiker. Trotzdem mischt er sich fortwährend in unsere Angelegenheiten. Unser Verhalten ihm gegenüber kann schon fast als paranoid bezeichnet werden. Wir fürchten ihn wie Schüler ihren Klassenlehrer. Dabei ist er mehr auf uns angewiesen als wir auf ihn.«

Grasser hatte es nie verwunden, daß Siebert den Posten bekommen hatte, der eigentlich ihm zugestanden hätte. Er war schon halboffiziell für die Position gehandelt worden, bis aus heiterem Himmel Doktor Siebert aus der Personalabteilung zum Leiter der Forschungsabteilung III ernannt worden war. Begründet wurde es damit, Siebert wäre als Betriebswirt für diese Aufgabe besser geeignet als ein Wissenschaftler, da diese Position überwiegend mit kaufmännischen Aufgaben belastet sei.

»Da muß ich Ihnen recht geben«, pflichtete Helene ihm bei. »Siebert besitzt die Fähigkeit ein Biest zu werden, ohne dabei wie eines zu wirken. Es ist seine Art anderen zu begegnen, die er nicht für würdig hält, als seinesgleichen zu gelten. Ich mag ihn ebensowenig wie Sie.«

»Man sollte ihn nehmen wie einen Schnupfen; unbestreitbar lästig, aber unvermeidlich«, versuchte Schulz sich in der Kunst der Ironie, die er unter Begleitung eines reichlich dümmlichen Grinsens nachhaltig entschärfte.

»Wer will schon einen Schnupfen«, meinte Grasser, der sich wieder beruhigt hatte, mit einem Achselzucken.

Die Röte war aus seinem Gesicht gewichen. Er griff nach seiner Tasse, hielt sie mit beiden Händen umfaßt und starrte auf die schwarze erkaltete Brühe, die keinen appetitlichen Eindruck mehr machte. Er schüttelte sich, als befände sich eine obskure ekelerregende Substanz in der Tasse. Dann ging er zum Laborbecken, goß den Inhalt hinein und spülte sie mit klarem Wasser zweimal aus.

»Ich frage mich, warum ich mich immer dazu hinreißen lasse, diese grauenhafte Brühe zu trinken«, murmelte er kopfschüttelnd vor sich hin.

»Ich habe meinen Instant. Seit Siebert unsere Kaffeekasse umorganisiert hat und den Kaffee selbst besorgt oder besorgen läßt, was bei ihm auf dasselbe hinausläuft, bleibt einem kaum eine Wahl. Der Himmel weiß, woher er ihn bezieht. Ich habe bis dahin nicht gewußt, daß es heutzutage so etwas überhaupt noch gibt. Ich vermute fast, daß er ihn aus der DDR bezieht, immerhin leben Verwandte von ihm drüben«, sagte Schulz.

»Für Instant kann ich mich beim besten Willen nicht erwärmen«, gab Grasser kopfschüttelnd zurück. »Frisch gemahlener Bohnenkaffee ist noch immer das einzig vertretbare. Da bleibe ich lieber bei diesem undefinierbaren Zeug.«

»Dennoch, Instant ist um einiges besser als dieser Sud, dessen Zusammensetzung sich jeder Analyse widersetzt und mit noch so viel Milch und Zucker in nicht etwas halbwegs Genießbares zu verwandeln ist.«

»Ich habe da weiterhin meine Zweifel«, blieb Grasser bei seinem Standpunkt.

»Da ich Tee bevorzuge, stellt sich für mich diese Frage nicht. Ich meine, daß wir Wichtigeres zu tun haben, als über die Vorzüge von Instant gegenüber dem hauseigenen Kaffee zu debattieren«, mischte Helene sich schlichtend ein.

»Trotzdem sollte man das Zeug mal einer spektroskopischen Analyse unterziehen, wer weiß was da alles zutage tritt«, meinte Grasser gedankenverloren und drehte die leere Tasse zwischen den Fingern.

»Bitte«, mahnte Helene.

»Schon gut«, wehrte Grasser ab und stellte die Tasse auf den Tisch.

»Wie stehen Sie zum Vorschlag, die Tierversuche unverzüglich abzubrechen?«

»Frau Kollegin, das läßt sich nicht so leicht beantworten. Es kann durchaus sein, daß erst bei weiterer Erhöhung der Dosis eine Reaktion eintritt. Schließlich waren es nur grobe Berechnungen. Wir wissen noch nicht, wieviel von dem Medikament sofort im Körper abgebaut wird und wieviel tatsächlich zur Wirkung gelangt. Ich sage, daß es so sein könnte. Brechen wir in diesem Stadium ab, erfahren wir es nie.«

»Uns ist jeder Stoff bekannt, aus dem QEL-250 besteht. Wir können mit ziemlicher Sicherheit sagen, wieviel wovon und in welcher Zeit im Körper abgebaut wird und wohin es aller Wahrscheinlichkeit nach gelangt. Ich bin nicht sonderlich überzeugt, daß sich am jetzigen Stand noch großartig etwas verändert.«

»Ihre Argumente haben etwas für sich, aber Sie können die meinen nicht vollständig widerlegen. In unserem Metier können immer unvorhersehbare Ereignisse auftreten, dafür wissen wir immer noch zu wenig.«

Helene lehnte rücklings am Labortisch, die Hände auf der Platte aufgestützt, die Knie durchgedrückt. Schulz schenkte ihren schönen Beinen während dieser Debatte mehr Aufmerksamkeit als ihren Argumenten, was er vor ihr nicht einmal verbarg. Sie ignorierte es wie gewöhnlich.

»Sei's drum. Ich plädiere für ein sofortiges Abbrechen der Versuche. Siebert wird so oder so aufgebracht sein, weil die Arbeit von Monaten für die Katz war. Man sollte schlafende Löwen nicht mehr wecken als nötig.«

»Wohl, weil er auf Ihre schönen braunen Augen nicht reagiert, Frau Kollegin«, sagte Schulz mit einem frechen Grinsen.

»Sie sind mitunter reichlich sexistisch angehaucht, Herr Kollege«, entgegnete sie eisig.

»Nicht mehr als jeder andere gesunde Mann auch.«

»Ob Sie sich zu den gesunden Männern zählen dürfen, wage ich zu bezweifeln.«

»Ich gehöre jedenfalls nicht zu der Gruppe gewisser frustrierter Frauen, die nicht mehr wissen, wann sie ihren letzten Orgasmus hatten, sich aber geben und kleiden, als wären sie nur darauf aus, jeden erreichbaren Mann flachzulegen, und wenn wirklich einmal ein armer Kerl sich ihrer erbarmt, lassen sie *ihn* eiskalt abblitzen.«

»Ehe ich mich mit so etwas wie Ihnen abgebe, werde ich lieber lesbisch, das können Sie mir glauben, Herr Kollege«, entgegnete sie mit unverhüllter Aggressivität.

»Das sind Sie sicherlich auch. Sie wollen es nur nicht wahrhaben«, gab er ebenso eisig zurück.

Helene, die im Ansatz bereit war, zu ›schlagenden‹ Argumenten überzugehen, wurde von Grasser gebremst.

»Persönliche Differenzen bringen uns nicht weiter. Wenn Sie beide sich unbedingt wie unmündige Kinder aufführen wollen, machen Sie das, *bitte*, woanders. Auch wenn ich verstehe, daß die Stimmung im Augenblick angespannt ist.«

Bevor Helene oder Schulz darauf etwas erwidern konnte, stürzte eine sichtlich aufgeregte Laborassistentin herein.

»Was haben Sie, mein Kind«, erkundigte Grasser sich väterlich.

»Doktor Bonners schickt mich, Sie zu holen. Einige Tiere, denen wir vor über einer halben Stunde 3,7 mg QEL-250-2 injizierten, legen seit kurzem ein atypisches Verhalten an den Tag. Ich habe so etwas noch nicht erlebt!«

»Worin äußerst sich das atypische Verhalten«, wollte Schulz wissen, bei dem die wissenschaftliche Neugierde wieder die Oberhand gewann.

»Die Tiere laufen ziellos in ihren Käfigen umher, finden weder ihre Futternäpfe, noch lassen sie sich von den Käfiggittern beeindrucken. Sie laufen immer wieder dagegen, als gäbe sie es nicht, als könnten sie ungehindert weiterlaufen.«

»Und ich habe im Stillen mehr auf dieses Präparat gesetzt, als auf die anderen«, verbarg Grasser seine Enttäuschung nicht.

»Sagten Sie nicht soeben, daß wir in unserem Beruf mit so etwas rechnen müßten«, sagte Helene als Retourkutsche auf die ›unmündigen Kinder‹ mit offener Ironie, was ihr sofort leid tat.

Grasser achtete nicht darauf. Ihn ärgerte, daß er heute bereits zum zweiten Mal eine Enttäuschung erlebte.

»Wir sollten uns besser selbst ein Bild davon machen«, sagte er.

Kommentarlos folgten die anderen ihm.

Doktor Bonners erwartete sie an der Tür zum Tierversuchslabor. Sie betraten hinter ihm einen von chromglänzenden Käfigen dominierten Raum. Leuchtstoffröhren verbreiteten ein fahles, beinahe schattenloses Licht. Es roch nach einer Mischung aus Tierexkrementen und Desinfektionsmitteln. Helene mochte diesen Raum nicht, der sie immer an die Räumlichkeiten einer Gerichtsmedizin erinnerte. Ihr Vater wußte nicht, daß sie parallel zu ihrem Chemiestudium ein medizinisches begonnen hatte. Sie wollte ihn damit überraschen. Sie war zeit ihres Lebens davon beeindruckt, mit welcher Hingabe er seinen Beruf ausübte. Doch als sie in Anatomie das erste Mal mit einer realen menschlichen Leiche konfrontiert wurde, wurde ihr so übel, daß sie hinauslaufen und sich übergeben mußte. Am nächsten Tag brach sie das Studium ab und widmete sich ausschließlich der Chemie. Dieses traumatische Erlebnis hatte sie nie nicht richtig verarbeitet. Sobald sie einen Raum betrat, der nur entfernt an einen Seziersaal erinnerte, befiel sie ein beklemmendes Gefühl und sie mußte sich beherrschen, um nicht hinauszulaufen. Damals hatte sie nächtelang geträumt, daß sie selbst auf einem Seziertisch läge und mitbekam, wie ihr Körper bei lebendigem Leib seziert wurde, ohne daß sie irgendeinen Schmerz verspürte. Sie mußte tief durchatmen, um das Fluchtbedürfnis zu unterdrücken. Die leicht zitternden Hände versteckte sie in den Taschen des Laborkittels.

»In meiner ganzen Laufbahn ist mir so etwas noch nicht vorgekommen.« Doktor Bonners war meist die Ruhe selbst, ein Hüne, der jedem Sturm leicht zu trotzen schien, doch im Augenblick war nicht viel davon zu bemerken. »Das sind die Tiere.«

Helene fand, daß er sie nicht hätte darauf hinweisen müssen. Während aus den übrigen Käfigen nur gelegentlich leichtes Rascheln zu vernehmen war und die Tiere überwiegend vor sich hin dösten, herrschte hier Hyperaktivität. Die drei weißen Ratten, die sich diesen relativ großen Käfig teilten, verhielten sich so auffällig, daß es selbst jemand, der nicht wußte, wie die Tiere sich unter normalen Bedingungen verhielten, bemerken *mußte*. Zwei liefen ziellos umher, stießen immer wieder gegen die Gitterstäbe, attackierten sie zeitweise sogar. Das dritte wälzte sich wie verrückt auf den Boden, als wollte es sein Fell abschaben. Die Futternäpfe waren umgestoßen, der Inhalt auf dem Boden zerstreut.

»Wie lange geht das schon so«, fragte Helene und wandte sich vom Käfig ab.

Ihr taten die Tiere leid und sie fühlte sich noch unwohler in diesem Raum. Ihre Hände zitterten noch mehr, sie schob sie noch tiefer in die Taschen des Kittels.

»Vor rund einer dreiviertel Stunde bekamen sie 3,7 mg. Dann ließ ich sie allein und widmete mich den anderen Tieren. Bei einer Routinekontrolle vor etwas über fünf Minuten, entdeckte ich das veränderte Verhalten, das Sie jetzt sehen und mir scheint, daß es sich sogar gesteigert hat, soweit das momentan feststellbar ist. Ich ließ Sie sofort rufen. Ich kann mir ihr Verhalten nicht erklären.«

Grasser hatte die Tiere aufmerksam beobachtet. Er wandte sich den Kollegen mit einer Haltung zu, als hätte er eine Erklärung gefunden.

»Ich kann mir das Verhalten, das die Tiere an den Tag legen nur damit erklären, daß sie ein Mittel bekommen, das ihre Psyche dahingehend beeinflußt, daß sie vergessen, in welcher Umgebung sie sich befinden und wie sie sich gewöhnlich zu verhalten haben.«

»Alles schön und gut«, meinte Schulz nicht sehr überzeugt, »aber wie kann unser, doch relativ harmloses QEL dergleichen verursachen? Gut jedes Medikament und sei es nur gegen Husten, ist mehr oder minder eine Droge. Nur kann ich mir nicht vorstellen, daß wir anstatt eines Rheumamittels plötzlich ein neues LSD entwickelt haben sollten oder etwas Schlimmeres.«

»Ich würde mehr auf ein Psychopharmakon tippen, weniger auf eine Droge wie LSD oder Hasch«, sagte Helene.

»Das eine ist so schlimm wie das andere«, sagte Schulz impulsiv.

»Das würde ich nicht sagen«, entgegnete Helene ruhig. »Der von der ganzen Menschheit als Droge Nummer eins geliebte Alkohol besitzt ein weitaus höheres Suchtpotential als Koks oder Hasch oder Heroin, die vom Körper weitaus besser abgebaut werden als jener. Ein Psychopharmakon hilft bestimmten Patienten durchaus sehr.«

»Warum sterben dann so viele an Heroin«, höhnte er schon fast.

»Das wissen Sie so gut wie ich, Herr Kollege, verschnittener Stoff, falsche Dosierung, durch das Leben am Rande der Gesellschaft angegriffene Gesundheit und so weiter. Im übrigen sterben bedeutend mehr Menschen am Alkohol. Es wären noch mehr, wäre der Konsum nicht überwiegend ritualisiert. Einmal davon abgesehen, daß an Hasch noch keiner gestorben ist. Eine tödliche Dosis Hasch zu sich zu nehmen, ist noch schwieriger, als durch den Genuß von Weinbrandbohnen eine Alkoholvergiftung zu bekommen. Ich weiß nicht, ob Ihnen bekannt ist, aber ein Mensch mit 60 kg Körpergewicht müßte in einer halben Stunde rund 1250 kg bestes Hasch rauchen, damit es ihn niederstreckt.«

»Warum ist Hasch dann für so viele eine Einstiegsdroge«, konterte Schulz mit einem Allgemeinplatz.

»Das hat seine Ursache im Verbot von Hasch, nicht in der Droge selbst, und im Umfeld, in dem es konsumiert wird, Stichwort

Gruppenzwang. Darüber hinaus dürfte Alkohol die eigentliche Einstiegsdroge für die meisten sein. Wir beide sind ungefähr ein Jahrgang, Sie haben lediglich zwei Jahre vor mir Ihr Studium begonnen, also haben auch Sie die späten '6oer hautnah erlebt. Sie wissen so gut wie ich, daß kiffen da *In* war.«

»*Ich* habe es nie. Ich habe mich ausschließlich auf mein Studium konzentriert. Meine Eltern hätten mir die Unterstützung gestrichen, hätte ich mich an *Sit-ins* beteiligt und in einer Kommune gelebt.«

»Haben Sie nie versucht, etwas Eigenes auf die Beine zu stellen«, fragte Helene kopfschüttelnd und etwas mitleidig. »Sie haben viel versäumt. Ich habe während meines Studiums überwiegend in einer sogenannten Kommune gelebt, die bald mehr eine WG wurde, habe mich in der Studentenbewegung engagiert, wenn auch nicht so, wie ich es hätte sollen. Ich habe eine Zeitlang gerne gekifft, bin, wie Sie sehen können, nie davon abhängig geworden, ich rauche nicht einmal, habe wie viele Kommilitonen, die ebenso gelebt haben, mein Studium erfolgreich abgeschlossen, sogar mit *summa cum laude* und fühle mich heute bestens. Ich erinnere mich gerne an die Zeit zurück. Auch daran, daß mein Vater oft genug und lange mit uns diskutierte und unsere Meinungen häufig teilte.«

»Sie haben auch das Glück einen Vater zu haben, der der Sohn eines anerkannten Künstlers ist.« Es klang fast wie ein Vorwurf.

»Warum sollte ich mich deswegen grämen«, entfuhr es ihr leicht gereizt, sie verstand ihn offenkundig miß und wollte es auch.

»Wenn Sie Ihre persönlichen Differenzen für den Moment vergessen wollen, zumal ich den Eindruck habe, daß es mit Ihnen immer schlimmer wird, könnten wir uns wieder mit einem drängenden Problem befassen«, griff Grasser verärgert in ihren Disput ein.

»Wie verhielten sich die Tiere bisher, nachdem sie das Mittel bekamen«, wandte er sich an Bonners.

»Sie versanken in leichte Apathie, die sich aber nach gut einer halben Stunde legte.«

»Sonst nichts?«

»Sonst keine Reaktion.«

»So kommen wir nicht weiter«, seufzte Grasser. »Wir müssen das Mittel analysieren, obwohl uns seine Zusammensetzung bekannt sein dürfte. Höchstens das Mischungsverhältnis könnte anders sein, als es sollte.«

Bonners reichte ihm die kleine Flasche.

»Sie sind ruhiger geworden«, bemerkte Schulz, als sie gehen wollten.

»Die Wirkung läßt offenkundig nach«, bemerkte Helene nüchtern.

»Es ist eine Stunde vergangen, seit ich es ihnen gab«, sagte Bonners nach einem Blick auf die Uhr.

»Wenigstens kennen wir somit die ungefähre Wirkungsdauer«, sagte Schulz mehr zu sich selbst. »Es erleichtert mich zu wissen, daß sie begrenzt ist.«

»Noch sind uns die Folgen nicht bekannt. Wir wissen nicht, was mit den Tieren wirklich geschah«, dämpfte Helene seine Zuversicht.

»Da muß ich unserer Kollegin beipflichten«, sagte Grasser. »Wir können noch nicht sagen, was das Mittel im Körper verursacht.«

»Wenn das Präparat nun wirklich das Gedächtnis beeinflussen sollte«, gab Schulz zu bedenken, als sie wieder ins Labor zurückgekehrt waren, brachte den Gedanken aber nicht zu Ende.

»Dann vergessen wir besser das Ganze und vernichten alles, was wir darüber an Unterlagen haben«, sagte Grasser ohne nachzudenken. »Es gibt genug Zeitgenossen, die ein solches Präparat mit wachsender Begeisterung am lebenden Objekt ausprobieren würden.«

»Übertreiben Sie nicht etwas«, meinte Helene. »Ich meine, es gibt zwar viele Verrückte, aber nicht jeder hat unbedingt den Zugriff auf dergleichen. Zumal ich meine, daß das Mittel hier im Werk doch relativ sicher liegt.«

»Für eine Frau Ihrer Intelligenz und Ihrer Bildung stellen Sie sich jetzt etwas naiv«, entgegnete Grasser mit leichtem Vorwurf. »Ich erinnere Sie nur ans Dritte Reich, vor dem ihre Großeltern ins Exil gingen. So skrupellose Wissenschaftler, die sich damals zu Handlangern eines geisteskranken Diktators machten, gibt es noch immer genug, wie es immer noch genug totalitäre Staaten gibt, die vor nichts zurückschrecken.«

»Sie haben ja recht«, lenkte sie ein.

»Außerdem müssen wir uns vor Siebert rechtfertigen. Dafür sind genaue Ergebnisse wichtig«, sagte Grasser, während er seinen Tisch aufräumte, um Platz zu bekommen.

»Ach ja, immer wieder Siebert«, meinte Helene mit einem aufgesetzten Seufzer.

Grasser stellte die kleine Flasche, die Helene mit ihrer eleganten, ausdrucksstarken Handschrift etikettiert hatte, mitten auf den freien Platz. Er setzte sich davor und richtete den Blick darauf. Der Inhalt unterschied sich auf den ersten und auch auf alle weiteren Blicke nicht von Wasser, klar ohne jedes Schwebeteilchen zu Dreivierteln gefüllt. Helene und Schulz, Zeugen dieses stummen Zwiegesprächs, standen schweigend hinter ihrem Kollegen. Es kam relativ selten vor, daß sie Grasser in dieser Pose sahen. Er nahm sie nur ein, wenn ihn ein Problem ernstlich herausforderte. Helene mußte an den Zauberlehrling denken, der in seinem jugendlichen Ungestüm alle guten und besonders alle schlechten Geister herbeirief und ihnen nicht mehr Herr wurde.

»Beginnen wir«, riß Grasser sie etwas schroff aus ihren Gedanken.

»Was halten Sie von dem Zeug«, fragte Schulz Helene, die die Spektroskopie beendete.

»Was halten *Sie* davon«, antwortete sie mit einer Gegenfrage, ohne ihn anzusehen, den Blick auf den Stift des x-y-Schreibers gerichtet, der langsam zur Ruhe kam.

»Ich bin nicht sicher. Grasser scheint etwas zu vermuten, aber er ist Biologe und kein Chemiker.«

»Sie wissen so gut wie ich, daß er beides studiert hat, wenn er auch in Chemie offiziell nie abschloß. Andernfalls wäre er wohl kaum in unserer Abteilung.«

»Ja, aber keiner weiß aus welchem Grund er nicht abschloß. Er soll ein vielversprechender Student gewesen sein.«

»Irrtum, ich weiß es«, entgegnete sie und riß das beschriebene Blatt ab.

»Woher«, zeigte er sich irritiert.

»Von ihm selbst. Er wollte nicht in einen Beruf hineingeraten, wo er gezwungen sein könnte, an etwas mitzuarbeiten, an dem man besser nicht mitarbeiten sollte, was gegen seine ethischen Grundsätze verstößt.«

»Was sollte das sein?«

»Chemische Waffen, Pestizide, mit denen nicht nur Schädlinge bekämpft werden können. Er will nicht unmittelbar an der fortschreitenden Zerstörung der Natur teilhaben. Er ist Idealist. Ich bin überzeugt, es gibt zwei Grassers, den, mit dem wir täglich zusammenarbeiten und den, den nur Grasser kennt. Manchmal erscheint er mir als alter, vom Leben gezeichneter Mann, dabei ist er kaum fünfzig. Ich mag ihn auf besondere Weise. Es ärgert mich, daß Siebert da sitzt, wo eigentlich er sitzen sollte.«

»Endlich ein Punkt wo wir einer Meinung sind«, sagte Schulz mit einem unverschämten Grinsen.

»Das wird auch der einzige Punkt bleiben.« Sie blickte ihn eisig an.

»Dann eben nicht«, brummte er vor sich hin und widmete sich wieder seiner Arbeit.

Seine Ausdauer bezüglich ihrer Person flößte ihr gegen ihren Willen doch so etwas wie Bewunderung ein. Er erschien ihr wie ein Rüde, der einer läufigen Hündin nachstellt, ohne zu bemerken, daß sie nicht von ihm gedeckt werden will.

»Das ist es also«, meinte Grasser am späten Nachmittag nach Abschluß der Analysen.

Sie saßen im Aufenthaltsraum. Die Ergebnisse lagen vor. Grasser nahm die Brille ab, massierte die Nasenwurzel mit zwei Fingern, während ein dunkler Schatten über sein Gesicht huschte. Für Helene war das Ergebnis bereits nach Abschluß der Spektroskopie vorhersehbar gewesen. Schulz, dessen Teil der Arbeit keinen weiteren Aufschluß gegeben hatte, schaute die Kollegen fragend an.

»Es ist das Lösungsmittel, das in seiner Zusammensetzung fast so neu ist wie unser Präparat. Es reagiert mit einem der Wirkstoffe«, erklärte Helene. »Ein an sich harmloser Wirkstoff, dessen einzige Aufgabe ist, das Mittel verträglicher zu machen. Unter seinem Einfluß verändert er sich chemisch und greift so nachhaltig in die Wirkung von QEL-250-2 ein. Der Wirkstoff ist in vergleichbarer Zusammensetzung bereits bekannt. Er wirkt unmittelbar auf das Gehirn, stört die Koordinationsfähigkeit und kann im Extremfall, also bei zu hoher Dosis, einen teilweise unwiederbringlichen Gedächtnisverlust auslösen.«

»Warum stellte sich die Reaktion nicht bei den anderen Variationen ein«, fragte Schulz.

»Weil der darin nicht enthalten ist«, klärte Helene ihn auf.

Schulz konnte sich manchmal wirklich anstellen, dachte sie ärgerlich.

»Ich habe nicht immer alle Details im Kopf«, entschuldigte er sich kleinlaut.

»Geschenkt«, meinte sie nur.

»Aber wir hätten es vorher wissen können«, sagte Schulz selbstanklagend.

»Halb und halb. Wie ich schon sagte und wir alle wissen, ist das Lösungsmittel relativ neu und sein neutrales Verhalten mit allen Wirkstoffen noch nicht vollständig erforscht. Wir haben hier einen Fall, wo es mit einem Wirkstoff reagiert und somit eine Veränderung im gesamten Präparat bewirkt.«

»Demnach nehmen wir den Wirkstoff in die Liste derjenigen auf, bei denen sich das Lösungsmittel nicht neutral verhält und beginnen unsere Versuche neu«, resümierte Schulz gelassen.

»Es wird uns nichts anderes übrigbleiben, schließlich ist es nicht unsere Aufgabe, etwas zu entwickeln, was diese verheerende Wirkung hinterläßt. Wir verfassen einen Bericht darüber und den Rest überlassen wir Siebert. Wir wollen nur eines nicht hoffen, daß es anderswo weiterverfolgt wird«, schloß Grasser düster.

4.

»Wie hat Siebert es aufgenommen«, wollte Helene von Grasser wissen.

Sie saßen in seinem Büro. Drei Tage waren vergangen. Eine erkennbare Nachwirkung hatte sich bei den Tieren entgegen der Erwartungen nicht eingestellt. Die Versuche waren abgebrochen worden.

»Wie vorherzusehen. Über die ergebnislose Arbeit war er wenig begeistert und hielt mir einen ausführlichen Vortrag. Er hat mal wieder seine Meinung kundgetan, daß Wissenschaftler zwar unentbehrlich, aber wie Künstler und ähnliches Volk Nieten sind, wenn es um die finanzielle Seite geht. Im Anschluß an diese Tirade überflog er unseren Bericht, von dem er mit Sicherheit so gut wie nichts verstanden hat. Trotzdem konnte er wie üblich nicht an sich halten, herablassend zu sagen, daß es wenigstens etwas wäre, wenn auch nicht eben viel. Mit der Aussage, daß er es weiterleiten würde, irgendwie müsse er ja die überflüssigen Ausgaben vor der Rechnungsabteilung rechtfertigen, hat er mich auf seine höfliche Art hinausgeworfen.«

»Sonst hat er nichts gesagt?«

»Nichts, außer daß wir weiter machen, besser neu beginnen sollten.«

»Ich hätte etwas mehr erwartet.«

»Bei Siebert muß man mit allem rechnen«, meinte Grasser lakonisch. »Was versprechen Sie sich davon, einen ausführlicheren Bericht als den, den wir Siebert vorlegten, zu Hause übers Wochenende zu verfassen?«

»Das kann ich Ihnen auf Anhieb nicht einmal sagen. Entgegen meiner ersten Aussage läßt mir QEL-250-2 doch keine Ruhe. Das Ergebnis ist zu merkwürdig, um es vorsichtig zu sagen, als daß man es als gewöhnliche Panne ansehen könnte.«

»Viele Entwicklungen in der Technik und Entdeckungen in der Naturwissenschaft basieren auf Zufällen, auf merkwürdigen Ergebnissen, wie Sie sagen. Mich ärgert mehr, daß wir wochenlang in eine falsche Richtung gearbeitet haben und kein Ergebnis erhielten, das wir verwerten können. Ich werde mich jetzt auf den Weg machen. Meine Frau erwartet mich.«

Er zog den Laborkittel aus, legte ihn über den Stuhl und begann einige Sachen vom Schreibtisch in seine alte Aktentasche zu packen.

»Arbeiten Sie nicht zu viel. Genießen Sie lieber das Wochenende, Frau Kollegin. Es war für uns alle eine harte und enttäuschende Woche. Folgen Sie lieber Schulz' Beispiel«, riet er ihr, während er die Aktentasche schloß. »Auf seine Weise macht er es richtig. Schauen Sie nur«, forderte er sie mit einem Nicken in Richtung der Scheibe auf, die sein Büro vom Laborbereich trennte und nahm den Mantel vom Kleiderhaken.

Schulz unterhielt sich angeregt mit einer gleichaltrigen Laborassistentin, ein ähnlich hübscher Rubenstyp wie Sieberts Sekretärin, wie Helene fand, mit einer nicht minder angenehmen erotischen Ausstrahlung, die es verstand ihre Vorzüge zu betonen und ihre, vermeintlichen Schwächen zu überdecken. Obwohl sie nichts von der Unterhaltung hören konnten, war der Wortlaut leicht an beider Mimik zu erraten.

»Er wird sein Wochenende sicherlich nicht allein verbringen. Sie ist offenkundig erpicht darauf, es Tag und Nacht mit ihm zu teilen. Ich hatte allerdings geglaubt, daß zwischen beiden längst nichts mehr läuft. Mir schien es, als sei er seit einiger Zeit mit Sieberts Sekretärin liiert.«

»Wie kommen Sie darauf?« fragte Helene, ohne dabei den Blick von der kleinen Szene abzuwenden.

Sie fühlte sich auf ähnliche Weise von der Laborassistentin wie von Sieberts Sekretärin angezogen, was sie irritierte.

»Ich weiß nicht, ob Sie es auf unserer Weihnachtsfeier bemerkt haben – aber Sie gingen ja schon relativ früh, ich selbst ging erst eine halbe Stunde nach Ihnen – Schulz scharwenzelte ganz schön um die Reuter herum. Die beiden haben es später in seinem Büro getrieben. Ich bemerkte es, als ich auf dem Weg zum Lift war. Ich bin zwar der letzte, der etwas gegen Sex hat, aber Schulz hätte wenigstens die Tür schließen können. Es gibt in unserer Abteilung nicht wenige, denen so etwas sauer aufstößt, bemerken sie es.«

»Doch, ich habe sie gesehen«, sagte sie und wandte sich mit einem leichten inneren Seufzer von der kleinen Szene ab. »Ich wollte das Licht in seinem Büro löschen, da ich dachte, er hätte es brennen lassen. Dabei sah ich, daß sie dort vögelten. Eine halbe

Stunde nach mir gingen Sie, sagten Sie? Und die beiden waren noch immer zugange? Ich muß sagen, soviel Ausdauer hätte ich ihm nicht zugetraut.«

»Sie mögen ihn nicht besonders?«

»Ich mag seine arrogante Art nicht.«

»Gut, er besitzt nicht den Charme eines Giacomo Casanova«, und wohl auch nicht die Bildung und Intelligenz, ergänzte sie abwertend bei sich »und mir sagt er als Mensch auch nicht sonderlich zu, doch kenne ich ihn nur aus dem Betrieb. Ich weiß nicht, wie er privat ist, aber er kommt an, wie Sie selbst sehen, denn er entfernt sich gerade in Eintracht mit der jungen Dame. Daß er nicht Ihr Typ ist, dafür kann er nichts. Trotzdem meine ich, daß seine Qualitäten als Liebhaber so übel nicht sein können, wie Sie ihm offenbar unterstellen wollen. Wäre dem so, hätte er keinen Erfolg bei der Reuter und auch nicht bei jener Kollegin, um nur zwei Beispiele aufzuführen. Beides sind Frauen, die mindestens ebenso erfahren und anspruchsvoll sind wie Sie. Ich mag zwar auf meine Umwelt wie ein zerstreuter Wissenschaftler wirken, aber ich weiß, wann ich eine sexuelle erfahrene Frau vor mir habe. Wie beide Damen verfügen auch Sie über eine starke sinnliche Ausstrahlung. Ich hatte einige Frauen mit Ihrer Ausstrahlung«, antwortete er auf ihre nicht gestellte Frage. »Ich habe es sehr genossen. Meine Frau ist ein ebensolcher Typ. Sie sollten sie kennenlernen. Sie würden sich verstehen. Meiner Meinung nach sollten Sie sich nicht übers Wochenende mit QEL beschäftigen, sondern lieber versuchen, es Schulz gleichzutun. Sie sind eine schöne Frau und Sex ist eine der sinnvollsten und schönsten Entspannungsübungen. Aber was erzähle ich *Ihnen* das!«

Seine Worte hatten sie leicht verwirrt. Sie hatte in ihm bis heute den väterlichen Typ gesehen. Daß er wie sie oder gar Schulz über ein reges Sexualleben verfügen könnte, hatte sie nie in Erwägung gezogen.

»Ich könnte einem zweiten Schulz begegnen«, erwiderte sie ausweichend.

»Sie scheinen den Fehler vieler Menschen zu begehen. Sie denken zuviel an mögliche Wenns und Abers, was ich bei Ihnen nicht verstehen kann. Notfalls mieten Sie sich einen Liebhaber, was Sie sicherlich schon gemacht haben. Nur, genießen Sie Ihr Leben. Nehmen Sie das als gut gemeinten Rat eines älteren und an Erfahrung reicheren Kollegen. Ich gehe jetzt. Wir scheinen ohnehin die letzten zu sein«, verabschiedete er sich und ließ sie mit ihren Gedanken allein.

Sie blickte ihm nach, während er über den Flur zum Lift schritt und ging in ihr Büro. Sie stellte sich vors Handwaschbecken, löste das Band, mit dem sie die Haare während der Arbeitszeit im Nacken zusammenband und schaute in den Spiegel.

»Natürlich hat er recht«, sagte sie zu ihrem Spiegelbild, während sie die Bürste nahm. »Ich sollte wirklich das Wochenende mit einem Mann verbringen, anstatt mich mit dem vermaledeiten QEL zu beschäftigen. Nur wüßte ich im Augenblick nicht mit wem. Bernhard ist seit mehr als einem Jahr mit einer Frau zusammen und es sieht nicht so aus, als würde sich so schnell etwas daran ändern. Uwe habe ich nicht gerade freundlich behandelt, daher wird er mir etwas husten. Käme folglich nur mein ›Dauerabenteuer‹ Achim infrage, aber der macht zur Zeit Fotos in New York. Wie lange kenne ich ihn überhaupt schon? Müssen bald zehn Jahre sein. Wir sehen uns, wenn uns danach ist, gehen entweder ins Theater oder Essen und anschließend ficken wir. Ihm macht es nichts aus, daß ich mit anderen Männern vögle und mir ist es egal, wie viele Frauen er zwischenzeitlich fickt. Nur wenn einer von uns eine relativ feste Beziehung hat, sind wir monogam.«

Im Labortrakt war es still geworden. Sie war freitagnachmittags meist die letzte. Der Wasserhahn tropfte, was in der Ruhe überdeutlich auffiel. Sie drehte ihn zu. Damit erstarb auch das letzte Geräusch.

5.

Helene verschlief am Montagmorgen und traf daher später als gewöhnlich im Labor ein. Sie hatte sich ausgiebiger als beabsichtigt mit QEL-250 beschäftigt. Aus dem Aufzug kommend, lief sie direkt in eine lebhaft miteinander diskutierende Gruppe. Es war fast das gesamte Laborpersonal. Das an sich war ungewöhnlich genug, sonst hielt sich selten jemand auf den Fluren auf. Jeder wollte dem anderen etwas verständlich machen, ohne sich die Argumente des jeweils anderen anhören zu wollen. Natürlich verstand in diesem Tohuwabohu keiner etwas, was offenbar niemanden störte. Helene, auf die niemand achtete, ging an ihnen vorbei in ihr Büro, stellte die Aktentasche ab und machte sich auf die Suche nach Grasser und Schulz, die sie in Grassers Büro fand. Bei ihrem Eintreten unterbrach sich Schulz, kaum weniger aufgeregt auf Grasser einredend, der ihm mit gewohnter Gelassenheit zuhörte.

»Was ist los? Man hat den Eindruck, daß ein Teil des Labors eingestürzt sei«, wandte sie sich an Grasser.

»Prinzipiell liegen Sie nicht so falsch. Es wurde offenbar während des Wochenendes in Sieberts Büro eingebrochen«, erwiderte er ruhig.

»Warum ›offenbar‹?« Sie blickte ihn irritiert an.

»Dem Wachdienst ist bei seinen Kontrollgängen nichts Außergewöhnliches aufgefallen. Erst am Morgen entdeckten die Reinigungskräfte Sieberts gewaltsam geöffneten Aktenschrank. Andere Spuren, die auf einen Einbruch hindeuten, gibt es nicht.«

»Weiß man schon, was entwendet wurde?«

»Das ist das wirklich Merkwürdige dabei ...«, hielt Grasser mitten im Satz inne. Seine Mimik verdüsterte sich. Er schien unsicher, ob er seine Vermutung aussprechen sollte.

»Was ist wirklich merkwürdig«, fragte sie ungeduldig.

»Unser vorläufiger Bericht über QEL-250-2«, antwortete Schulz statt seiner.

»Sind Sie sicher?«

»Siebert konnte es nicht verheimlichen. Es war das einzige im

Schrank, das für einen potentiellen Einbrecher von Interesse sein konnte«, nahm Grasser wieder das Wort auf. »Siebert schloß den Hefter am Freitagnachmittag in meinem Beisein dort ein. Außerdem hat er es mir gegenüber zugeben, wohl im ersten Moment des Schocks.«

»Was ist mit der Polizei? Kann die schon etwas sagen?«

»Das ist das, wie ich meine, tatsächlich kuriose. Siebert scheint unter allen Umständen verhindern zu wollen, daß sie benachrichtigt wird. Er vermutet einen Angriff der Konkurrenz. So etwas müsse sich auf friedlicher Basis regeln lassen, betonte er. Aus dieser Perspektive betrachtet hat er nicht ganz unrecht. Sollte es der Fall sein, bestünde die Gefahr, daß die Ermittlungsarbeit der Polizei zuviel Firmengeheimnisse offenlegen könnte.«

»Ein Einbruch bleibt ein Einbruch und ist kein Kavaliersdelikt. Das ist doch eine Sache für die Polizei«, rief sie verärgert über Sieberts Verhalten aus.

»Ich glaube nicht, daß es die Konkurrenz war«, sagte Grasser bedeutungsschwer.

»Wie meinen Sie das nun wieder?« Sie schaute fragend zu Schulz, der mit den Achseln zuckte, um zu betonen, daß er auch nicht wisse, was der Kollege meinte.

»So wie ich es sage«, orakelte Grasser.

Ihr war seine Gleichgültigkeit manchen Dingen gegenüber bekannt, weshalb sie sich nicht allzu sehr über seine Reaktion wunderte. Aber daß ein Pedant wie Siebert sich mit Händen und Füßen dagegen zu sträuben schien, die Polizei zu benachrichtigen, versetzte sie doch in Erstaunen. Entschlossen mit ihm darüber zu sprechen, suchte sie ihn auf bevor Grasser und Schulz etwas sagen konnten.

Ihr vergleichsweise zaghaftes Klopfen an Sieberts Bürotür – seine Sekretärin war mit den anderen auf dem Flur – stand im Widerspruch zu ihrem forschen Auftreten. Sie betrat sein Büro höchst ungern. Bald jeder Besuch war für sie mit einer unangenehmen Erinnerung verbunden. Siebert hielt nicht viel von Frauen, die einen klassischen Männerberuf ergriffen hatten, was er offen zeigte. Mit gemischten Gefühlen wartete sie auf seine Aufforderung einzutreten.

Offenbar war ihr Klopfen zu zaghaft gewesen, da eine Reaktion ausblieb. Sie klopfte erneut, diesmal kräftiger. Erst jetzt schien er es gehört zu haben.

Von drinnen erscholl sein typisches herrisch näselndes: »Herein!«

Sie drückte die Klinke nieder und trat entschlossen ein, wenn auch mit einem leicht beklemmenden Gefühl.

Sieberts Büro war schlicht eingerichtet, nichts Persönliches war zu erblicken. Der Aktenschrank, aus dem die Unterlagen entwendet worden waren, stand links neben der Tür. Es war ein gewöhnlicher, grauer, feuerhemmender Stahlschrank mit einem soliden, aber dennoch einfachen Schloß, das mit Gewalt aufgebrochen worden war. Der Täter hatte nicht einmal versucht, es auf behutsamere Weise zu öffnen. Auf dem hellbraunen Teppichboden lagen Schnellhefter und Aktenordner auf einzelnen Blättern verstreut. Siebert kniete vor dem Haufen und las die Schnellhefter und die Aktenordner auf. Sie fragte sich, wie es ihm in dem Durcheinander aufgefallen sein konnte, daß lediglich die QEL-Akte fehlte, diese hatte sich in einem unauffälligen Plastikschnellhefter befunden, von dem ein Dutzend vergleichbare auf dem Boden verstreut lagen.

Nachdem sie die Tür hinter sich geschlossen hatte, sah er kurz auf. Er nahm sie mit einem Blick zur Kenntnis, als wäre sie eine Reinigungskraft, die zu einem denkbar ungünstigen Zeitpunkt sein Büro sauber machen wollte.

»Ach, Frau Doktor Jagenberg«, sagte er, als hätte er mit jedem gerechnet, nur nicht mit ihr, ohne sich die Mühe zu machen, mit Aufsammeln innezuhalten und aufzustehen.

Sie dachte unwillkürlich daran, wie viele Männer seine momentane Position ausgenutzt und ihre schönen Beine ausgiebig betrachtet hätten, doch nichts davon bei Siebert. Er schien für die Reize attraktiver Frauen unempfänglich zu sein, auch für seine attraktive Sekretärin schien er kein besonderes Augenmerk zu besitzen.

»Was führt Sie zu mir?« fragte er in einem übertrieben barschen Tonfall, worauf sie leicht zusammenzuckte. »Ich hoffe, es dauert nicht allzu lange, wie Sie selbst sehen, gibt es hier einiges zu ordnen. Sicherlich wurden Sie schon von den Kollegen über den Vorfall informiert, der sich hier übers Wochenende ereignet hat.«

»Über diesen Vorfall will ich mit Ihnen reden«, blieb sie entschlossen.

»Sie also auch!« Er reagierte heftiger, als es angebracht gewesen wäre.

Er hatte die losen Blätter vom Boden aufgelesen, stand etwas schwerfällig auf, legte sie achtlos auf den schlichten Schreibtisch und ließ sich leicht enerviert in den Sessel fallen, der daraufhin knarzte.

Helene bemühte sich, seinen Ausruf zu überhören. Sie tröstete sich damit, daß ihre Antipathien auf Gegenseitigkeit beruhten.

»Es geht darum, daß Sie sich offenbar weigern, die Polizei von einem Einbruch in Kenntnis zu setzen. Das ist, was ich nicht verstehe«, verschaffte sie ihrer Empörung Luft.

»Nun mal langsam, junge Dame«, entgegnete er in einem Tonfall, als hätte er ein kleines, naives Mädchen vor sich. Unter anderen Umständen hätten seine Worte sie eher amüsiert, jetzt erhöhten sie nur ihren Ärger. »So schwerwiegend, wie *Sie* diesen Einbruch sehen wollen, ist er fraglos nicht. Es wurde lediglich mein Aktenschrank aufgebrochen, in dem sich so gut wie keine Dinge befinden, die für einen Dieb von Interesse sein könnten. Kein Bargeld oder sonst etwas wirklich Wichtiges wurde entwendet. Alles andere befindet sich immer noch an seinem Platz. In meinen Augen dürfte es daher eine Mutprobe von Jugendlichen gewesen sein. Man sollte deshalb kein Theater veranstalten, wie es anscheinend nicht wenige aus der Abteilung für opportun halten.«

»Es wurde nichts Wichtiges gestohlen«, höhnte sie schon fast. »Was ist mit unserem Bericht zu QEL?«

»Das wissen Sie also auch schon«, seufzte er, als würde ihm ihr Auftritt nicht schon reichen, und lehnte sich zurück, die Fingerspitzen aneinanderlegend, wobei sein Stuhl erneut scheinbar gequält ächzte.

»Außerdem scheint mir Ihre Vermutung, daß es eine Mutprobe von Jugendlichen war, etwas weit hergeholt, schließlich ist das Werksgelände beinahe so gut gesichert wie eine Bank«, fuhr sie verärgert über seine Reaktion fort.

»Auf den ersten Blick scheint das so zu sein, aber bei näherem Hinsehen, das können Sie mir glauben, ist es nicht so schwer hier unerkannt einzudringen, besonders am Wochenende, wo hier alles verwaist ist. Der Werkschutz befindet sich personell kaum in der Verfassung, jeden Zentimeter des Geländes, gerade bei Nacht, im Auge zu behalten, davon abgesehen, daß ihnen mit Sicherheit dazu auch häufig die Lust fehlt. Es könnte gut sein, daß es jemand von unseren Auszubildenden mit einigen aus seiner Clique war.«

»Von den wenigen, die in unserer Abteilung sind, kann ich mir das nicht vorstellen.«

»Ich sagte ja nicht, daß es einer von *unseren* gewesen sein muß, was ich im übrigen auch nicht glaube. Aber es gibt sicherlich in den anderen Abteilungen einige, die dafür infrage kämen.«

»Gegen diese Annahme spricht die Tatsache, daß die QEL-Unterlagen entwendet wurden. Bei einer Mutprobe hätten sie etwas anderes mitgehen lassen, das einwandfrei belegt, daß sie hier gewesen sind. Eine simple Akte, wie der QEL-Schnellhefter läßt sich zur Not ohne großen Aufwand selbst herstellen.« Sie wußte, daß das kein wirklich schlüssiges Argument war, aber etwas anderes fiel ihr in der Hitze des Augenblicks nicht ein.

»Ihr Kollege Grasser erklärte mir, daß die Ergebnisse alles andere als befriedigend seien. Eigentlich ließe sich damit kaum etwas anfangen. Was sollte also jemand damit beginnen? Wenn wir mal von Ihrer Vermutung ausgehen, daß es keine Jugendlichen waren.«

»Selbst wenn dem so wäre, bliebe immer noch der Tatbestand des Einbruchs bestehen«, versuchte sie einen letzten Anlauf.

»Ich sagte Ihnen schon, daß ich es für einen Dummejungenstreich halte. Professionelle Einbrecher hätten bei einem so schlichten Schloß keine grobe Gewalt angewandt. Diese Schränke sollen den Inhalt weniger vor Diebstahl als vor Brand und ähnliches schützen. Wahrscheinlich taucht die Akte schneller wieder auf, als wir vermuten. Außerdem wundert mich, daß gerade Sie, die doch eher fünf gerade sein läßt, unbedingt die Polizei ins Spiel bringen will. Als Aktivisten der Studentenbewegung müßten *Sie* doch ein distanzierteres Verhältnis zur Polizei besitzen.«

»Einmal davon abgesehen, daß wir seinerzeit gegen Leute, wie Sie sie repräsentieren, protestierten, gegen die Ignoranz und das Vergessen waren, befindet sich die Polizei immer zwischen Vertretern beider Gruppen. *Wir* waren nie für Anarchie, sondern für ehrliche Demokratie. Doch habe ich keine Lust mit Ihnen darüber zu diskutieren! Wenn Sie nichts in dieser Sache unternehmen wollen, werde eben *ich* das Nötige in die Wege leiten«, verkündete sie entschlossen und wollte schon gehen, ohne ihn noch eines Blickes zu würdigen.

Sie hatte kaum die Tür erreicht, als er ungewöhnlich ruhig und offen drohend sagte: »Sie können es tun. Das steht Ihnen frei. Allerdings sollten Sie sich über die möglichen Folgen für Sie selbst und Ihre Arbeit hier im klaren sein.«

Sie blieb abrupt stehen, als wäre sie gegen die geschlossene Tür gelaufen. Sie drehte sich auf den Absätzen um und schaute ihn sichtlich irritiert an.

»Wie meinen Sie das?« fragte sie eisig und mit leisem Zittern in der Stimme.

»Wie ich es sage, Frau Doktor Jagenberg. Es wird nicht überschaubare Folgen für Sie haben.«

»Wie würden die aussehen?«

»Zuerst würden Sie vom QEL-Projekt abgezogen. Ich dachte daran, Sie in unser Labor zu versetzen, wo die Laboranten im ersten Lehrjahr beginnen. Sie können sie im Messen von pH-Werten und ähnlichem unterweisen. Sicherlich eine dankbare Aufgabe für einen Chemiker mit *Ihrer* Qualifikation.«

»Das wagen Sie nicht«, stieß sie ungläubig hervor.

»Sie haben mich richtig verstanden. Ich werde es sehr wohl wagen. Sie lassen mir keine Alternative. Vielleicht werde ich auch Ihr Gehalt beschneiden müssen, denn auf diesem Posten wären Sie für das Unternehmen nicht mehr so wertvoll wie auf Ihrem momentanen. Auch wenn *Sie* das sicherlich nicht so hart treffen wird, wie einen Ihrer Kollegen. Aber ich bin überzeugt, daß es so schlimm nicht werden wird«, fügte er mit fast schon ätzender Häme hinzu, die ihren Blutdruck in nie gekannte Höhen steigen ließ, und sah sie offen feindselig an.

Sie war viel zu sehr von ihm überfahren worden und hatte sich in den letzten Jahren auch gegen keine Autorität mehr durchsetzen müssen, als daß es ihr gelungen wäre, dieser Unverschämtheit mit adäquaten Worten zu begegnen. Sie konnte ihn nur entgeistert ansehen.

»Für den Rest des Tages gebe ich Ihnen frei. Die Ereignisse waren wohl etwas viel für Sie. Sie sind trotz allem eine Frau, *das* können Sie nicht leugnen, selbst wenn Sie sich noch so bemühen. Morgen melden Sie sich bei Herrn Cylanskij. Ich hoffe, daß Sie nun nicht mehr eigensinnig darauf bestehen, die Polizei zu benachrichtigen. Sollten Sie es noch immer planen, sehe ich mich leider gezwungen, Ihre fristlose Entlassung zu erwirken. Ich werde bemüht sein, es so unvorteilhaft wie möglich für Sie darzustellen, was es erschweren wird, wenn nicht unmöglich machen, jemals eine Stellung zu bekommen, wie Sie sie zurzeit noch innehaben. Sie wissen, ein Onkel von mir bekleidet einen wichtigen Posten im Aufsichtsrat. Er schuldet mir noch einen Gefallen. Ich hoffe, wir haben uns verstanden, Frau Jagenberg!« Es war ein glatter Hinauswurf.

Sie verließ das Büro, ohne ein weiteres Wort an ihn zu richten. Sie wußte nicht, ob sie von Wut oder Enttäuschung beherrscht werden sollte. Die Tür zu seinem Büro warf sie mit einem lauten Knall zu, was ihn in seiner Überzeugung bestätigte, daß sie ihn verstanden hatte.

»Wirklich schlimm ist, daß ich mich von ihm habe abkanzeln lassen wie eine dumme Göre. Es gab eine Zeit, da hätte ich mich anders verhalten. Ich fürchte, ich werde alt«, beendete sie wütend über sich und leicht resigniert zugleich ihren Bericht, den sie Grasser von ihrer Auseinandersetzung mit Sieberts gegeben hatte.

»Ich hatte Sie darauf vorbereitet, daß er um keinen Preis die Polizei hier haben will«, entgegnete er ruhig. Sieberts Reaktion überraschte ihn nicht. »Aber wer rechnet schon mit einer solch heftigen Reaktion von ihm. Vermutlich hatten Sie soeben das zweifelhafte Vergnügen besessen, ihn so zu erleben, wie er wirklich sein kann.«

»Ist das Ihre ganze Auffassung zu diesem Thema«, fragte sie ungläubig.

»Was haben Sie erwartet? Daß ich mit Ihnen zu Siebert gehe und ihn zur Rede stelle?«

»Sie wissen so gut wie ich, daß ich das als letztes von überhaupt jemanden erwarte. Dennoch kann ich Ihre Haltung nicht verstehen. Zu allem Überfluß er hat mich zu den Anfängern versetzt.«

»Nehmen Sie es als eine Bereicherung Ihres Erfahrungsschatzes«, meinte er lakonisch und wandte sich ostentativ seinen Notizen zu.

Sie trat ans Fenster und blickte hinaus. Draußen schien seit einigen Tagen wieder die Sonne und brachte viele Knospen zum Aufbrechen.

»Ich habe schon lange aufgegeben, mich um die Launen von Vorgesetzten zu kümmern«, sagte er nach einer langen Pause, mehr an sich selbst gewandt. Sie blickte weiterhin nach draußen, hörte ihm aber zu. »Sie wissen sicherlich, daß ich in Dresden geboren bin, Mitte der '30er Jahre. Ich habe schon als kleiner Junger erfahren müssen, was die Launen von Oberen bewirken können. Meine Eltern zogen mit mir vor '39 in einen kleinen Ort nahe Dresden, was uns wohl das Überleben gesichert hat. Meinem Vater hatte man, weil er im Sommer '44 offen den Endsieg infrage stellte und wohl auch, weil er lange in der kommunistischen Partei aktiv war, bevor der irre Österreicher das Land in einen unvorstellbaren

Abgrund führte, von der Gestapo abholen lassen. Meine Mutter, meine beiden jüngeren Schwestern und ich hatten währenddessen Todesängste ausgestanden. Ängste, die jemand wie Sie sich nicht vorstellen kann, Ihr Vater sicherlich auch nicht. Sie haben das Glück in eine Familie hineingeboren zu sein, deren Vorfahren sich rechtzeitig in Sicherheit brachten. Verstehen Sie mich jetzt, bitte, nicht falsch, ich verurteile Ihren Großvater nicht, weil er ins Exil ging. Das war das einzig Vernünftige in dieser Zeit, das hätten viel mehr machen sollen. Leider hatten nur wenige das Geld dazu und was noch wichtiger ist, den Mut. Ich verehre Ihren Großvater als einen der herausragendsten deutschen Künstler dieses Jahrhunderts – doch das nur am Rande. Erst nach zwei Monaten sahen wir unseren Vater wieder, mehr tot als lebendig. Die Nazis hatten ganze Arbeit geleistet. Sie hatten ihn als Menschen wie als Mann gebrochen. Vermutlich bedeutete es für sie einen besonderen Spaß, einen unliebsamen Gegner einmal nicht zu Tode zu quälen, sondern nur bis knapp davor. Mein Vater, der von meiner Mutter aufopfernd gepflegt wurde, genas nie mehr. Er konnte seinen Beruf nicht mehr ausüben. Dabei war er ein guter Arzt gewesen, einer, der seinen Beruf mit Leidenschaft ausübte.«

Er mußte eine Pause machen. Ungeachtet der verflossenen Jahre war die Erinnerung an jene Zeit für ihn schmerzvoll. Sie hörte ihm aufmerksam zu, wandte sich aber nicht vom Fenster ab, was ihm das Erzählen erleichterte.

»Dann kamen die Russen. Viele flüchteten nun, weil sie sich vor ihnen fast noch mehr fürchteten, als vor den Nazis, eigentlich zu Recht, bedenkt man, wie barbarisch die Deutschen sich gerade in ihrem Land aufgeführt hatten. Mit meinem kranken Vater war an Flucht nicht zu denken. Wir blieben, mußten bleiben. Zwar waren die Russen nicht so arg wie die Nazis, die letztlich von niemanden zu übertreffen sind, auch wenn sich jemand noch so anstrengen wollte, aber angenehm war das Leben unter den neuen Machthabern nicht. Für uns wurde es erträglicher, als die neuen Machthaber erfuhren, daß mein Vater früher in der kommunistischen Partei aktiv war. Dann wurde die DDR ins Leben gerufen, jener Satellitenstaat der Sowjetunion, der heute noch existiert und wie es scheint noch lange existieren wird. Als in Westdeutschland bereits das Wirtschaftswunder blühte, verfügten wir gerade über das Nötigste. Immer und immer wieder stellte meine Mutter für uns Ausreiseanträge. '55 durften wir endlich gehen, nicht zuletzt, weil mein Vater wohl nie mehr als arbeitende Kraft der Gemeinschaft hätte dienen können. Wir waren glücklich, das Land verlassen zu können. Aber das Glück erwies sich als trügerisch. Die hiesigen Behörden gingen auch nicht gerade freundlich mit uns um. Es war nicht zu übersehen, daß sie in uns potentielle Spione sahen, die die freiheitliche Ordnung des Westens untergraben wollten. Die Kommunistenhatz hatte gerade einen ersten Höhepunkt erreicht. Hüben wie Drüben lief und läuft auch heute noch die Propaganda auf vollen Touren. Endlich hatten wir alle Behördengänge hinter uns und siedelten nach Heidelberg über, wo ich auch studieren konnte, ein Wunsch meines Vaters, obwohl wir dazu eigentlich kein Geld hatten. Mein Vater starb kurze Zeit nach unserer Übersiedlung, mit nicht einmal fünfundfünfzig Jahren als alter Mann.«

Er widmete sich wieder seinen Notizen. Sie dachte über seine Worte nach und versuchte zu verstehen, warum er so dachte und handelte. Sie stellte ihre freie und sorglose Jugend der seinen gegenüber.

Mit einem tiefen Seufzer wandte sie sich vom Fenster ab und verließ ohne ein Wort das Labor. Er warf ihr einen mitfühlenden, aber auch leicht bewundernden Blick nach.

6.

Mit kreischenden Reifen fuhr Helene aus der Tiefgarage, schnitt dabei einen Kleinwagen, dessen Fahrer panikartig auf die Bremse trat und ihr hinterherfluchte. Sie bemerkte ihn nicht einmal. Sie fuhr ziellos in die Stadt hinein, ließ immer wieder das Gespräch mit Siebert Revue passieren, was ihre Wut, vor allem auf sich selbst, weil sie sich von ihm hatte abkanzeln lassen, wie eine dumme Göre, nur steigerte.

Ihre planlose Fahrt führte sie schließlich ins Severinsviertel. Sie hielt in der Nähe einer Kneipe. Im ersten Moment war sie unsicher, ob sie hineingehen sollte, aber nach dem, was sie mit Siebert erlebt hatte, war sie überzeugt, einen kräftigen Schluck vertragen zu können.

Die Türen der alt eingesessenen Kneipe standen offen, ein schwerer, lichtdichter Vorhang trennte den Schankraum von der Straße. Die Luft im Inneren war leicht verraucht. Es waren nur wenige Gäste dort, erst gegen Abend belebte es sich. An der Theke lehnten zwei ältere Männer und unterhielten sich bei einem Glas Kölsch. Sie mußten schon einige Zeit hier sein, denn auf ihren Bierdeckeln waren jeweils vier Striche. Im zwischen ihnen stehenden halbvollen Aschenbecher qualmte ein frisch angezündeter Stumpen. An einem Ecktisch unweit des Eingangs saßen drei jüngere Männer beim Skat. Ihr Aschenbecher quoll fast über und Zigarettenasche hatte sich auf dem Tisch verteilt. Die Striche auf ihren Bierdeckeln waren zahlreicher. An einem Tisch im hinteren Bereich unterhielten sich vier Männer in Maßanzügen bei Wein und Cola gedämpft über Geschäfte. Der Wirt, eine in jeder Hinsicht gewichtige Erscheinung, polierte hinter der Theke gelangweilt Gläser mit einem sauberen karierten Küchentuch. Das gedämpfte Licht, das durch die flaschengrünen Butzenfenstern hereindrang, wurde von zwei Leuchtstoffröhren unterstützt, die eine leicht kühle Atmosphäre verbreiteten und in der dunklen Täfelung wenig Reflexionsflächen besaßen.

Sie schwang sich auf einen Barhocker am Ende der Theke und

legte ihre Handtasche darauf. Der Wirt unterbrach das Polieren der Gläser und wandte ihr seine Aufmerksamkeit zu.

»Was darf es sein?«

»Kölsch und Klaren«, entschied sie impulsiv.

Er zapfte das Kölsch, stellte das Glas auf einen Bierdeckel und machte einen Strich darauf. Goldgelb schimmerte das Obergärige, das nur eine minimale Schaumkrone trug. Kondenswasser bildete sich schnell auf der Außenseite des Glases. Sie betrachtete es und seinen Inhalt solange interessiert, bis der Wirt ihr den Klaren eingeschenkt hatte. Er machte ein Kreuz auf dem Deckel und widmete sich wieder seinen Gläsern.

Sie leerte den Klaren in einem Zug, ignorierte das Brennen des Alkohols auf der Zunge und im Rachen und verfuhr mit dem Kölsch auf gleiche Weise. Anschließend mußte sie das Bedürfnis unterdrücken aufzustoßen.

»Noch einmal dasselbe«, forderte sie.

Der schnell hinuntergestürzte Alkohol tat bald seine Wirkung. Sie fühlte sich etwas leichter. Ihre Frustration, die sie sich zum Teil schon auf der Fahrt hierher im Straßenverkehr abreagiert hatte, schien nicht mehr ganz so groß zu sein.

Der Wirt war beeindruckt, wie schnell diese schöne, elegante, junge Frau dem Klaren und dem Kölsch den Garaus gemacht hatte. Er stellte ihr zwei frische Gläser hin und machte die obligatorischen Striche und Kreuze auf dem Deckel. Dann wandte er sich wieder seinen Gläsern zu, ohne sie aus den Augen zu lassen.

Sie schien etwas zu beschäftigen. Sie wirkte nicht wie eine, die gerne mal einen trank. Doch wollte er sich noch nicht festlegen. Er würde darauf achten, daß sie sich nicht zu sehr betrank, denn bei Menschen, die Alkoholika nur genießen, wenn sie Probleme haben, mußte man immer mit unvorhersehbaren Reaktionen rechnen.

Sie trank erneut zuerst den Klaren in einem Zug, mit dem Kölsch ließ sie sich jetzt etwas mehr Zeit, doch nur aus der Befürchtung heraus, das Bedürfnis zu rülpsen, ein zweites Mal nicht unterdrücken zu können. Ihr war es peinlich, geschah es in der Öffentlichkeit, zu Hause bereitete es ihr manchmal eine kindliche Freude, so kraftvoll wie möglich aufzustoßen. Insgesamt viermal bestellte sie das Ensemble. Sie trank zwar jedes Mal langsamer, dennoch tat der Alkohol rascher seine Wirkung.

In ihrer Studienzeit, während sie mit Freunden und Mitbewohnern nächtelang über das Elend der Welt und wie es zu verbessern wäre, diskutierte, hatte sie nicht selten annähernd zwei Flaschen Wein allein geleert, gekifft und war anschließend ohne großen Brummschädel zu den Vorlesungen am darauffolgenden Tag gegangen. Aber seit sie von der Uni und aus der Kommune weg war, war sie diesbezüglich erschreckend solide geworden, wie sie sich selbst eingestand. Heute trank sie nur in Gesellschaft gelegentlich ein Glas Wein oder Sekt oder ab und an ein Bier. Ihr Körper war dem Alkohol weitgehend entwöhnt, was sich jetzt zeigte.

Alles schien leichter zu werden und alle Sieberts dieser Welt waren ihr plötzlich egal. Und doch hätte nicht viel gefehlt und sie hätte laut vor sich hingeflucht.

Seit über einer Stunde saß sie an der Theke. Sie nahm den letzten Schluck aus ihrem Kölschglas.

»Noch einmal dasselbe«, forderte sie mit bereits schwerer Zunge.

Sie näherte sich in großen Schritten einer starken Betrunkenheit. Fahrtüchtig war sie längst nicht mehr.

»Meinen Sie nicht, daß Sie genug haben könnten«, fragte der Wirt freundlich, den ihr Zustand langsam in Sorge versetzte. »Es wäre Ihr fünfter Klarer.«

»Na und?« erwiderte sie barsch und um einen festeren Klang ihrer Stimme bemüht, was ihr einigermaßen glückte. »Ich kann das schon vertragen! Sie brauchen sich keine Gedanken zu machen.«

»Ich meine ja nur«, gab der Wirt achselzuckend zurück und brachte ihr das Gewünschte. Er sorgte sich zwar um seine Gäste, vermied aber auch jeden Ärger mit ihnen, außer wenn er sich sicher war, daß sie einen Hang zum Randalieren besaßen.

»Eines mit Schuß, Jupp«, bestellte eine junge Frau fröhlich, die unbemerkt von Helene das Lokal betreten hatte.

»Was macht die Kunst, Frau Nojbisch«, fragte der Wirt freundlich, während er ihr das Gewünschte bereitete.

»Mühsam ernährt sich das Eichhörnchen«, gab sie gutgelaunt Auskunft.

»Ich will noch einen Klaren«, forderte Helene lautstark. Der letzte hatte ihr einen weiteren Teil ihrer Hemmungen genommen.

»Ich kann nicht hexen«, gab der Wirt ungehalten zurück, während er die junge Frau bediente.

Diese nahm ihr Glas entgegen und einen kräftigen Schluck daraus. Sie hatte Helene gleich beim Eintreten bemerkt. Ihr entgingen selten neue Gesichter. Helenes elegante Erscheinung war ihr besonders aufgefallen; das beige Designerkostüm, die reinseidene Bluse, die handgearbeiteten hochhackigen Pumps aus feinem Leder, die taillenlangen, mehr roten als braunen Haare, die gepflegten Hände, die langen, wohlgeformten Beine. Diese Frau gefiel ihr. Was ihr nicht gefiel, war der offensichtliche Versuch sich zu betrinken.

»Eine sehr schöne Frau«, bemerkte Ria Nojbisch vertraulich zum Wirt, nachdem er Helene den Klaren eingeschenkt hatte.

»Schön ist sie, keine Frage!« seufzte er leicht. »Sie kam vor einer Stunde herein, bestellte ein Kölsch und einen Klaren und ist mittlerweile beim fünften Kölsch und dem sechsten Klaren, die sie alle verkonsumiert, als wären sie Mineralwasser. Ich habe sie schon darauf aufmerksam gemacht, daß sie langsam genug hat. Doch sie wurde nur schroff. Sie hätten ihren Tonfall hören sollen! Ich hoffe nur, daß sie sonst nicht so ist, andernfalls – Schönheit hin oder her – wäre sie ein unerträglicher Zeitgenosse.«

»Ich glaube nicht, daß sie immer so ist«, ergriff Ria Partei für sie. »Auf mich macht sie den Eindruck eines sonst eher sanftmütigen Menschen.«

»Sie mögen das als Frau wohl anders beurteilen«, meinte er achselzuckend.

Die Männer an der Theke wollten zahlen, die Gruppe Skatspieler war noch mit Eifer bei der Sache. Die vier Männer in den Maßanzügen waren vor einer halben Stunde gegangen.

»Vielleicht lief ihr der Freund weg«, wandte er sich an Ria, nachdem er kassiert hatte und die Männer nach einem kurzen Gruß gegangen waren. »Oder sie hat erfahren, daß ihr Mann sie betrügt.«

Ria schreckte aus ihren Gedanken. Sie hatte bereits ähnliches erwogen, dennoch blickte sie ihn ungläubig aus großen, tiefbraunen Augen an und sagte bestimmt: »Eine solche Frau betrügt man nicht. Man kann sich nur verschlechtern und noch weniger läuft man ihr weg. Nein, es muß sich um etwas anderes handeln.«

»Nun, Sie sind eine nicht weniger gutaussehende Frau«, versuchte er ihre Euphorie für Helene zu dämpfen. Schönheit war für ihn kein Ersatz für einen umgänglichen Charakter.

Ria Nojbisch war nur wenig kleiner als Helene mit ähnlichen Proportionen, ihr Haar nicht ganz so lockig und nur etwas mehr als schulterlang, aber ebenso seidig und fast schwarz.

»Ich bleibe dabei, daß man eine Frau wie sie nicht so einfach verläßt. Ich würde es nicht, wäre ich ein Mann.«

»Meinen Sie«, behielt er seine Zweifel. »Meiner Erfahrung nach greifen Frauen überwiegend wegen Beziehungsproblemen zum Alkohol.«

»Ich bin sicher, daß es sich um etwas anderes handelt.« Sie schaute erneut zu Helene hinüber.

Diese hatte sowohl ihr Pinchen wie auch die Stange geleert. Übelkeit stieg in ihr auf. Der Magen verweigerte eine weitere Aufnahme des ungewohnten Alkohols. Sie verschränkte die Arme auf der Theke, barg den Kopf darauf und versuchte die Übelkeit niederzukämpfen, doch der Brechreiz verstärkte sich.

»Verdammt, verdammt«, fluchte sie leise vor sich hin.

Ria erhob sich mit einem Seufzer. Diese Frau benötigte Hilfe. Sie ging zu ihr. Helene fluchte noch immer vor sich hin.

»Ich bin sicher, daß Sie Hilfe benötigen«, sagte sie, nachdem sie neben sie getreten war.

Helene bemerkte die junge Frau zuerst nicht. Mitfühlend legte ihr Ria eine Hand auf die Schulter. Sie hob den Kopf, in dem sich alles zu drehen schien und schaute Ria aus leicht geröteten und verquollenen Augen an. Sie fühlte sich elend.

»Was wollen Sie von mir«, lallte sie.

»Ich bin überzeugt, daß Sie genug versucht haben, sich eine mittelschwere Alkoholvergiftung zuzuziehen.« Ria ließ sich von der typischen Aggressivität eines Betrunkenen nicht aus der Ruhe bringen. »Sie sollten besser nach Hause gehen und sich ausruhen.«

»Mich würde interessieren, was Sie meine Probleme angehen«, gab Helene unwirsch zurück, die kaum noch einen klaren Gedanken fassen konnte.

»Genaugenommen nichts. Dies ist aber nicht das Problem, ein Problem ist, daß man sich zu wenig um seine Mitmenschen kümmert.«

Bevor Helene etwas darauf erwidern konnte, ergriff ihr Magen die Initiative. Sie würgte, versuchte sich dagegen aufzulehnen, was aber erfahrungsgemäß diese Dinge nie stoppen kann, geraten sie in Bewegung. Ria begriff sofort und führte sie schnellen Schrittes auf die Toilette. Sie konnte gerade noch den Deckel der Kloschüssel anheben und Helene helfen, sich darüber zu beugen, da vollendete Helenes Magen sein Vorhaben. Unter seinen konvulsivischen Kontraktionen gab sie den genossenen Alkohol wieder von sich. Für Helene schienen diese wenigen Sekunden, die verhinderten, daß sie ihren Organismus vergiftete, ewig zu dauern. Ihr war elend und ihre Bauchmuskeln schmerzten. Ihre Knie zitterten. Sie war froh, daß sie jemand festhielt.

Nachdem der Inhalt ihres Magens in der Kloschüssel eine neue Heimat gefunden hatte, fühlte sie sich etwas besser. Sie richtete sich auf, lehnte sich mit dem Rücken an die geflieste Wand und schloß die Augen. In ihrem Kopf drehte sich weiterhin alles. Sie bemerkte nicht, wie ihr Speichel am Kinn hinablief und auf die Bluse tropfen wollte. Ria wischte ihr mit einem Papiertuch das Kinn ab. Helene hatte einen ekelhaft sauren Geschmack im Mund. Sie atmete tief ein und aus. Der Druck auf ihren Magen ließ langsam nach. In ihr kreidebleiches Gesicht kehrte etwas Farbe zurück. Ria beförderte das Erbrochene mit einem Druck auf die Spülung in die Kanalisation. Helenes Herz klopfte heftig, in ihren Venen schienen Kolonien von Ameisen zu hausen. Nach und nach verlangsamte sich alles, was sich um sie herum drehte, ohne ganz aufzuhören, beruhigte sich ihr Herzschlag, ließ das Kribbeln nach und gingen ihre Atemzüge gleichmäßiger.

»Geht es wieder?« fragte Ria teilnahmsvoll.

Helene konnte nur schwach nicken. Zu einer verbalen Antwort fehlte ihr noch die Kraft. Sie öffnete die Augen, versuchte sich zu orientieren und wankte unsicheren Schrittes zum Waschbecken. Sie stützte sich mit den Armen auf dem Beckenrand auf und visierte den Abfluß als ruhenden Pol in einer Welt an, die noch immer nicht zum Stillstand kommen wollte. Das Chromsieb war mit einer dicken Kalkschicht überzogen. Das Becken war fleckig und rauh und hatte Spuren von achtlos darauf ausgedrückten Zigaretten. Helene spuckte die Reste ihres Mageninhalts hinein, die in ihrem Mund verblieben waren. Hinter sich hörte sie, wie Ria die Spülung ein zweites Mal betätigte, um auch die letzten Reste ihrer ›Sauforgie‹ zu beseitigen. Langsam hob sie den Blick zu dem fleckigen Spiegel, der über dem Becken hing. Sie schaute in ein bleiches Gesicht mit leicht geröteten und verquollenen Augen, mit verschmiertem Lippenstift und Spuren von Erbrochenem an den Lippen. Von ihrer natürlichen Schönheit war im Augenblick nur wenig zu sehen. Sie drehte den Wasserhahn auf und wusch sich ausgiebig das Gesicht. Das frische und kalte Wasser belebte sie. Sie verteilte es reichlich im Gesicht, spülte den Mund aus, trank etwas davon, um den Magen zu beruhigen. Ria reichte ihr Papierhandtücher, mit denen sie sich abtrocknete.

Helene hatte zwar noch immer ein flaues Gefühl im Magen, dafür waren ihre Gedanken wieder klarer geworden. Sie erinnerte sich, daß sie sich vorhin wie ein Ekel aufgeführt hatte.

Erst als sie die gebrauchten Papierhandtücher in den Abfalleimer warf, hatte sie einen umfassenden Blick für ihre Umgebung übrig. Sie hielt sich in einem kleinen Toilettenraum auf, nur eine Kabine und ein Waschbecken. Ein kleines gekipptes Fenster wies zum Hof hin. Eine Leuchtstoffröhre an der Decke erhellte den Raum. Die Wände waren bis auf zwei Metern Höhe beige gefliest. Die Decke, einst weiß gestrichen, war vom Tabakqualm mit einem braunen Schleier überzogen. Dennoch war die Toilette sauber, wenn auch der Wasserkasten mit den Spuren ausgedrückter Zigaretten reichlich verziert war. Frauen hatten wohl die gleichen Unarten wie Männer.

»Mein Magen hat mich überzeugt, daß ich zuviel getrunken habe. Man sollte nie versuchen seine Sorgen zu ertränken. Die können verdammt gut schwimmen«, versuchte sie einen halbgaren Scherz. Ihre Stimme klang noch leicht rauh.

Wie gut, daß ihr Vater sie nicht so sah, der hätte ihr etwas erzählt!

»Das kann man wohl sagen«, pflichtete Ria ihr bei.

Helene schaute Ria aufmerksamer an.

Sie war von der bildhübschen und sympathischen jungen Frau eingenommen. Sie wirkte wie eine Studentin in ihrer engen braunen Lederhose und dem Sweatshirt. Wie es schien, teilte sie ihre Vorliebe für hohe Absätze.

Helene fuhr sich mit den Händen durch ihre Mähne und schüttelte sie anschließend. Der Kreisel in ihrem Kopf war weitgehend zur Ruhe gelangt.

»Gehen wir, ich glaube, das ist kaum der richtige Ort, um sich zu unterhalten«, ergriff sie die Initiative.

Sie öffnete die Tür und ging zielstrebig, wenn auch noch leicht unsicheren Schrittes zu ihrem Platz zurück.

»Ich würde gerne zahlen«, wandte sie sich an den Wirt, der neu eingetroffene Gäste bediente.

»Sofort!« Die Erleichterung, daß sie erkannt zu haben schien, den falschen Weg beschritten zu haben, war nicht zu übersehen.

Ria trat neben sie. Für sie war Helenes Wandlung vom Häufchen Elend, das sie noch vor einer viertel Stunde gewesen war, zur zielstrebigen selbstbewußten Frau etwas plötzlich gekommen.

Der Wirt wandte sich Helene zu und rechnete auf dem Deckel nach, was sie zu bezahlen hatte.

»Was die junge Dame hat, setzen Sie bitte dazu«, sagte Helene mit einem freundlichen Seitenblick zu Ria.

»Damit sind es genau fünfzehn Mark«, sagte der Wirt.

Helene holte aus ihrer Handtasche einen Zwanziger. »Es stimmt schon. Wenn man schon besoffen 'rumpöbelt, sollte man wenigstens ein üppiges Trinkgeld geben«, fügte sie selbstironisch hinzu.

Eine originelle Art sich zu entschuldigen, war Ria amüsiert.

Der Wirt nahm den Schein mit einem freundlichen Lächeln entgegen und legte ihn in die Geldkassette.

»Nun zu Ihnen«, widmete sich Helene freundlich Ria, während sie die Geldbörse wieder in der Handtasche verstaute. »Wären Sie nicht gewesen, hätte ich hier alles vollgereihert. Ich meine, daß Sie schon deshalb ein Recht haben, zu erfahren, warum ich versuchte mehr Alkohol in mich hineinzuschütten, als ich vertragen kann. Ich hoffe doch, daß Sie über Zeit verfügen?«

»Ich kann mir den Tag größtenteils selbst einteilen.« Sie war neugierig, mehr über diese interessante Frau zu erfahren.

»Um ein Minimum an gesellschaftlichen Umgangsformen zu wahren, ich bin Helene Jagenberg.«

»Ria Nojbisch.«

»Ria – ein schöner Name«

»Sie sind nicht irgendwie mit Hans-Georg Jagenberg verwandt«, konnte Ria ihre Neugier nicht unterdrücken, dabei war Jagenberg nicht unbedingt ein seltener Name, aber sie hatte so eine Intuition.

»Irgendwie nicht, nein. Er war *nur* mein Großvater«, entgegnete Helene lachend, für die eine solche Frage nicht neu war.

»Ich hätte nie gedacht, daß ich einmal der Enkelin von Hans-Georg Jagenberg begegnen würde«, sagte Ria ungläubig.

»Gehen wir«, sagte Helene liebenswürdig.

Sie verließen das Lokal. Die Sonne schien von einem fast wolkenlosen Himmel. Helene schmerzte das grelle Sonnenlicht im ersten Moment in den Augen. Sie mußte stehen bleiben und sie kurz schließen. In ihr drehte sich doch noch immer viel zuviel.

»Geht es«, fragte Ria teilnahmsvoll.

»Ja«, entgegnete Helene und öffnete die Augen wieder. »Es dürfte besser sein, wenn Sie fahren. Ich werde dafür sorgen, daß Sie wieder nach Hause kommen.« Sie holte die Autoschlüssel aus ihrer Jackentasche und reichte sie Ria. »Ich muß Sie allerdings enttäuschen. Ich habe vom Talent meines Großvaters nichts geerbt, ebensowenig wie mein Vater. Bei mir hat es lediglich zur Chemikerin gereicht.«

7.

»Es macht Ihnen hoffentlich nichts aus, mich nach Hause zu fahren«, kam Helene erst jetzt der Gedanke, daß sie Ria womöglich mit ihrer Aufforderung überfahren hatte, denn eine richtige Bitte war es nicht gewesen.

»Aber nein«, wehrte diese entschieden ab. »Zum einen dürfte die Art unseres Zusammentreffens uns auf eine gewisse Weise verbinden und zum anderen würde ich die Enkelin von Hans-Georg Jagenberg gerne näher kennenzulernen, da ich ihn selbst nicht mehr kennenlernen kann. Womit ich nicht sagen will, daß ich nur mit Ihnen komme, weil sie seine Enkelin sind«, beeilte sie sich zu versichern.

»Das beruhigt mich«, schmunzelte Helene »Ich gebe zu, daß ich bisweilen dazu neige, die Leute zu überfahren. Da wären wir.«

»Sie sind in Ihrem Beruf sicherlich erfolgreich«, zeigte Ria sich beeindruckt.

Sie besaß auch eine Schwäche für Cabriolets.

»Nein, von meinem Gehalt allein könnte ich mir einen solchen Wagen nicht leisten. Das kann ich nur, weil ich einen Großvater hatte, der zu den erfolgreichsten Künstlern unseres Jahrhunderts zählt. Da ist der Salär meines Vaters, der eine Praxis in Wolfach sein eigen nennt, schon üppiger. Dennoch fühle ich mich in meinem Beruf wohl, zumindest habe ich mich das bis heute morgen.«

Helene schwieg. Ria respektierte, daß sie noch nicht darüber sprechen wollte. Sie schloß den Wagen auf und sie stiegen ein.

»Wohin soll ich Sie fahren?«

»Lassen Sie uns erst etwas spazieren fahren. Es ist ein so schöner Apriltag. Ich vermute, daß es Ihnen nicht unangenehm ist«, fügte sie mit einem verstehenden Lächeln hinzu.

»Gut, fahren wir etwas spazieren.«

»Was machen Sie, wenn sie keine Frauen davor retten, hoffnungslos dem Alkohol zu verfallen?«

»Dann halte ich mich mit der Anfertigung von Graphiken über Wasser.«

»Das klingt, als wäre es eine Art Nebenjob.«

»Das ist es auch. Leider werfen meine freien künstlerischen Arbeiten nicht genug ab, um davon leben zu können, auch wenn mir mein Galerist mindestens dreimal in der Woche versichert, daß ich ein aufstrebendes Talent bin«, sagte sie mit einem Anflug von Selbstironie.

»Man sollte meinen, daß er das beurteilen kann.«

»Ursprünglich wollte ich die Kunst von der Gelehrtenseite angehen. Nach dem Abi habe ich mit Kunstgeschichte begonnen, was meinen Eltern gefiel, mein Vater ist Kunsthistoriker. Dann stellte ich fest, daß mich die Praxis mehr als die doch recht dröge Theorie interessiert. Also versuchte ich, meine praktischen Kenntnisse zu vertiefen, da ich schon immer gerne gemalt und gezeichnet habe. Ich bemühte mich, um einen Studienplatz an der Düsseldorfer Akademie. Zwar hielten einige meine eingereichten Arbeiten für mittelmäßig, aber entwicklungsfähig. Wie dem auch sei, ich wurde zugelassen.«

»Machen Sie sich nichts daraus, Toulouse-Lautrec hatte auch Startschwierigkeiten. Sie hatten sogar mehr Glück als Großvater, der letztlich Architektur studierte, weil ihm der Zugang zur Akademie verwehrt wurde.«

»Das sagte ich mir auch, dennoch war ich enttäuscht, nur als mittelmäßig zu gelten, denn ich hatte in meine Arbeiten viel Zeit investiert. Während des zweiten Semesters fragte mich einer meiner Lehrer, ob ich es nicht mit der Fotografie versuchen wolle. Er war nicht nur ein ausgezeichneter Graphiker, sondern auch Fotograf. Ich erwiderte, daß ich gerne fotografiere, wenn auch nur sporadisch. Ich sollte ihm meine Fotos zeigen. Sie gefielen ihm. Eine Freundin von ihm, eine erfolgreiche Fotografin, suchte einen Assistenten, der sie nicht nur bei der Arbeit unterstützte, sondern auch über künstlerisches Talent verfügte. Als ich hörte, wer sie war, sagte ich mit Begeisterung zu. Mir gefielen ihre Fotos sehr. Mit klopfenden Herzen wurde ich bei ihr vorstellig. Ich weiß nicht wieso, aber ich war überzeugt, daß sie eine reife Dame irgendwo in den Fünfzigern sei, dabei hatte sie nur früh Erfolg gehabt und war damals erst Anfang vierzig. Ich bin mittlerweile neunundzwanzig und das war vor sieben Jahren. Sie war von mir begeistert und nahm mich als Assistentin und Schülerin unter ihre Fittiche.«

»Wer ist sie denn?«

Ria nannte den Namen.

»Ich kenne sie auch, zumindest ihre Arbeiten. Mir gefallen besonders ihre erotischen Fotografien, ihre Landschaften mag ich gleichfalls. Sie versteht es, Frauen auf eine sinnliche Weise und selbstbewußte Art darzustellen. Sicher, sie sind mitunter durchaus pornographisch, da haben gewisse Feministinnen schon recht, aber im Gegensatz zu ihnen ist das nicht negativ zu sehen. Sie haben diese Sichtweise, weil sie ein gestörtes Verhältnis zu ihrer eigenen Sexualität haben und sehen in Pornographie etwas, das gleich hinter dem Grauen der Inquisition kommt. Allerdings wird ihr auch nachgesagt, daß sie mit vielen ihrer weiblichen Modelle ein Verhältnis haben soll oder hatte. Ob es der Wahrheit entspricht, weiß ich nicht. Es dürfte außer den unmittelbar Betroffenen keinen etwas angehen. Vielleicht kann ein Künstler erst wirklich die Erotik seines Modells darstellen, wenn er ein Verhältnis mit diesem hatte und sei es nur für die Zeit, in das Werk entsteht. Um einen Menschen so gut als möglich abzubilden, sein Innerstes zu zeigen, seine Schönheiten zu betonen, muß man ihn intensiv kennenlernen. Irgendwann kommt das gegenseitige sexuelle Begehren von allein. Vermutlich wäre es für das seelische Gleichgewicht beider Seiten verheerender, würde kein Sex zwischen Künstler und Modell stattfinden. Es sei denn, der Künstler würde sein Modell wirklich als reines Objekt, als Muster für seine Arbeit sehen. Aber das, finde ich jedenfalls, ist nicht allzu schmeichelhaft, weder für das Modell, noch für den Künstler. Aber ich unterbrach Sie.«

»Ich stand ihr oft Modell. Einige Fotos von mir befinden sich in ihrem Privatbesitz, weil sie sehr persönlich sind. Ich lernte viel von ihr. Ich schloß mein Studium zwar mit einigem Lob ab, mußte aber die Erfahrung machen, daß man als Künstler zwar Ansehen genießt, aber nicht unbedingt davon leben kann, wenn man keine Aufträge ausführt. Aber für mich ist Geld eher Nebensache. Ich bin froh, daß ich einen Beruf ausüben kann, in dem ich mich glücklich fühle.«

»Das kann ich verstehen. Man sollte seinen Beruf lieben. Aber jetzt fahren wir zu mir.«

Ria betrachtete fasziniert die Bilder von Helenes Großvater im Wohnzimmer.

»Befinden sich noch viele im Familienbesitz?«

»Neunundsechzig«, sagte Helene mit einem verschmitzten Lächeln. »Großvater war ein Erotomane, darum die Anzahl. Im übrigen mag ich *Neunundsechzig*.«

»Wer mag das nicht«, lachte Ria.

»Das Gros des Familienbesitzes befindet sich als Dauerleihgaben in Museen, die über eine nennenswerte Jagenberg-Sammlung verfügen, die übrigen sind im Haus meines Vaters. Setzen wir uns doch. Was darf ich Ihnen anbieten? Ich selbst werde vorerst bei Cola und ähnlich harmlosen Sachen bleiben. Mir ist nämlich immer noch flau.«

»Für mich auch eine Cola«, sagte Ria und machte es sich mit übereinandergeschlagenen Beinen auf der grauen Ledercouch bequem.

Helene kam mit zwei Gläsern und einer gekühlten Flasche zurück und schenkte für beide ein. Sie setzte sich Ria gegenüber in einen Sessel und schlug ebenfalls die Beine übereinander.

»Sie werden schon auf die Erklärung für meinen Alkoholexzeß warten«, nahm Helene den Gesprächsfaden wieder auf und berichtete in groben Zügen, was sich am heutigen Morgen abgespielt hatte.

»Nach diesem Erlebnis ist es nachvollziehbar, daß Sie so reagierten«, sagte Ria verständnisvoll. »Abgesehen davon, daß er sich Ihnen gegenüber nicht gerade höflich benommen hat, um es freundlich zu umschreiben, hat er Ihnen offen gedroht und seine Position ausgenutzt, indem er Sie sozusagen strafversetzte. Ich glaube kaum, daß das nur geschah, weil Sie in seinen Augen eigenmächtig handeln wollten. Mir drängt sich der Verdacht auf, daß er Ihnen zusetzte, weil Sie ihn, hätte sich die Polizei der Sache angenommen, damit Bedrängnis gebracht hätten. De facto müßte sein Interesse daran, daß der oder die Einbrecher gefaßt werden, größer als Ihres sein. Schließlich ist es für keine Firma ein gutes Aushängeschild, spricht sich herum, daß man dort bequem ein und aus gehen und alles mögliche mitnehmen kann. Somit läßt seine Überreaktion nur den Schluß zu, daß er selbst nicht ganz unbeteiligt an dem Einbruch ist.«

»Daran habe ich noch nicht gedacht. Ich war einfach zu wütend. Das wäre natürlich ein Grund. Manchmal bin ich echt ein dummes Schaf!«

»Das glaube ich nun weniger. Sie haben mit seiner Reaktion nicht rechnen können. Sie waren zu empört, weil er Sie persönlich angegriffen hat.«

»Was soll es«, rief Helene unvermittelt aus. »Ich werde mich für einige Tage krank melden und abwarten. Vielleicht nehme ich auch Urlaub. Wenn genug Zeit verstrichen ist, werde ich versuchen, noch einmal vernünftig mit ihm zu reden. Ich ärgere mich über mich selbst, daß ich mich von ihm habe derart abkanzeln lassen. Früher wäre mir das nicht passiert. Ich war seinerzeit in der Studentenbewegung aktiv und da habe ich mir so einen wie ihn gerne zum Frühstück 'reingezogen. Ich glaube, daß ich wie viele meiner Mitstreiter doch alt geworden bin. Der Kampfeswille scheint abgestumpft zu sein. Früher, während meiner Studienzeit konnte ich auch mehr vertragen. Damals lebte ich in einer der seinerzeit üblichen Kommunen! Da hatten wir oft bis in die Morgenstunden diskutiert und dem Wein en Gros zugesprochen und manchen Joint geraucht. Da war es für mich nichts Besonderes, am nächsten Nachmittag noch ins Seminar zu gehen.«

»Sie haben in einer Kommune gelebt«, war Ria überrascht.

»Ja, immerhin hab ich '68 mit meinem Studium begonnen. Ich habe sowohl politisch als auch privat ein ziemlich wildes Leben geführt. Es würde mich nicht wundern, wenn mein Name noch heute in den Akten des Verfassungsschutzes schlummert. Ich habe damals ziemlich weit Links gestanden. Zwar nicht so weit, daß ich für Anarchie gewesen, oder gar Gefahr gelaufen wäre in die linke Terrorszene abzugleiten, die sich unter einigen Unzufriedenen zu formieren begann. Glücklicherweise ist keiner der alten Freunde in diese Szene gerutscht. Ich wurde durch mein Umfeld so geprägt, daß Gewalt niemals ein Weg sein kann, aus Problemen herauszuführen. Aber der Tod von Benno Ohnesorg und das Attentat auf Rudi Dutschke waren doch Ereignisse, die einen an der Legitimation unseres Staates haben zweifeln lassen. Ich meine, wenn ein ehemaliges NSDAP-Mitglied es bis zum Bundeskanzler bringen konnte, ist manches faul. Heute bin ich überzeugte Grüne. Es war insgesamt eine spannende Zeit. Mein Vater billigte überwiegend unsere Motive und konnte sich weitgehend damit identifizieren. Er hat mich oft in unserer Bude besucht, manchen Streit mit allzu konservativen Nachbarn geschlichtet, die die ›Hippies‹ und ›Gammler‹ gerne aus dem Haus gehabt hätten und nicht selten nächtelang mit uns diskutiert. Ich bin überzeugt, daß die diejenigen, die darauf pfeifen, nach dem offiziellen Moralmodell der Gesellschaft leben, das eindeutig bessere Leben führen und wohl ehrlichere, schließlich ist die herrschende Moral auch immer die Moral der Herrschenden.«

»Ganz so schlimm habe ich es zwar nie getrieben«, meinte Ria lachend mit einem leichten Anflug von Neid, »dennoch war ich nie eine Heilige.«

»Das sind mit Abstand die langweiligsten Menschen.«

»Ich war eine Zeitlang die Geliebte jener Fotografin. Ich gebe gerne zu, daß ich mich zu meinem eigenen Geschlecht weitaus stärker hingezogen fühle als zu Männern, ohne ganz von ihnen lassen zu wollen.«

»Jedem wie es für ihn am besten ist«, meinte Helene achselzuckend, die sich zu gut an die Worte ihres Vaters zu diesem Thema erinnerte und sich scheute, erneut in ein Fettnäpfchen zu treten.

Ria mußte sich schon sehr täuschen, wäre Helene nicht auch an Frauen interessiert. Sie erkannte aber so gut wie Helenes Vater, daß sie es verdrängte. So wie sie sie ansah, ohne sich dessen vielleicht bewußt zu sein, war offensichtlich genug.

Helene, die nichts von Rias Gedanken und deren Vorliebe für feminine Frauen ahnte, sah auf die Uhr.

»Ich würde Sie gerne zum Essen einladen. Vorher will ich duschen. Es kann Einbildung sein, aber ich habe das Gefühl nach Alkohol zu riechen.«

»Ich meine nicht, aber es gibt einen Geruch der Seele, den man reinigen möchte«, philosophierte Ria. »Gerne nehme ich Ihre Einladung an.«

Helene ging ins Bad. Ria vertiefte sich in Betrachtung der Jagenbergs und überlegte, wie sie die schöne Frau, die ihr der Zufall zugeführt hatte, ›verführen‹ konnte.

8.

Es war später am Abend. Um diese Zeit war das ›Rote Palais‹ stets gut besucht. Es lag nicht weit vom Zentrum in einer Gegend, wo trotz der Nähe zur Innenstadt die Mieten relativ niedrig waren, da die Häuser in einem Zustand gehalten wurden, der keine finanzkräftigen Mieter anzog, mit denen sich aber dennoch Geld verdienen ließ, da durch den Verzicht auf Reparaturarbeiten der Erlös nahezu als Reinverdienst verbucht werden konnte. Das ›Rote Palais‹ besaß bei einer speziellen Klientel eine gewisse Popularität. Rot war der einzige Teil des Namens, dem das Lokal gerecht wurde, da das Inventar in allen Schattierungen dieser Farbe, die scheinbar möglich sind, gehalten war. So vielfältig die Wahl der Farbschattierungen, so einfallslos war das Mobiliar. Tische und Stühle sowie die Polsterbänke an den Wänden schienen aus dem Notverkauf eines Billigmöbelanbieters zu stammen. Die Theke, rechter Hand vom Eingang, war aus mahagonifarben gestrichenem Holz, die Oberfläche stumpf und fleckig, übersät mit Brandflecken von achtlos gehandhabten Zigaretten, schräg gegenüber war eine kleine Bühne, der einzige Ort, der ausreichend Licht erhielt. Kleine Lampen mit roten Schirmen auf den Tischen und schwachen roten Glühbirnen an der Decke tauchten den Raum in ein schummriges vermeintlich romantisches Licht. Hinter der Theke führte ein Gang zu den Toiletten und zur Treppe, über die es zu den oberen Räumen ging, für jene, die sich mit den Damen eingehender zu beschäftigen wünschten. Der Barkeeper, ein fetter, schmieriger, mürrischer Typ, schien seine Arbeit hier als verschärfte Strafe zu empfinden und verhielt sich entsprechend, was nicht wenige Gäste als besonderen Charme des Hauses ansahen. Die meisten Besucher waren Stammgäste, selten verirrten sich Touristen hierher.

Der Gast, der allein an einem Tisch unweit des Eingangs saß, schien nicht hierher zugehören. Er war übermäßig gepflegt, trug einen Maßanzug und neigte zur Fettleibigkeit. Das schüttere Blondhaar war reichlich mit Frisiercreme behandelt, die glattrasierten Wangen leicht gerötet. Er schien auf jemanden zu warten. Wiederholt blickte er auf seine teure Schweizer Uhr. Vor ihm stand ein halbleeres, bereits schal gewordenes Kölsch. Er schenkte der grell geschminkten, wasserstoffblonden Frau kaum Beachtung, die in schritthohen, sich um ihre strammen Schenkel spannenden schwarzen Lackstiefel mit sehr hohen schlanken Absätzen, einem mit Nieten verzierten, schwarzen Ledertanga und langen schwarzen Lederhandschuhen zwar nicht immer dem Takt der Musik folgend, aber dafür betont lasziv auf der Bühne die breiten Hüften schwang und ihre üppigen schweren Bürste einem überwiegend gelangweiltem Publikum präsentierte. Dabei strebte ihre Darbietung dem Höhepunkt entgegen, denn jeden Moment würde sie den Tanga ablegen und den Zuschauern ihr Geschlecht präsentieren.

Den dicken Mann interessierte nur seine Uhr und der Eingang.

Ihre Darbietung endete unter verhaltenem Applaus. Der Mann sah nur kurz zur Bühne, wo die Frau den abgelegten Tanga und den für ihre Oberweite viel zu knappen BH vom Boden auflas, bevor sie sicheren Schrittes auf ihren hohen Absätzen von der Bühne ging und im Durchgang hinter der Bar verschwand. Die meisten Tänzerinnen amüsierten sich nicht mit den Gästen, so auch sie.

Die Pause bis zur nächsten Darbietung wurde mit Musik aus einer schaurig klingenden Anlage verkürzt, auf die aber niemand achtete, man beschäftigte sich lieber mit den Tischdamen.

Eine Animierdame, Ende zwanzig, mittelblond, mit ausgeglichenen Proportionen, das aparte Gesicht grell geschminkt, das hautenge rote Kleid vorne bis zum Nabel und hinten bis zum festen Po ausgeschnitten, trat zu ihm an den Tisch. Sie balancierte sicher auf ihren hochhackigen roten Lackpumps.

Sie stützte sich mit den Händen, deren Nägel lang und blutrot lackiert waren, auf der Lehne des Stuhls ihm gegenüber auf, wobei sie sich aufreizend vorbeugte, um ihm einen tiefen Einblick in ihr üppiges Dekolleté zu ermöglichen, ein bewährtes Mittel, um die Aufmerksamkeit eines Gastes zu fesseln. Doch der Mann zeigte keinerlei Reaktion.

»Darf ich Ihnen Gesellschaft leisten«, fragte sie mit einem wirklich sinnlichen Timbre.

Der Mann sah sie gelangweilt an und sagte abweisend, ohne sie eines weiteren Blickes zu würdigen: »Ich bleibe lieber allein. Ich erwarte jemanden.«

Er schaute wieder zur Tür, dann auf seine Uhr und kümmerte

sich nicht weiter um sie. Sie ließ ihn achselzuckend allein. Einem solchen Gast trauerte man nicht nach.

Warum mußte ihm auch ein Lokal als Treffpunkt vorschlagen werden, das zu einem Bordell gehörte? Er fühlte sich angeekelt.

Als er zum ungezählten Mal auf seine Uhr blickte und sich fragte, ob der andere nicht den Termin hatte platzen lassen, öffnete sich die Tür und ein großer athletischer Mann, Mitte dreißig im Maßanzug trat ein. Er war auf auffällige Art gepflegt; manikürte Hände, korrekt sitzender rechter Seitenscheitel, glatt rasiert. Seine Mimik wirkte auf eine unangenehme Weise hart, der schmallippige Mund verkniffen. Ein kalter Blick aus grauen Augen wanderte durch den Raum und blieb auf dem wartenden Mann ruhen. Er ging zielstrebig zu ihm, rückte mit einer herrischen aufgesetzten Geste den Stuhl zurecht und ließ sich darauf nieder, als müßte es für den Stuhl eine Ehre sein, daß er sich auf ihn setzte.

»Ich dachte schon, Sie würden nicht mehr erscheinen«, sagte der Wartende vorwurfsvoll, unbeeindruckt vom Machogehabe des anderen.

»Nun mal langsam«, entgegnete der Ankömmling arrogant. »Wir hatten zweiundzwanzig Uhr verabredet und es sind zweiundzwanzig Uhr.«

Ein leicht selbstgefälliges Grinsen flog über das Gesicht des Großen, weil der Mann zugeben mußte, daß er recht hatte.

»Weshalb haben Sie mich herbestellt?«

Der Dicke holte ein Foto aus der Jackettasche und reichte es ihm. Es war auf einer Betriebsfeier der Berger-Chemie vor zwei Jahren aufgenommen worden.

»Geile Tussie! Der sieht man an, daß die nur darauf wartet, gefickt zu werden. Was ist mit der?«

»Es handelt sich noch immer um den Einbruch ins Werk.«

»Das habe ich doch prima hinbekommen. Es sah so aus, als wären es einige Bengel gewesen.«

»Das war es auch. Es ist nur so; mein Kontakt im Werk hat durchblicken lassen, daß jemand sehr daran interessiert ist, die Polizei hineinzuziehen.«

Der Große nahm das Foto erneut in die Hand und betrachtete es aufmerksam.

»Was kann Ihnen schon passieren? Sie haben doch die gewünschten Unterlagen bekommen.«

»Wir müssen dennoch vorsichtig sein. Mein Kontakt konnte mir nicht genau sagen, ob es Kopien gibt. Zudem werden die Unterlagen von unseren Leuten noch auf ihre Vollständigkeit überprüft. Solange diese Aufzeichnungen nicht da sind, wo wir sie haben wollen, müssen wir eventuelle Provokationen vermeiden, die vielleicht diplomatische Verwicklungen heraufbeschwören könnten.«

»Das kümmert mich nicht. Aber was hat diese scharfe Alte damit zu schaffen? Ist das die Sekretärin Ihres Kontakts?«

»Sie werden verstehen, wenn ich zu diesem Zeitpunkt noch keine detaillierten Angaben zu ihr mache. Sie sollen sie vorerst nur beobachten, mehr nicht. Ich bin sicher, daß wir uns verstehen.« Er betonte jede Silbe.

»Davon gehe ich aus«, sagte der andere gelassen.

»Dann ist es gut. Ich werde nun gehen. Die Adresse der Frau steht auf der Rückseite. Sie hören von mir. Entweder bleibt es bei der vorübergehenden Beobachtung oder ich werde Sie weitergehend informieren.«

Er verließ das ›Rote Palais‹ ohne ein weiteres Wort. Der Zurückgebliebene schob das Foto in die rechte Jackettasche. Die Frau im roten Kleid kam nun auf ihn zu und fragte, ob *er* ihre Gesellschaft wünsche.

»Aber klar doch. Was willst du trinken? Millionärsbrause?« fragte er grinsend, wartete keine Antwort ab und bestellte zwei Gläser.

9.

Derweil lag Helene ausgestreckt in der Wanne, die Haare hochgesteckt, den Kopf auf dem Rand ruhend und die Augen geschlossen. Sie kreiste mit den Beinen leicht im warmen Wasser und trainierte wie jeden Abend den Beckenboden. Während dessen ließ sie den Tag Revue passieren. Der unangenehme Verlauf des Vormittags, die Szene in Sieberts Büro und ihr unrühmlicher Versuch, sich eine mittlere Alkoholvergiftung zuzuziehen, schienen eine Ewigkeit zurückzuliegen. Ria gefiel ihr, sie war eine sympathische junge Frau. Von Grasser hatte sie sich mehr versprochen. Sie versuchte, an etwas anderes zu denken, genoß das Bad und schloß das Beckenbodentraining mit ausgiebigem Onanieren ab, wobei sich immer wieder Rias Bild in ihre Fantasien schob.

Ria war relativ früh zu Bett gegangen. Sie lag auf dem Rücken, die Arme im Nacken verschränkt. Von draußen schien das Licht der Straßenlaternen herein. Sie blickte zur Zimmerdecke hinauf. Die Bettdecke bedeckte sie nur knapp. Sie konnte nicht so schnell wie gewöhnlich einschlafen. Ihre Gedanken waren bei Helene, die nicht nur Hans-Georg Jagenbergs Enkelin war, sondern eine wunderschöne und sympathische Frau, von der sie sich sexuell stark angezogen fühlte. Es war ihr länger nicht passiert, daß sie sich so schnell in eine Frau verliebt hatte. Sie stellte sich vor, wie schön es sein mußte, die Brüste und die Möse dieser Frau mit der Zunge zu erkunden. Helene versuchte zwar den Eindruck zu erwecken, daß sie Frauen gegenüber uninteressiert war, aber damit belog sie sich selbst. Ihr Körper sprach eine deutliche Sprache. Es war spät, als Ria einschlief, nachdem sie ausgiebig mit Gedanken an Helene onaniert hatte.

»Du verstehst dein Handwerk«, sagte Erich Pütz, mit dem der Dicke sich im ›Roten Palais‹ getroffen hatte, und griff nach seinem Seidenhemd. Er war in einem der Zimmer im oberen Geschoß.

Auch hier dominierte Rot. Das Mobiliar war auf das Notwendige beschränkt; französisches Bett mit roten Laken, zwei Stühlen, ein kleiner Tisch, eine niedrige Kommode, ein kleiner Fernseher mit

Videorecorder und einigen Kassetten, die für die Motivation der Kundschaft sorgen sollten, falls etwas nicht so lief, wie es sollte. Auf dem Boden lag ein dunkelroter, dicker Teppich, in den sich Spuren allzu heftiger Aktivitäten eingegraben hatten. Das kleine Fenster sah zum Hof hinaus. Der Heizkörper darunter war fleckig. Ein großer Spiegel hing über dem Bett und eine rote gemusterte Seidentapete an den Wänden. Bezüglich der Beleuchtung konnte zwischen rotem, schummrigen Licht oder hellem, weißen gewählt werden, die meisten Gäste bevorzugten das rote und bei manchen Gast und auch einigen Damen war das eine sinnvolle Entscheidung.

Erich wußte nicht mehr, wie oft er sich in einem derartigen Zimmer, einem Bordell überhaupt aufgehalten hatte. Er schloß gemächlich die Knöpfe seines Hemdes, das eine dicht behaarte Brust verdeckte. Die Frau, Ellen, schloß die obere Schublade der Kommode, in der sie die wenigen Utensilien verstaute, die er gewünscht hatte. Er war zu ihr nicht so machohaft gewesen, wie er sich gegeben hatte. Es war nicht einmal zum Geschlechtsverkehr zwischen ihnen gekommen, wenngleich er seinen Orgasmus gehabt hatte. Das waren ihr die liebsten Kunden. Das Geld war mit ihnen leichter verdient und sie konnte mehr dafür verlangen als fürs ›Normale‹. Sie zog ihr Kleid, das über der Lehne eines der beiden Stühle hing, wieder an. Sie wich seinem Blick aus. Sie war froh, wenn ihre Kunden anschließend so bald als möglich gingen.

»Vielleicht komme ich noch mal zu dir«, meinte er mehr zu sich selbst.

Sorgfältig band er die Krawatte.

Gleichgültig auf seine Worte reagierend schlüpfte sie in ihre Schuhe.

»So«, sagte er selbstzufrieden und zog sein Jackett über. Er prüfte den richtigen Sitz des Anzuges im kleinen Spiegel über dem Handwaschbecken in der hinteren Ecke des Zimmers, dann holte er einen Hunderter aus der Tasche und legte ihn auf die Kommode. »Der ist für dich allein, weil du so gut warst. Deine Finger sind geschickt und dein Körper bietet wirklich einen heißen Anblick.« Er verließ den Raum, ohne eine Antwort abzuwarten.

Seine Großzügigkeit überraschte sie doch. Sie steckte den Schein in ihre Handtasche, die in der untersten Schublade der Kommode lag, nicht jeder Gast gab Trinkgeld. Sie öffnete das kleine Fenster und atmete tief die frische Luft ein. Er würde kaum in den Genuß einer Wiederholung mit ihr kommen. Ab morgen würde sie bei einer Freundin arbeiten, die sich vor zwei Jahren ein eigenes Studio aufgebaut hatte, das so gut lief, daß sie eine zweite Domina und eine Zofe beschäftigen konnte, von der Chefsekretärin und der erfolgreichen Architektin, die an zwei Tagen in der Woche bei ihr ihre Fantasien auslebten, abgesehen. Sie reizte der Gedanke, über ihre Kunden Macht zu entfalten, in gewissen Grenzen versteht sich, schließlich bezahlten sie und bestimmten somit weitgehend.

Sie schloß sie das Fenster und ging wieder hinunter. Die Stunde mit Erich hatte sie sexuell erregt. Vielleicht war jemanden da, bei dem sie etwas davon hatte. Sie machte ihre Arbeit unter guten Bedingungen gerne und gelegentlich kam sie dabei sogar zum Orgasmus.

»Kommt unsere Kollegin Jagenberg heute nicht«, fragte Schulz Grasser etwas irritiert, es kam so gut wie nie vor, daß Helene der Arbeit fernblieb.

»Wenn Sie sich angewöhnen könnten, früher zu erscheinen und Ihrem Liebeswerben weniger Aufmerksamkeit widmen würden, wüßten Sie, daß Frau Jagenberg sich heute für unbestimmte Zeit krankgemeldet hat«, entgegnete Grasser etwas unwirsch.

Ihm ging die Entwicklung der Dinge näher, als er wahrhaben wollte.

»Aber wir benötigen sie doch hier«, argumentierte Schulz in naivem Tonfall.

Ihm fehlte jedoch mehr ihr Anblick.

Ohne von den Notizen aufzusehen, die er gerade anfertigte, erwiderte Grasser ruhiger: »Selbst wenn sie sich nicht krank gemeldet hätte, würde sie heute kaum in unserer Abteilung arbeiten, sollte Sieberts Drohung keine heiße Luft gewesen sein.«

»Wieso?« Schulz hatte von den gestrigen Ereignissen nichts mitbekommen.

Grasser legte seinen Stift beiseite, die Umgebungsblindheit seines Kollegen konnte ihn noch immer in Erstaunen versetzen.

»Sie wissen wohl nicht, was sich gestern in Sieberts Büro zwischen ihr und ihm abgespielt hat?«

Schulz schüttelte den Kopf.

Mit einem tiefen Seufzer über das Desinteresse der Menschen an ihrer unmittelbaren Umgebung allgemein und über Schulz' besonders, fuhr er fort: »Sie hatte eine Unterredung mit ihm über den

Einbruch. Sie wollte die Polizei benachrichtigen. Siebert muß aber sehr daran interessiert sein, daß diese keine Kenntnis darüber erhält, denn er drohte ihr. Weil sie nicht nachgeben wollte, versetzte er sie zu den Anfängern. Sie bat mich um meine Meinung, die ich ihr auch darlegte. Darauf ging sie und meldete sich heute früh krank, was meiner Meinung nach das Beste ist, für sie wie auch für Siebert. Die beiden müssen Abstand zu dieser Angelegenheit gewinnen.«

Er widmete sich wieder seiner Arbeit und bekundete somit, daß er an einer weiteren Erörterung des Themas nicht interessiert war. Schulz fiel es nicht leicht, das zu verdauen.

»Glauben Sie, daß sie wirklich krank ist«, war er bemüht das Thema aufrechtzuerhalten.

Er wußte selbst, daß seine Frage nicht sehr klug war, doch fiel ihm im Moment nichts Besseres ein.

»Glauben Sie es denn«, gab Grasser ohne aufzublicken zurück.

»Nein«, entgegnete Schulz ohne nachzudenken. »Ich würde auch nicht die Anfänger beaufsichtigen wollen.«

»Sehen Sie«, meinte Grasser nur.

Schulz sah ein, daß er nichts weiter von ihm erfahren würde. Schulterzuckend ging er an seine Arbeit.

Siebert war erleichtert, als er Helenes Krankmeldung erhielt. Offenbar hatte sie eingesehen, daß es besser wäre, bliebe sie dem Labor einige Zeit fern. Er war bereit ihre Abwesenheit für unbestimmte Zeit vor dem Personalbüro zu verheimlichen. Wenn er es ihnen nicht steckte, würden sie es vermutlich nie erfahren. Was bedeutete schon ihr Jahresgehalt im Umsatz des gesamten Konzerns, kaum mehr als ein Tropfen Wasser im Meer!

Erich bezog am Morgen entgegen seiner Gewohnheit bereits früh um acht Uhr Stellung vor Helenes Haus. Der Dicke zahlte außergewöhnlich gut und schnell, dafür konnte er schon einige Beschwernisse auf sich nehmen.

Er parkte seinen älteren aber gepflegten BMW so, daß er den Hauseingang und die Tiefgarageneinfahrt im Auge behalten konnte, ohne gleich von jedem, der aus dem Haus kam oder aus der Tiefgarage fuhr, entdeckt zu werden. Es war nicht unbedingt seine Sache, Leute zu beobachten, doch war es leicht verdientes Geld. Gut drei Jahre arbeitete er bereits für diesen Mann einer östlichen Handelsvertretung, so genau wollte er es nicht wissen. Ihm genügte zu wissen, daß seine Aufträge keine ›gewöhnlichen‹

krummen Dinger waren. Seine Einstellung bildete eine Art Selbstschutz, wohl wissend, daß Spionage härter als gewöhnlicher Einbruch bestraft wurde, bei ersterer war unübersehbar gekränkte Eitelkeit die Motivation.

An dieser Sache schien doch mehr zu sein als an den vergangenen Aufträgen, wo es darum gegangen war, herauszufinden, ob bestimmte Personen Neigungen besaßen, die sie erpreßbar machten und entsprechendes Material zu besorgen.

Er war fast enttäuscht darüber, daß er diesmal ›nur‹ eine Frau überwachen sollte. Bisher waren seine Objekte Männer gewesen. Es fehlte ihm an Fantasie und Erfahrung, um sich vorzustellen, welche erpreßbaren Neigungen eine Frau haben könnte. Er glaubte nicht, daß der gewöhnliche Seitensprung einer Frau, selbst wenn sie ein hohes Amt bekleidete, ihr ernsthafte Schwierigkeiten bereiten könnte. Es würde nie zu einem Skandal reichen, käme es heraus, sondern jeder hätte *das* irgendwie von ihr erwartet. Gut, sagte er sich, sie könnte in ihrer Freizeit in einem Studio als Zofe oder als Domina arbeiten. Aber wäre das eine Möglichkeit, sie zu erpressen? Wie kam man überhaupt an so eine Frau heran? Wie wollte man sie unter Druck setzen? Einer kleinen Sekretärin, einem dieser Mauerblümchen, die sich bis spät in der Nacht für ihren Chef aufopfern, konnte man ewige Liebe schwören und daß sie die geilste Tussie auf Erden sei. Doch einer Frau wie die, die er beobachten sollte, die so aussah, als schleppe *sie* die Männer ab, oder gar einer Abgeordneten, einer Ministerin, wie ließ sich der beikommen? Letzteres war *sie* sicherlich nicht, obwohl er sich nur am Rande für Politik interessierte, wäre ihm eine wie *sie* bestimmt aufgefallen. Fest stand für ihn nur, daß solche Frauen in keiner Weise mit anderen und schon gar nicht mit ihren männlichen Kollegen zu vergleichen waren. Er war überzeugt, daß auch sie wußten, wie sie unter der Woche von ihren Ehemännern getrennt, in Bonn Kurzweil fanden. Ihm konnte jedenfalls niemand erzählen, daß sie sich nicht um die Befriedigung ihrer Lust kümmerten. So gut kannte er die Menschen nun doch. Um eine gewöhnliche Sekretärin handelte es sich bei dieser Frau ebensowenig, die hätte sich von ihrem Gehalt nicht eine Wohnung in diesem Haus leisten können. Verheiratet war sie mit Sicherheit auch nicht, das hätte Porky trotz aller Geheimniskrämerei erwähnt. Wer also war sie? Er würde sich überraschen lassen müssen. Bei näherem Hinsehen schien die Sache entwicklungsfähig zu sein.

Bis kurz vor elf ereignete sich nichts. Er bereute schon, seinen Beobachtungsposten so zeitig bezogen zu haben. Zwischenzeitlich hatte er die gängigen Boulevardblätter mehr als ausgiebig studiert und eine halbe Packung Zigaretten geraucht, sich vorgestellt, wie er sie von hinten nahm, sie ihm einen blies und er ihr die volle Ladung in den Mund spritze. Eine wie sie schluckte bestimmt gerne.

Zum Glück regnete es nicht und die Sonne hatte die Morgenkühle bald vertrieben. Es gingen nur wenige Leute in dieser Straße vorbei. Gelegentlich verließ oder betrat jemand das Haus. Doch die Frauen, die sich darunter befanden, besaßen nicht einmal entfernt Ähnlichkeit mit jener auf der Fotografie. Niemand schien darauf zu achten, daß jemand in einem parkenden Wagen saß.

Als er sich eine neue Zigarette anzünden wollte, ging erneut die Haustür. Er war schon geneigt, lediglich einen flüchtigen Blick auf die Person zu werfen, als zu seiner Überraschung die Frau auf dem Foto das Haus verließ.

»Die sieht ja noch besser aus als auf dem Foto! Mein Lieber, die kann sich sehen lassen! Ist verdammt groß für eine Frau und sehr gut gebaut, allein der Vorbau! Als Nutte könnte die ein Vermögen verdienen.«

Dabei war Helene für ihre Verhältnisse schlicht gekleidet; schwarzer, knielanger, älterer Lederrock, roter Pullover, schwarze Strümpfe und schwarze Pumps mit halbhohen Absätze. Sie hatte einen Einkaufsbeutel bei sich.

Erich stieg aus, schloß den Wagen ab und folgte ihr in einigem Abstand. Bei Beschattungen kleidete er sich leger, ein Mann im Maßanzug fiel immer auf. Diese Frau würde er nicht aus den Augen lassen! Das war eine Observation, die Spaß machte. Sie ging zügig, doch ohne Hast und wiegte auf eine ansprechende Weise die vielleicht etwas zu breiten Hüften. Er überlegte, ob er jemals einer Frau begegnet war, die eine derartige erotische Ausstrahlung besaß. Diese Frau hatte Klasse, das war nicht zu übersehen! Die wußte bestimmt, sich im Bett zu benehmen!

Von seinen Gedanken und der Aufmerksamkeit für ihre Person in Anspruch genommen, bemerkte er erst, daß ihr Ziel ein Supermarkt war, als sie durch die Eingangstür ging.

Helene fiel nicht auf, daß ihr jemand folgte, die Blicke von Männern war sie seit ihrer Pubertät gewohnt. Sie schob den Einkaufswagen zielsicher durch die schmalen Gänge und legte die Dinge hinein, die sie brauchte.

Er kaufte einige Kleinigkeiten, um nicht aufzufallen. Um sie nicht zu verlieren, ließ er an der Kasse lediglich eine andere Kundin, eine ältere Dame, die ebenfalls nur wenig in ihrem Einkaufswagen hatte, zwischen sich. Er hatte weiterhin Glück, Helene drehte sich nicht ein Mal um. Beim Einpacken des Einkaufs kamen sie sich am Packtisch durch Zufall so nahe, daß sie sich beinahe berührt hätten. Ihm stockte der Atem und seit langem befiel ihn Angst, entdeckt zu werden. Er stand für wenige Sekunden so dicht neben ihr, daß er ihre Körperwärme spüren konnte, ihr angenehm dezentes Parfum riechen und sie, wenn auch nur für den Hauch einer Sekunde, mit ihrem langen Haar seinen nackten Unterarm berührte. Sie bemerkte nichts davon. Er war froh, als sie wieder draußen und auf dem Rückweg waren.

Sie ging ohne Umwege zurück. Er setzte sich wieder in den Wagen.

»Das hätte böse enden können«, sagte er zu sich selbst. »Wie gut, daß sie nichts bemerkte. Aber Mann, die ist ja noch schärfer, als ich dachte! Das konnte ich während dieser paar Sekunden feststellen.«

Bis zum späten Nachmittag verließ sie nicht mehr das Haus. Kurz nach sechs hielt ein flaschengrüner Golf von undefinierbarem Alter vor dem Haus. Die Karosserie wies einige Roststellen auf. Der Lack hatte schon lange jeden Glanz eingebüßt. Die junge Frau, die ausstieg, erregte seine Aufmerksamkeit. Er schätzte sie auf Ende zwanzig. Sie stand der anderen im Aussehen in nichts nach. Das rabenschwarze Haar schimmerte in der Abendsonne. Sie trug eine enge, dunkelblaue Lederhose, eine blaue Bluse und einen dunkelblauen, taillierten Blazer. Sie ging souverän auf den hohen Absätzen ihrer Schuhe.

»Hier laufen Frauen herum! Die ist ebenso aufregend wie die andere und fast so groß. Aber sie hat was von einer Lesbe an sich, das sieht man sofort.«

Ria schloß den Wagen ab. Auch ihr fiel der wartende Erich nicht auf. Sie betrat das Haus, nachdem Helene ihr aufgedrückt hatte.

Eine halbe Stunde später fuhr laut quietschend und ratternd das Tor der Tiefgarage hoch und ein Wagen fuhr heraus. Mehr mechanisch schaute Erich auf das Kennzeichen.

»Verdammt, das ist *ihre* Karre!«

Doch noch mehr überraschte ihn, die junge Schwarzhaarige bei ihr im Wagen zu sehen.

Er startete den Motor und folgte ihnen. Er mußte sich bemühen, um mit Helenes rasantem Fahrstil mitzuhalten. Mittlerweile war er überzeugt, an einer größeren Sache dran zu sein. Eigentlich hätte es ihm schon auffallen müssen, als er in das Forschungslabor der Berger-Chemie einsteigen sollte und Porky ihm versicherte, daß er keinerlei Schwierigkeiten zu erwarten hätte, wobei er ihm diverse Schlüssel übergab. Manchmal war auch er blauäugig. Sie fuhr Richtung Autobahn.

»Hoffentlich wollen sie nicht aus der Stadt raus. Wenn die mit ihrem Schlitten Gas gibt, kann ich über kurz oder lang nur noch an ihrem Auspuff riechen. Gegen deren Fahrweise ist selbst Nicki Lauda ein Dreck!«

Er war erleichtert, als sie die Auffahrt der A 559 Richtung Zentrum nahm. Dennoch glaubte er für einen Moment, sie verloren zu haben, als sie sich unmittelbar vor einen LKW setzte, den er vorbeilassen mußte, wollte er den Sicherheitsabstand zur ihr nicht aufgeben.

»Jetzt nur nicht nervös werden. Erst den Brummi vorbeilassen.« Er überholte ihn, sobald es ihm möglich war und war erleichtert, als er Helene ein Stück weiter vorne entdeckte. Sie hatte in der kurzen Zeit eine beachtliche Distanz gewonnen.

Solange sie auf der Autobahn waren, behielt er den Abstand bei. Je näher sie dem Zentrum kamen, desto mehr mußte er ihn verringern, um sie nicht zu verlieren. Sie parkte in einem Parkhaus am Neumarkt, das bis nach Mitternacht geöffnet hatte. Er folgte ihnen. Sie besuchten ein Restaurant. Er rechnete nicht damit, daß sie noch irgend etwas Besonderes unternahmen. Er ging ins Parkhaus zurück, setzte sich in den Wagen und wartete auf ihre Rückkehr. Nach drei Stunden kamen sie, sich angeregt unterhaltend und fuhren auf direktem Weg zurück. Sie verabschiedeten sich vor dem Haus und Ria fuhr weg.

Er war überzeugt, daß heute nichts mehr geschehen würde, außerdem der Meinung, daß er Abwechslung nach einem Tag des Wartens brauchte. Beide Frauen hatten ihm genug ›zugesetzt‹. Er fuhr zum ›Roten Palais‹. Er war enttäuscht zu hören, daß Ellen gegangen war. Der Barkeeper gab ihm zwar die Adresse, wo sie jetzt zu finden war, aber mit einem Dominastudio wollte er nichts zu schaffen haben. Ihm genügte der Pseudo-SM, den es in Häusern wie diesem gab. Das wirklich Harte scheute er. Stattdessen besuchte er nach einiger Zeit wieder Birgit, eine mittelgroße, hübsche Blondine. Bei ihr war er eine Zeitlang regelmäßig gewesen. In seinen Augen machte sie es recht gut. In *ihren* Augen war er ein unangenehmer Kunde, der manchmal herrisch sein konnte, aber oft üppige Trinkgelder gab.

10.

Leicht wütend warf Erich den Hausschlüssel auf den Küchentisch seiner Zweizimmerwohnung unweit des Niehler Hafens. Die Möbel waren alt, der Stoff der Sitzgarnitur im Wohnzimmer abgewetzt, die hölzerne Platte des Couchtisches mit Brandflecken übersät, der Teppich fleckig, im Schlafzimmer sah es nicht anders aus. Allerdings herrschte durchaus Ordnung und Sauberkeit.

Seit drei Tagen beobachtete er diese Frau. Es war nichts irgendwie Auffälliges geschehen. Es war früher Nachmittag. Er hatte die Lust verloren und war nach Hause gefahren.

Er nahm eine Flasche Bier aus dem Kühlschrank und ein sauberes Glas aus dem Küchenschrank. Im Wohnzimmer ließ er sich auf die Couch fallen. Er öffnete die Bierflasche, goß das Glas voll und leerte es in einem Zug.

»Mich würde interessieren, was Porky von der Frau will. Oder will der mich nur ärgern, indem er mich, ohne mir etwas Genaues zu sagen, auf eine Frau ansetzt, deren Tagesablauf so aufregend ist wie der einer Nonne. Einen Freund scheint die nicht zu haben. Nur die Schwarze war zweimal da. Die macht zwar den Eindruck einer Lesbe, aber das heißt nicht, daß die etwas miteinander haben, zumal sie bisher nie über Nacht geblieben ist, außerdem haben die sich bisher nicht wie ein Liebespaar verhalten.«

Er legte die Füße auf den Tisch und beobachtete, wie im Glas, das er gedankenverloren zwischen den Händen drehte, im nachgeschenkten Bier die Luftblasen nach oben stiegen.

»Wird Zeit, daß Porky sich meldet, sonst schmeiße ich ihm die Klamotten hin.«

Er schrak nicht schlecht zusammen, als das Telefon in selben Moment klingelte. Er stellte das Glas ab, wobei ein Teil vom Bier auf den Tisch schwappte, erhob sich schwerfällig und schlurfte in die Diele, wo auf einem Schränkchen das Telefon stand. Gelangweilt nahm er den Hörer ab.

»Hat sich etwas Besonderes ereignet«, erscholl Porkys Stimme vom anderen Ende der Leitung ohne Gruß.

»Genaugenommen so gut wie nichts«, erwiderte Erich.

»Was heißt das, so gut wie nichts«, fragte der Mann schwer atmend.

Aus seinem Tonfall sprach die unverhüllte Verwunderung.

»Das heißt, daß sie lediglich zum Einkaufen und am Dienstagabend zu einem Restaurantbesuch aus war.«

»Das ist alles?«

»Sie hat noch Besuch von einer jungen Frau erhalten, mit der sie am Dienstag auch essen war.«

»Wie sieht diese junge Frau aus?«

Erich bemühte sich um eine detaillierte Beschreibung, dabei fiel ihm auf, daß sie stets hautenge Lederhosen trug, die ihm seine Hosen zu eng werden ließen. Der Mann schwieg, nachdem er geendet hatte.

»Sie scheint wirklich nur eine Freundin zu sein«, sagte der Mann mehr zu sich selbst und fügte hinzu: »So etwas war zu erwarten gewesen. Wir werden umdisponieren müssen. Ich erwarte Sie in einer Stunde im ›Halven Hahn‹. Sie wissen, wo das ist?«

»Ja, ist mir bekannt.«

»Gut.« Der Dicke hängte ohne Gruß ein.

Der ›Halve Hahn‹ war ein typisches Kölner Brauhaus und entsprechend gut besucht. Porky erwartete ihn bereits. Er hatte einen Eckplatz genommen, um nicht aufzufallen. Erich fand ihn sofort. Er kannte längst dessen Eigenheiten.

»Was ist so wichtig«, fragte er, während er sich setzte, neugierig, warum die Dinge so plötzlich eine andere Richtung zu nehmen schienen.

»Ich werde Sie zuerst darüber aufklären müssen, wer diese Frau ist. Für Ihre weitere Tätigkeit ist das von Vorteil. Ebenso kann ich Ihnen ruhig sagen, warum die Schriftstücke, die Sie entwendeten, für uns so wertvoll sind.« Er unterbrach sich, ein Kellner kam an ihren Tisch, um die Bestellung aufzunehmen. Nachdem dieser wieder gegangen war, fuhr der Dicke fort: »Um mit den Unterlagen zu beginnen; es sind Forschungsergebnisse für ein neues Medikament, an dem die Leute, für die ich arbeite, sehr interessiert sind. Leider können sie, aus verschiedenen Gründen, deren Kenntnis für Sie unerheblich ist, nicht versuchen, sie auf die ›gewöhnliche‹ Weise zu bekommen. Unser Verbindungsmann im Werk hat nun verlauten lassen, daß die Unterlagen, die Sie uns verschafften, nicht vollständig sein könnten.

Allerdings könne er für den Wahrheitsgehalt dieser Aussage auch nicht bürgen. Er vermutet aber, daß die Frau, die Sie seit drei Tagen beobachten, einen Teil der Aufzeichnungen bei sich zu Hause hat. Unsere Fachleute hatten in den letzten Tagen ausreichend Zeit, diese Vermutung zu überprüfen.« Er unterbrach sich erneut, der Kellner brachte das Gewünschte, zwei Kölsch. »Mit dem Ergebnis«, nahm er den Faden wieder auf, als der Kellner außer Hörweite war, »daß sie selbst nicht zuverlässig sagen können, ob die Unterlagen vollständig sind.« Er verbarg seine Verachtung über die offensichtliche Unfähigkeit seiner Leute nicht. »Nicht nur das, sie können mit dem gelieferten Material auch nur wenig anfangen. Diese nicht sehr erfreuliche Neuigkeit veranlaßt mich, umzudisponieren. Als Erstes müssen wir uns Gewißheit verschaffen, daß diese Frau wirklich im Besitz der restlichen Aufzeichnungen ist. Das können Sie am ehesten von einem Kollegen dieser Frau erfahren, die Helene Jagenberg heißt und promovierte Chemikerin ist.«

»Und der wird mir das so einfach sagen«, fiel ihm Erich ironisch ins Wort, während er einen kräftigen Schluck aus seinem Glas nahm.

Er hatte sich nicht getäuscht. Der Dicke schien ganz schön unter Erfolgszwang zu stehen. Nun, vielleicht ließ sich diesmal mehr für ihn aus der Sache herausholen.

»Das kaum, es handelt sich bei ihm nicht um unseren Verbindungsmann«, entgegnete der Dicke leicht unwirsch, ihm war die Ironie entgangen, er hatte eine naive Frage vermutet.

Er holte ein Foto aus seiner Jackettasche und schob es Erich hin. Es war ein recht gutes von Schulz.

»Wir glauben, unser Verbindungsmann ist sogar davon überzeugt, daß es relativ leicht sein wird, von *ihm* etwas zu erfahren.«

»Was bringt Sie auf diese Annahme?«

»Weil er im Institut als Don Juan erster Klasse verschrien ist. Diese Männer, die jeder Frau nachstellen, sind bei einer solchen stets sehr gesprächig, aber das wissen Sie sicherlich am besten.«

»Ich verstehe. Ich soll also jemanden auf ihn ansetzen, der ihm in einer intimen Stunde die richtigen Fragen stellt. Hat er spezielle Neigungen?«

»Davon ist meinem Kontakt nichts bekannt. Das fällt ohnehin in Ihr Ressort. Mir genügt zu wissen, zu welch ekelerregenden Dingen Menschen mit beschädigter Fantasie neigen können.« Er schüttelte sich demonstrativ, als müsse er sich jeden Moment ob dieser Vorstellung übergeben.

Die eigentlich Perversen waren doch Leute wie er, aber das verstanden sie in hundert Jahren nicht, dachte Erich geringschätzig.

»Ich werde mir schon zu helfen wissen.«

»Ich sehe, wir verstehen uns.« Er reichte Erich einen Umschlag, in dem alles über Schulz zu finden war, was er herausgefunden hatte und einen zweiten mit Geld gefüllten. Erich hatte sich bereits entschieden, wen er auf diesen Schulz ansetzen würde, wer erfahren genug war, herauszufinden, was ein Mann wirklich wollte, und dennoch als ›anständige‹ Frau glaubwürdig erschien. Er zahlte und verließ den ›Halven Hahn‹ vor dem Dicken.

»Was willst du?« fragte Birgit barsch, als Erich in ihr Zimmer im ›Roten Palais‹ hineinplatzte, während sie sich wieder anzog.

Ihr letzter Kunde hatte sie erst vor wenigen Minuten verlassen. Erich war ihm noch auf der Treppe begegnet.

»Pack' deine Sachen zusammen! Du kommst mit mir!«

»Du hast vielleicht Nerven«, wußte sie nicht, ob ihn ernst nehmen sollte. »Ich arbeite doch noch hier. Der Chef wird wenig begeistert sein, wenn ich jetzt mit dir gehe.«

»Dein Chef bin jetzt ich!«

Darauf konnte sie nichts erwidern. Sie mußte sich auf das benutzte Bett setzen. Das war wirklich ein starkes Stück. Der Chef übergab doch in der Regel keines seiner Mädchen ohne dessen Einverständnis einem anderen Typen. Was mochte Erich ihm nur gesagt oder besser geboten haben? Auf jeden Fall war es ein Schock für sie. Sie wußte nicht, daß er dem Chef eine rührselige Geschichte erzählt hatte und sie nur für unbestimmte Zeit ›beurlaubt‹ war.

»Glotz' nicht so! Zieh' dich lieber an! Ich habe einen Auftrag für dich, bei dem du bestimmt nicht leer ausgehen wirst und der dir wahrscheinlich auch noch Spaß macht.« Um seine Aussage zu unterstreichen, holte er aus der Innentasche seines Jacketts ein Bündel blauer Scheine heraus, mit dem er vor ihren Augen hin und her wedelte.

Dieses Geld verwirrte sie vielleicht noch mehr, doch erschien es zugleich zu verlockend, wenn es stimmte, was er sagte. Sollte es wirklich leicht verdient sein, wäre sie verrückt, ginge sie nicht mit ihm. Trotzdem wurde sie ein unbehagliches Gefühl nicht los.

»Was muß ich tun«, schluckte sie einen Kloß im Hals hinunter.

»Zieh' dich erstmal an. Bei mir zu Hause erkläre ich es dir. Hier sind mir die Wände zu hellhörig«, sagte er, steckte ihr fünf Blaue in die geöffnete Handtasche, den Rest wieder ein und setzte sich auf einen Stuhl.

Birgit öffnete die unterste Schublade der Kommode, wo sie ihre Alltagskleidung aufbewahrte; schlichte Baumwollunterwäsche, ein brauner Wollrock, ein Paar brauner Stiefel mit flachem Absatz, eine beige Baumwollbluse und eine dunkelblaue, leicht abgetragene Lederjacke. Sie entfernte das plakative Make-up ihrer Arbeit und zog sich eilig, aber ohne falsche Hast an. Dann zog sie die Lippen mit einem dezenten Lippenstift nach.

»Gehen wir.« Erich erhob sich.

Schweigend folgte sie ihm über die Treppe zur Hintertür. Ihr war weiterhin mulmig zumute, trotz der fünf Scheine in ihrer Handtasche. Während der Fahrt versuchte sie vor sich selbst zu klären, warum sie ihm bereitwillig folgte. Das Geld allein konnte es nicht sein.

Er fuhr gemächlich. Er dachte nach. Es begann zu regnen. Er schaltete die Scheibenwischer ein, die längst hätten gewechselt werden müssen und deshalb eine schmierige Spur auf der Windschutzscheibe hinterließen. Viel war nicht zu sehen, kam ein anderer Wagen entgegen. Sie schaute gedankenverloren nach draußen, sah die Leute mit Schirmen bewaffnet durch den Regen eilen.

Ihr kam die Fahrt kurz und lang zugleich vor. Sie hätte nicht sagen können, wo sie waren, als Erich vor dem Haus hielt, in dem er wohnte. Auf Birgit wirkte es trostlos, der Außenputz war an manchen Stellen rissig und bröckelte schon leicht.

»Wir sind da. Steig' aus!«

Wortlos folgte sie ihm.

»Was ist das, was ich für dich tun soll?« fragte sie, als sie in seiner Wohnung waren.

»Das sage ich dir morgen. Jetzt geh' ins Schlafzimmer und zieh' dich aus. Ich komme gleich nach. Ich will dich ficken.« War er schon bereit, ihr soviel zuzustecken, die fünf Blauen waren erst der Anfang, wollte er auch etwas davon haben.

Widerspruchslos folgte sie seiner Aufforderung.

Sobald sie genug zusammengespart hatte, würde sie aussteigen. Dann mußte sie sich nicht mehr von Männern wie ihn herumstoßen lassen. Dann würde sie frei sein, irgend etwas Eigenes aufbauen und weg von dieser Stadt ziehen. Auch wenn sie eine Hure war, so könnten die Männer doch wenigstens etwas Respekt ihr gegenüber zeigen, obwohl die meisten Kunden relativ freundlich waren, manche sogar dankbar, daß sie Sex mit einer Frau haben konnten, die nicht viel fragte, aber Typen wie Erich kompensierten das.

Sie zog sich langsam aus. Sie war noch nicht fertig, als er ins Schlafzimmer kam.

»Du sollst etwas von einem Mann erfahren, das für bestimmte Leute wichtig ist«, setzte er ihr am nächsten Morgen auseinander, während sie frühstückten.

»Und was?«

»Das sage ich dir gleich. Hier ist ein Foto von dem Mann«, er reichte ihr Schulz' Foto. »Dieser Mann arbeitet bei der Berger-Chemie. Du sollst von ihm erfahren, ob eine Frau Doktor Helene Jagenberg Aufzeichnungen über QEL-250 bei sich zu Hause liegen hat.«

»Wie soll ich an ihn herankommen?« Ihre Stimme zitterte leicht.

Es war das erste Mal, daß jemand von ihr verlangte, etwas von einem anderen in Erfahrung zu bringen. Sie ahnte, daß er ihr etwas auftrug, was sie beide schnell in eine prekäre Lage bringen konnte. Bis heute hatte sie nie etwas Ungesetzliches getan. Sie hatte noch nicht einmal einem sturzbetrunkenen Freier mehr Geld abgenommen, als er zu zahlen brauchte. Das, was im Juristendeutsch als Beischlafdiebstahl bezeichnet wurde, stellte für sie eine Ungeheuerlichkeit dar. Sie sah in sich eine gewöhnliche Hure, die bemüht war, das Beste aus ihrem Leben zu machen.

»Darüber brauchst du dir dein hübsches Köpfchen nicht zu zerbrechen«, entgegnete er selbstgefällig. »Er ist, trotz seines Doktortitels, ein gewöhnlicher Mann, der einem hübschen Arsch und einer willigen Fotze nicht widerstehen kann. Diese Akademiker sind auch nicht anders als unsereiner. Sie ficken genauso wie wir, wenn nicht gar perverser. Du wirst heute abend mit deinem Wagen – du hast doch einen Wagen«, fiel ihm erst jetzt ein möglicher Schwachpunkt in seinem Plan auf, was ihn etwas aus dem Gleichgewicht brachte.

»Ja«, entgegnete sie. Ihr entging seine vorübergehende Unsicherheit, dafür war sie zu sehr mit ihrer Angst vor dem Kommenden beschäftigt. »Er steht auf einem Parkplatz zwei Straßen vom ›Roten Palais‹ entfernt.«

Er atmete erleichtert auf. Sein schöner Plan besaß doch keinen Schwachpunkt. Er brauchte nicht umzudisponieren.

»Gut«, fuhr er beruhigt fort. »Du stellst dich mit deinem Wagen in der Nähe seiner Wohnung auf. Die genaue Zeit erfährst du gleich. Du läßt die Luft aus einem deiner Reifen und täuschst eine Reifenpanne vor. Wenn er auf dem Weg zu seiner Bleibe ist, tust du, als wenn du Probleme mit dem Reifenwechsel hättest. Natürlich ziehst du dir etwas Aufreizendes an, aber nichts Nuttiges! Er soll in dir nur eine willige junge Frau sehen, die mehr mit ihrer Möse denkt als mit ihrem Kopf, aber keine Nutte. Er mag zwar eitel sein wie alle Studierten, aber blöd ist er bestimmt nicht. Jeder Mann erkennt schließlich eine Nutte, sieht er eine. Er wird dir helfen und du machst dich an ihn ran, mach' ihn so scharf, daß er dich am liebsten sofort bespringen will. Ich gebe dir drei Tage Zeit. Mach' keine Dummheiten, hörst du? Habe ich das, was die Leute wissen wollen, geht für uns beide alles glatt. Bekomme ich sie nicht, kann es für uns beide sehr unangenehm werden.«

Er ließ seine Drohung im Raum stehen, was die Wirkung bei ihr nicht verfehlte. Sie fröstelte und zog den dünnen, seidenen, an den Ellenbogen und Ärmelaufschlägen schon fadenscheinig gewordenen Kimono, dichter um den Körper. Sie hätte gerne gewußt, wie viele Kolleginnen ihn vor ihr getragen hatten, es war unbestreitbar eine Damengröße.

»Ich sehe, wir verstehen uns«, sagte er selbstgefällig und sah mit einer gewissen Genugtuung, wie die Frau vor ihm ängstlich in sich zusammensank.

Weiber waren doch alle gleich, besaßen keinen Mumm. Sie ließen sich bereitwillig durchficken, trat man nur entschlossen genug auf, man brauchte sie nicht einmal zu schlagen, es war ohnehin blöd Frauen zu schlagen, das brachte einen irgendwann unweigerlich mit dem Gesetz in Konflikt. Es genügt, wenn sie glaubten, man würde es. Aber für alles darüber hinaus ließ sich wenig mit ihnen anfangen.

»Du bist um halb sechs bei dieser Adresse.« Er zog aus der Hosentasche einen zerknitterten Zettel und reichte ihr ihn. »Unser Mann kommt in der Regel um zwanzig vor sechs nach Hause. Mach' keine Dummheiten«, schärfte er ihr nochmals ein und warf ihr einen Fünfziger hin. »Nimm dir ein Taxi nach Hause! Drei Tage! Ich werde in deiner Nähe bleiben! Verzieh' dich nun! Ich muß nachdenken.«

Er lehnte sich auf dem knarrenden Küchenstuhl zurück und beachtete sie nicht mehr. Sie stand auf, ging ins Schlafzimmer und zog sich an.

Er grinste zufrieden in sich hinein. Bis jetzt lief alles gut. Birgit war wirklich nicht schlecht, das mußte er ihr lassen, wenn sie auch nicht sonderlich helle war, aber welche ›normale‹ Frau war das schon? Sie verstand ihr Handwerk, kam ihm im Bett entgegen und war immer feucht, zumindest, was er für feucht hielt, wenn er in sie eindrang. Ob sie es zugeben wollte oder nicht, es geilte sie auf, für Geld die Beine breitzumachen.

Er hörte, wie die Tür ins Schloß gezogen wurde. Sie hatte die Wohnung verlassen, ohne noch ein Wort an ihn zu richten. Das war gut so. Sie war bereit zu tun, was er wollte. Sie würde pünktlich am vereinbarten Ort sein. Er stand auf, schüttete den Rest Kaffee, der kalt geworden war und bitter schmeckte, in den fleckigen Ausguß, stellte die Tasse in die stumpfe Spüle und ging ins Schlafzimmer, um sich anzuziehen.

11.

Mit einem melancholischen Seufzer ging sie die Treppe hinunter. Sie war froh, als sie vor dem schäbigen Haus stand. Die schmutziggraue Farbe des Himmels entsprach ihrer momentanen Gefühlslage. Nichts erinnerte mehr an den gestrigen sonnig warmen Apriltag, nur noch leichter Dauerregen und spürbare Abkühlung. In den Vertiefungen des Asphalts hatten sich Pfützen gebildet, auf deren Oberflächen die Tropfen zu einer lautlosen, traurigen Musik tanzten. Die Häuser in diesem Viertel waren meist grau und trist. Der Regen verstärkte den Eindruck. Es war wenig vom vermeintlichen farbenfrohen Leben zu spüren, wie es in sogenannten besseren Gegenden heimisch schien.

Sie schloß den Reißverschluß ihrer Jacke, schlug den Kragen hoch und trat in diese Wand aus feinen Regentropfen. Sogleich legte sich ein feuchter Schleier auf ihre Haare und ihre Kleidung, die die Feuchte gierig aufsaugten. Den Kopf gesenkt ging sie zur Bushaltestelle. Ihr begegneten überwiegend Frauen mit Schirmen und Einkaufstaschen. Sie wirkten entgegen allem sozialen und technischen Fortschritt älter als sie waren. Dennoch hätte sie gerne mit ihnen getauscht, einem ›normalen‹ Mann den Haushalt geführt, seine Kinder aufgezogen, auch wenn sie sich dabei wahrscheinlich langweilte und immer überlegen müßte, wie weit sie mit dem Haushaltsgeld käme; ein Monat konnte verdammt lang sein!

An der Bushaltestelle sah sie auf den Fahrplan. Der nächste Bus würde in ungefähr vier Minuten eintreffen. Sie stand allein an der Haltestelle. Da sie nicht auf kühlere Witterung und Regen eingestellt war, fröstelte sie. Sie schlang die Arme um den Körper und trat auf der Stelle, um sich etwas aufzuwärmen. Ihr Atem kondensierte leicht in der vom Regen durchtränkten Luft. Die nassen Haare klebten ihr am Kopf. Der Regen war wieder heftiger geworden. Ein vorbeifahrender Wagen fuhr achtlos mitten durch die Pfütze, die sich in einer Vertiefung vor der Haltestelle gebildet hatte. Einem unfreiwilligen Vollbad konnte sie sich durch einen beherzten Sprung nach hinten entziehen, dennoch bekam ihr Rock einige Spritzer ab. »Arschficker«, schimpfte sie impulsiv hinter ihm her.

Sie erschrak über ihren Ausruf, schaute sich ängstlich um. Hoffentlich hatte es niemand gehört. Benutzte eine ›anständige‹ Frau überhaupt solches Vokabular, war sie wütend? Was war überhaupt eine ›anständige‹ Frau? War sie selbst das jemals gewesen?

Ehe sie auf ihre tiefschürfenden Fragen eine Antwort finden konnte, bog der Bus um die Ecke. Der Fahrer hielt vor der Pfütze. Zischend öffnete sich die vordere Tür. Sie stieg ein, holte ihr Portemonnaie aus der Handtasche und verlangte eine Fahrkarte. Der Fahrer, ein junger Mann, riß eine vom Block ab. Sie legte das Geld passend hin. Freundlich bemerkte er: »Ein mieses Wetter heute, nicht wahr?« Sie tat ihm leid, weil sie durchnäßt und eine so hübsche junge Frau war. Selten stieg eine wie sie auf seinen Fahrten durch dieses Viertel zu. Sie nahm die Karte mit leicht klammen Fingern, nickte höflich auf seine Worte und ging zum Entwerter. Er schloß die Tür, warf einen Blick in seinen Außenspiegel und fuhr weiter.

Nur wenige Leute waren im Bus; drei ältere Damen, eine Frau mit einem kleinen Mädchen von etwa vier Jahren, zwei ältere Herren, ein junger Mann Anfang zwanzig und zwei Schulkinder von acht oder neun Jahren. Nachdem sie ihre Fahrkarte entwertet hatte, setzte sie sich auf einen Einzelplatz, wo sie wie ein verschüchtertes Schulmädchen saß. Sie sah, wie der Fahrer ihr gelegentlich einen freundlichen Blick durch den Rückspiegel zuwarf.

Männer waren doch alle gleich, durchfuhr es sie verächtlich, was ihr aber im selben Moment bereits leid tat. Er schaute keinesfalls aufdringlich zu ihr, eher zaghaft, ja fast schüchtern schon. Ihr wurde bewußt, daß ihr nicht anzusehen war, was sie war. Ebensowenig dachte sie daran, daß sie eine hübsche Frau war, die man gerne anschaute.

Es stiegen nur vereinzelt Leute ein und aus. An der Endhaltestelle verließ sie den Bus und ging zur U-Bahnhaltestelle. Zwei Stationen mußte sie noch fahren. Sie dachte nicht einen Moment daran, sich ein Taxi zu nehmen. Mit dem Fünfziger von Erich wußte sie Besseres anzufangen. An die fünf Hunderter in ihrer Tasche dachte sie nicht. Hier, auf einer der größten Kölner U-Bahnhaltestellen herrschte fast um jede Tageszeit reger Betrieb. Man mußte darauf achten, nicht umgerannt zu werden. Sie stand kaum auf dem Bahnsteig, als ihre Bahn einfuhr.

In ihrem Wagen war es feucht und klamm. Die porösen Türdichtungen hätten längst erneuert werden müssen. Sie legte die

Handtasche auf den Beifahrersitz und steckte den Zündschlüssel ins Schloß. Wider Erwarten sprang der Motor sofort an. Sie legte einen Gang ein und ihr zehn Jahre alter Escort setzte sich ohne Murren in Bewegung. Sie pflegte ihn, so gut es ging, doch ließ sich der Rost nur bedingt aufhalten.

Die trostlosen Betonburgen Chorweilers kamen in Sicht. In einer davon wohnte sie. Erste Bauschäden an den tristen Fassaden waren unübersehbar. Sie fühlte sich dort nicht wohl, aber ihre Zweizimmerwohnung war billig, warm und sauber. Ihre unmittelbaren Nachbarn wußten nichts von ihrem Broterwerb. Den vordergründigen Nachteil, daß sich in diesen Wohnsilos kaum einer um den Nachbarn kümmerte, sah sie als Vorteil, so brauchte sie keine Ausflüchte über ihre Arbeit zu benutzen.

Sie schloß Tür zu ihrer Wohnung auf, die sie mit einer gewissen Gemütlichkeit eingerichtet hatte. Sie zog die Jacke aus, schlüpfte aus den Stiefeln und ließ ein Bad einlaufen, da sie fror. Ein heißes Bad schien ihr das einzig richtige zu sein. Sie badete beinahe täglich, schon um sich den Geruch des Alkohols und des Tabaks und der *Männer* abzuwaschen, der sie Tag für Tag im ›Roten Palais‹ umgab. Sie wusch sich ausgiebiger als gewöhnlich. Sie wollte nur nach Wasser und Seife riechen. Jener Mann brauchte nicht mit der Nase darauf gestoßen zu werden, was sie war. Sie hatte das Foto aufmerksam betrachtet. Er wirkte sympathisch. Er gehörte zu denen, die ihr unter ›normalen‹ Umständen nie begegneten. Sie kamen höchst selten als Kunden zu ihr. Gingen sie überhaupt zu einer Nutte, dann zu denen mit den eigenen Wohnungen, die für einmal Sex mehr nahmen, als sie an einem außergewöhnlich guten Tag verdiente. Es war ihr zuwider, sein Vertrauen zu erschleichen und ihn auszufragen. Weshalb war es für jemanden von Interesse, daß eine gewisse Helene Jagenberg bestimmte Unterlagen bei sich zu Hause hatte? Sicher war sie eine dieser hochintelligenten, unattraktiven Frauen, für die nur der Beruf zählte, weil sie sonst nichts hatten und die Arbeit ihnen den Mann, die Familie ersetzen mußte.

Während das Wasser in die Wanne rauschte, ging sie ins Schlafzimmer, in das sie noch keinen Mann gelassen hatte und zog sich aus. Den Rock hängte sie ordentlich auf einen Bügel. Er würde in die Reinigung müssen, die Dreckspritzer waren nicht zu übersehen. Bluse und Strumpfhose wanderten in den Wäschekorb.

Sie stand oft vorm Spiegel, während sie sich an- oder auszog. Sie mochte ihren Körper. Mit dezentem Make-up kam ihr hübsches Gesicht mit den blauen Augen besser zur Geltung. Sie habe treue Dackelaugen, sagte ihr Vater oft halb im Scherz. Beim Gedanken an ihre Eltern seufzte sie. Glücklicherweise lebten sie in einem kleinen Ort bei Saarbrücken und wußten nichts vom Lebenswandel ihrer einzigen Tochter. Für sie arbeitete sie als Bedienung in einem Kölner Restaurant. Sie besuchte sie selten, schob es stets auf ihre Arbeit, telefonierte aber wöchentlich mit ihnen. Zum Glück verreisten ihre Eltern ungern. Das letzte Mal hatten sie sie vor vier Jahren besucht. Ihre Haare waren seidig, reichten bis zur Taille, waren noch nie geschnitten worden und mancher Freier kam nur ihretwegen zu ihr. Sie verzog die vollen Lippen zu einem Schmollmund. Sie empfand es als pervers, aber sie war stolz darauf, ohne Brechreiz einen Schwanz vollständig in den Mund nehmen zu können, ganz gleich, wie groß und dick er war. Ja, französisch gefiel ihr, aber sie machte es nur, wenn der Freier ein Kondom benutzte. Kondome waren im ›Roten Palais‹ ohnehin Pflicht, seit AIDS die Runde machte. Ihr Blick wanderte über ihren nackten Körper, an dem fast alle ihrer Freier nur ihre Vulva interessierte, wo doch das übrige ebenso Aufmerksamkeit verdiente. Die Brüste waren fest, weder überdurchschnittlich groß noch zierlich, die Bauchdecke straff, das Schamhaar blond und seidig wie das Haupthaar, die Beine lang und schlank, die Fesseln schmal. Gerne hätte sie wieder einmal mit einem Mann Sex gehabt, nur weil er sie um ihrer Selbstwillen wollte. Aber das hielt sie vorläufig für Wunschdenken.

Sie riß sich seufzend von ihrem Spiegelbild los, ging ins Bad, stellte das Wasser ab, steckte die Haare hoch, stieg in die Wanne, streckte sich lang aus, schloß die Augen und ließ sich von der wohligen Wärme und dem Duft des Schaumbades einlullen.

16 Uhr. Der Regen hatte aufgehört, erste blaue Flecken zeigten sich zwischen den Wolken.

Es war Zeit, sich für ihren Auftrag zurechtzumachen. Etwas Verführerisches sollte sie anziehen, etwas, das nicht allzu aufdringlich wirkte, nicht *nuttig* – was immer das heißen mochte. Was wußte Erich schon, was ein ›normaler‹ Mann als nicht zu aufdringlich, nicht nuttig empfand, was eine ›normale‹ Frau trug, wollte sie einen ›normalen‹ Mann ›verführen‹! Er kannte doch nur Frauen wie sie! Mit Frauen, die Klasse besaßen, kam einer wie er in hundert Jahren nicht zusammen!

Ihre Wahl fiel auf ein Ensemble aus Slip und Hemdchen aus

apricot-farbenem Satin, hautfarbenen Halterlosen, blauem Lederrock – Leder war für sie verführerisch und edel zugleich – einen weißen Angorapullover, so konnte sie trotz der kühlen Witterung auf eine Jacke verzichten, und blaue hochhackige Schuhe, schließlich konnte kein Mann einer Frau auf hohen Absätzen widerstehen. Sie legte ihren bevorzugten rosafarbenen Lippenstift auf, lackierte die Nägel im selben Ton und benutzte ein fruchtiges Parfum, das sie nur für sich selbst besaß. Abschließend musterte sie sich im Spiegel. Das Bild, das er reflektierte, gefiel ihr. Sie wirkte wie eine beliebige attraktive Blondine ihres Alters und nicht im entferntesten wie eine Nutte. Warum konnte sie nicht wirklich zu einem unverfänglichen Rendezvous mit einem Mann gehen?

Sie sah auf die Uhr. Es war Zeit aufzubrechen, wollte sie sich nicht verspäten.

Bevor sie in die Straße einbog, in der Schulz wohnte, sah sie Erichs BMW am Straßenrand parken. Er grinste sie selbstzufrieden aus dem heruntergelassenen Seitenfenster an, während sie langsam an ihm vorbeifuhr. Sie seufzte resigniert.

In diesem Viertel mit überwiegend alten Villen, säumten große, alte Buchen den Straßenrand und die Fahrbahn bestand noch überwiegend aus Kopfsteinpflaster.

Sie hielt etwa fünfzig Meter vor Schulz' Haus an. Wie besprochen ließ sie die Luft aus dem vorderen linken Reifen. Anschließend öffnete sie den Kofferraum, holte Wagenheber und Kreuzschlüssel heraus und legte sie neben dem platten Vorderrad auf den Boden.

Sie hatte es keinen Augenblick zu früh gemacht, denn Schulz bog bereits mit seinem roten Sportwagen in die Straße ein. Er hatte früher als gewöhnlich Feierabend gemacht. Weil das QEL-Projekt noch immer in der Schwebe hing, gab es zurzeit nicht viel zu tun. Er mochte seinen Beruf, aber er riß sich auch nicht um die Arbeit. Er entdeckte die bildhübsche junge Frau sofort, die vor dem linken Vorderrad ihres Wagens hockte, offensichtlich mit dem Wagenheber kämpfend, hielt hinter ihrem Auto und stieg aus. Sie hatte ihn aus den Augenwinkeln heraus beobachtet und getan, als bemerkte sie ihn nicht. Technisches Unvermögen vorzutäuschen, war nicht leicht, wenn einem ein Reifenwechsel gewöhnlich leicht von der Hand ging.

»Sie können bestimmt Hilfe gebrauchen«, sagte er freundlich und in einem Tonfall, der keine Ablehnung duldete.

Sie wandte sich ihm zu, als bemerkte sie ihn erst jetzt und setzte eine möglichst hilflose Miene auf.

»Ich habe einen Platten«, entschuldigte sie sich für ihre scheinbare Hilfslosigkeit.

Schulz war für einen Augenblick sprachlos. Er hatte kaum in dieses hübsche, sanfte Gesicht, das von langem, seidigem Haar umrahmt wurde, gesehen und verliebte sich sofort seit langer Zeit wieder aufrichtig in eine Frau.

Derweil fuhr Erich langsam an ihnen vorbei. Sie konnte sehen, daß er zufrieden mit ihr war. Drei Tage würde sie nun vor ihm Ruhe haben.

Sie war so mit ihm beschäftigt, daß ihr Schulz' Zögern entging, ebensowenig bemerkte sie, *wie* er sie anschaute. Seit sie als Prostituierte arbeitete, schien es ihr kaum noch vorstellbar, daß ein Mann sich um ihrerselbst willen in sie verliebte.

Er faßte sich schnell wieder und den Entschluß, sie näher kennenzulernen.

»Dann wollen wir einmal.« Er setzte sein übliches Charmeurlächeln auf, was ihm zum ersten Mal seit langem mißlang.

Obwohl diesem Lächeln, glückte es, kaum eine Frau widerstehen konnte, hatte sie keinen Blick dafür, weil sie selbst zu bemüht war, so natürlich wie möglich auf ihn zu wirken.

Er setzte einen fachmännisch wirken sollenden Blick auf. Sie wollte den Wagenhaber falsch anwenden, was er aber mit Wärme und Nachsicht betrachtete, und machte sich daran, den Reifen zu wechseln.

»Sie brauchen sich nicht zu bemühen. Ich schaffe das schon«, wehrte sie geschickt ab, wissend, daß ihn das in seinem Vorsatz nur bestärkte.

»Mumpitz«, tat er es entschieden mit einer wegwerfenden Geste ab. »Jeder kann Hilfe benötigen.« Insbesondere eine so hübsche Frau, fügte er in Gedanken hinzu. Es wunderte ihn nicht einmal, daß er es nicht laut aussprach, was er bei jeder anderen getan hätte.

Er löste die Radmutter leicht mit dem Kreuzschlüssel, dann brachte er den Scherenwagenheber in die richtige Position und drehte die Kurbel. Das Rad verlor den Bodenkontakt. Er löste die Muttern gänzlich, zog das Rad mit dem platten Reifen ab und legte es achtlos auf die Straße. Er holte den Ersatzreifen aus dem Kofferraum, montierte ihn, ließ den Wagenheber ab und zog die Mutter mit dem Kreuzschlüssel endgültig fest. Das defekte Rad verstaute er nebst dem Werkzeug im Kofferraum. Mit sich zufrieden schlug er den Kofferraumdeckel zu und rieb sich mit einem Papiertaschentuch, das er aus seiner Jackentasche fischte, den groben Schmutz von den Händen.

Sie hatte ihm aufmerksam zugesehen. In seiner eleganten hellen Flanellhose, den braunen, handgearbeiteten Slippers, dem braunen Wollhemd mit darauf abgestimmter Krawatte und dem dunklen Jackett, sah er gut aus. An Schmuck konnte sie nur eine dezente, aber teure Uhr am linken Handgelenk entdecken. Die hellbraunen, kurzgeschnittenen Haare glänzten leicht von Haarcreme, er war glatt rasiert, obwohl sich schon wieder Bartschatten bildete. Dieser Mann hatte es nicht nötig zu einer wie ihr zu gehen, zu ihm kamen die Frauen freiwillig. Seine Frauen waren sicherlich ohne Ausnahme etwas Besonderes. Zumindest eine angenehme Seite besaß diese Angelegenheit; sie würde sich nicht überwinden müssen, mit ihm ins Bett zu gehen.

»Das wäre geschafft«, meinte er selbstzufrieden.

»Ich muß Ihnen danken«, bemühte sie sich, es ehrlich klingen zu lassen, was ihr, zu ihrem Erstaunen leichtfiel.

»Nicht der Rede wert«, wehrte er großmütig ab. »Mich wundert, daß Sie überhaupt einen Platten bekommen konnten. Der Reifen ist in einem fast tadellosen Zustand. Kein scharfkantiger Gegenstand weit und breit und auch kein Nagel im Reifen soweit ich sehen konnte.« Er machte eine Pause. Sie glaubte sich ertappt und hielt unwillkürlich den Atem an, doch seine entspannte Mimik sagte ihr, daß er keine Absicht vermutete. »Wahrscheinlich ein Haarriß. Was soll's. Ich schlage vor, daß Sie auf den Schrecken einen Kaffee bei mir trinken. Ich wohne gleich dort vorn. Sie würden mir eine Freude machen.«

Sie murmelte etwas, das sich für ihn wie »das ist doch nicht nötig« anhörte, aber ihre Verneinung war zu zaghaft, als daß sie ihn hätte überzeugen können.

»Unsinn! Sie können in der Einfahrt parken.«

Nach kurzem Zögern – für ihn war es, als wäge sie ab, dabei stand ihr Entschluß ja fest – nahm sie sein Angebot an.

Er glaubte einen Etappensieg in einem Spiel errungen zu haben, bei dem das Ergebnis von vornherein feststand.

»Gut. Ich nehme Ihr Angebot an. Aber nur auf *einen* Kaffee.«

»Einverstanden.« Er war überzeugt, ihre Gesellschaft länger als für einen Kaffee genießen zu können.

Er öffnete ihr die Fahrertür. Als sie einstieg, ruhte sein Blick auf ihren Beinen, was ihm ein wohliges Gefühl bescherte.

»Das ist mein bescheidenes Reich«, untertrieb er mit einem freundlichen Lächeln, als er die Wohnungstür hinter ihnen ins Schloß zog. »Früher war es das Domizil einer wohlhabenden Familie. Da aber Leben sowie Reichtum selten von Dauer und Erben auf jede Mark scharf sind, mußte es verkauft werden. Der neue Besitzer, eine Immobilienfirma, ließ jede Etage zur separaten Wohnung umbauen und verkaufte sie anschließend. Mit einigen Villen hier im Viertel wurde so verfahren. Mein Nachbar ist Soziologe, allerdings schon Rentner und lebt mit seiner Frau hier. Sie sind ruhige Mitbewohner.«

Sie betraten das nach hinten hinausliegende Wohnzimmer, an das ein Wintergarten grenzte, durch den man in den Garten gelangte. Birgit schaute sich um. Eine derart stilvolle Einrichtung kannte sie bisher nur aus Filmen. Hier war es luftig, sauber, gemütlich, nichts von der Enge ihrer Chorweiler Wohnung. Für den Augenblick vergaß sie Erich, ihren Auftrag und das ›Rote Palais‹ sowieso.

»Nehmen Sie doch Platz. Ich werde mich um den versprochenen Kaffee kümmern.« Er ließ sie allein.

Sie setzte sich auf die bequeme Couch. Ach, wenn sie doch auch in einer solchen Umgebung leben könnte!

»Eine sehr hübsche Frau«, sagte er leise zu sich, während er mit der Kaffeemaschine beschäftigt war. »Was sie wohl so macht? Sie wirkt etwas zurückhaltend. Sie hat schöne lange Haare und schöne Beine, versteht es, sich chic und durchaus verführerisch zu kleiden, fast wie Helene. Gut, Helene ist eine andere Frau. Die hätte den Reifen in Nullkommanichts selbst gewechselt und meine Einladung auf einen Kaffee sowieso abgelehnt. Nach den allzu selbstbewußten Frauen der letzten Zeit ist sie eine angenehme Abwechslung.«

Der Kaffee lief relativ zügig durch die Maschine. Er holte ein Tablett aus dem Schrank und stellte darauf, was zum Kaffeetrinken benötigt wurde, nebst einer Schale mit Keksen, die er in stillen Stunden selbst backte und trug es ins Wohnzimmer, wo die junge Frau mit beinahe brav nebeneinanderstehenden, leicht angewinkelten Beinen auf der Couch saß.

»So, der Kaffee kommt auch gleich.« Er stellte das Tablett auf den Tisch. Sie schenkte ihm ein verlegenes Lächeln.

Er ging in die Küche zurück. Der Kaffee war fertig. Er schaltete die Maschine ab, warf den benutzten Filter in den Abfalleimer und goß den Kaffee in eine silberne Thermoskanne.

Er schenkte zuerst Birgit ein. Sie tat Milch und Zucker hinein und probierte einen Keks.

»Die sind selbstgebacken«, erklärte er stolz, während er sich Kaffee einschenkte.

»Die sind gut, wirklich«, lobte sie nach dem ersten Biß.

»Was hat Sie in unsere Gegend verschlagen? Diese Straße liegt doch recht abseits«, nahm er das Gespräch mit einer dahingeworfenen Frage wieder auf und setzte sich ihr gegenüber.

Sie zuckte kurz zusammen. Für sie war es keine unverfängliche Frage. Sie hatte Angst, daß er erraten könnte, weshalb sie hier war. Sie wagte nicht an die Folgen zu denken, erfuhr er es. Verständlicherweise hegte er keinerlei Argwohn.

»Reiner Zufall. Ich fahre manchmal einfach so spazieren.« Sie versuchte so sorglos wie möglich zu klingen.

»Einfach so?«

»Einfach so!« Sie sah ihn direkt an und versuchte ein Lächeln, das ihn entwaffnete. »Schön haben Sie es hier.«

»Man dankt. Ich fühle mich sehr wohl hier. Den Garten müssen Sie im Sommer erleben, eine wahre Blütenpracht. Obstbäume haben wir auch.«

»Man kann sich sicherlich schon jetzt gut vorstellen, wie es sein wird.«

»Das ist aber nichts gegen die tatsächliche Pracht. Ich bin zufällig an dieses Kleinod gelangt. Gesucht hatte ich eine ruhige Wohnung, nicht allzu weit vom Zentrum.«

»Meine ist leider nicht so schön. Ich muß mich mit zwei Zimmern in Chorweiler begnügen. Wenn ich aus meinem Fenster sehe, schaue ich nur auf Beton und andere Fenster.«

»Sie wohnen in Chorweiler«, es klang schon fast mitleidig.

»Mein Einkommen als Sachbearbeiterin ist nicht so üppig, um mir eine angenehmere Wohnlage leisten zu können«, entgegnete sie leicht trotzig.

»Ich könnte dort nicht wohnen.«

»Das glaube ich gerne. Aber mit der Zeit gewöhnt man sich daran.«

Er stellte seine nur zur Hälfte geleerte Tasse auf das Tablett zurück.

»Haben Sie heute noch etwas vor?« Er sah sie an, als könne er die Antwort in ihren Augen lesen.

Obwohl sie eine solche Frage erwartet hatte, war sie doch überrascht und zögerte daher mit der Verneinung.

»Dann lade ich Sie zum Essen ein. Als mehr schlechter als rechter Koch habe ich somit einen Grund, auswärts zu essen. Sie machen mir doch die Freude?«

»Gerne«, erwiderte sie etwas zu schnell im Vergleich zur zögerlichen Annahme der Einladung zum Kaffee, worüber er sich aber keine Gedanken machte.

»Italienisch? Griechisch? Chinesisch? Was Ihnen am liebsten ist«, schlug er unternehmungslustig vor.

»Ich ... ich weiß nicht.« Sie war leicht verwirrt. Sie war schon lange nicht mehr zum Essen eingeladen worden und konnte nicht einmal sagen, was ihr tatsächlich am liebsten wäre. »Das überlasse ich Ihnen.«

»Ich kenne einen ausgezeichneten Italiener in Nippes.« Nach seiner Erfahrung kam italienische Küche immer an.

»Einverstanden.« Sie lächelte ihn an.

Je länger sie in seiner Gesellschaft weilte, desto entspannter fühlte sie sich und der, wie ein Damoklesschwert über ihr schwebende Erich, verblaßte immer mehr.

Schulz öffnete ihr die Beifahrertür. Bisher hatte ihr noch kein Mann die Autotür geöffnet und nun zum zweiten Mal innerhalb einer Stunde. Er wurde ihr immer sympathischer.

Während der Fahrt redeten sie nur wenig. In ihrer Gegenwart erschien ihm das unverbindliche Geplauder, das ihm sonst leicht über die Lippen kam, beliebig und geziert.

»Das Restaurant wird Ihnen gefallen. Ich bin oft dort. Die Küche bietet für jeden Geschmack etwas.«

»Davon gehe ich aus, andernfalls hätten Sie es nicht ausgesucht«, erwiderte sie sein Lächeln.

Sie konnten in der Nähe des Restaurants parken. Von Außen wirkte es unscheinbar, doch innen war der Anspruch unübersehbar, etwas Besonders zu bieten. Die über den zu Dreivierteln besetzten Tischen hängenden Lampen verbreiteten ein intimes Licht. Gedämpfte Unterhaltungen und leises Besteckklappern bildete die Hintergrundmusik.

»Einen Tisch für zwei Personen, Herr Doktor?« empfing ein Kellner sie.

Schulz nickte bestätigend.

Sie wurden zu einem, im hinteren Teil befindlichen Tisch geführt. Schulz rückte Birgit den Stuhl zurecht, bevor er selbst Platz nahm.

»Einen Aperitif, Herr Doktor?«

»Möchten Sie?« wandte Schulz sich an Birgit.

»Für mich nicht, danke«, sagte sie schnell, nicht wissend, was sie hätte nehmen sollen.

»Für mich auch keinen.« Sie nahmen die Speisekarten entgegen, der Kellner ließ sie allein.

Birgit schlug die Speisekarte auf. Die reichhaltige Auswahl verwirrte sie. Sie klappte die Karte wieder zu, legte sie auf den Tisch und die Hände gefaltet darauf, was Schulz einen Blick auf ihre schlanken unberingten gepflegten Hände ermöglichte. Es waren schöne Hände, von denen er sich wünschte, berührt zu werden.

»Sie haben sich schon entschieden?« hob er verwundert die Brauen.

»Nein, ich überlasse es Ihnen, schließlich haben Sie mich eingeladen«, zog sie sich nonchalant aus der Affäre.

»Dann werde ich versuchen zu erraten, was Ihnen schmeckt«, nahm er die Herausforderung nur zu gerne an.

»Ich hoffe, daß alles in Ihrem Sinn ist«, fragte er beim Hauptgang. »Schließlich verfügt jeder über einen anderen Geschmack.«

»Ich sagte doch, daß ich mich Ihnen anvertraue«, entgegnete sie bestimmt.

Seine Wahl sagte ihr tatsächlich zu, es schmeckte ausgezeichnet.

Auch während des Essens kehrte seine Beredsamkeit, die er in Gesellschaft einer Frau gewöhnlich entfaltete, nur bedingt zurück, da er bemüht war, belangloses Geplauder zu vermeiden. Sie machte es ihm auch nicht leicht, da sie freundlich, aber kurz angebunden oder ausweichend antwortete, um sich nicht durch die vertrauliche Atmosphäre, die sich zwischen ihnen aufgebaut hatte, verleiten zu lassen, allzu viel von sich zu erzählen und sich so zu verraten ohne es zu wollen.

Für ihn war sie die hübscheste Blondine, die ihm seit langem über den Weg gelaufen war und das im Wortsinn. Er aß gedankenlos. Ihre Reserviertheit irritierte ihn. War sie wirklich schüchtern? Oder war es gespielt? Nein, *das* glaubte er nicht. Vermutlich war er zu sehr an selbstbewußte Frauen wie Irmgard oder Helene gewöhnt, dabei bevorzugte er Frauen wie Birgit. Sie wirkte auf ihn auf eine besondere Weise zart. Er mußte mehr über sie erfahren.

Beim Dessert meinte er leicht belustigt: »Wir haben bis jetzt nur wenig geredet, was mir selten passiert. Ich stehe in dem eigentlich nicht schmeichelhaften Ruf, eine Unterhaltung allein bestreiten zu können. Nun befinde ich mich in der Gesellschaft einer jungen hübschen Frau und verhalte mich wie ein Primaner beim ersten Rendezvous.«

»Muß man immer viel reden«, fragte sie freundlich lächelnd, dabei schob sie den Löffel unbewußt lasziv zwischen die vom Wein feucht schimmernden Lippen. Etwas vom Dessert blieb an ihrer Oberlippe haften, was sie reflexartig und fast noch lasziver ableck-te. Der Wein hatte ihre Befangenheit weitgehend gelöst.

So schüchtern war sie doch nicht, aber auch nicht raffiniert. Wie gerne hätte er ihr das Dessert von den Lippen geküßt. Dieser dezent rosa Lippenstift wirkte verführerisch auf ihn.

»Manchmal versteht man sich auch mit wenig Worten.«

»Eben«, bekräftigte sie und trank auf ähnlich unbewußt laszive Weise von ihrem Wein.

»Wir sollten den Abend noch nicht ausklingen lassen.« Seine Stimme zitterte leicht.

»Was schlagen Sie vor?« Sie bemerkte, daß sie längst selbst Lust hatte, mit ihm zu vögeln. Ihr Auftrag schien vergessen.

»Lassen Sie sich überraschen«, sagte er geheimnisvoll.

»Gut, ich werde mich überraschen lassen.«

Er führte sie in ein kleines feines Jazzlokal, wo er gleichfalls Stammgast war.

»Einige der Musiker sind Studenten, die sich etwas hinzuverdienen, andere sind Profis, die aus Spaß spielen und manchmal haben sie auch bekannte Musiker hier.«

In dieser Umgebung wurde er nun doch gesprächiger und erzählte ihr seine halbe Lebensgeschichte. Sie erzählte weiterhin wenig über sich, was ihm nicht aufzufallen schien, hörte ihm dafür aufmerksam zu, weil es sie ehrlich interessierte.

Um elf waren sie beim Du und Schulz sich sicher, daß er diese Nacht nicht allein verbringen würde. Er gab eine Anekdote aus seiner Studienzeit zum Besten.

»Es hätte tatsächlich nicht fiel gefehlt und wir wären deshalb von der Uni geflogen. Na gut, ganz so schlimm war es zwar nicht, aber es gab eine Menge Aufregung. Wir hatten fleißig vor uns hin experimentiert und dachten an alles nur nicht an den Rauchmelder, von dem man annehmen sollte, daß er in einem Labor nicht so empfindlich eingestellt ist, wie in einem normalen Büro, Qualm und Gestank sind doch dort eher die Regel. Leider war dem nicht so, wie wir leidvoll erfahren mußten. Dabei waren wir schon beim Aufräumen, als wir die Martinshörner hörten, witzelten noch in unserem Übermut darüber und schließlich standen sie vor uns. Die Feuerwehr war beinahe wie zu einem Großeinsatz ausgerückt. Wir waren im, die Labors beherbergten Gebäudetrakt die letzten an diesem Tag. Es kostete uns viel Diplomatie und einen Kasten Bier, die Feuerwehrleute zu besänftigen, damit sie uns den Einsatz nicht in Rechnung stellten. Das Gesicht von unserem Prof hättest du sehen müssen! Er war einer der Alten, für die Studenten grundsätzlich Marxisten oder Maoisten waren, die einzig auf Randale und Untergrabung der alten, gewachsenen Ordnung aus sind. Aber in Chemie machte ihm so schnell niemand etwas vor. Nun ja, so ganz falsch lag er ja nicht, es war die Zeit der Studentenrevolten. Manche Kommilitonen waren mehr mit der ›Revolution‹ beschäftigt als mit dem Studium. Wir waren fast schon eine Ausnahme, weil wir uns ausschließlich aufs Studium konzentrierten. Ich habe mich nie zum Rebellen geeignet, obwohl manches zu Recht angeprangert wurde. Sit-ins, nächtelange Diskussionen, Kommunen, die Experimente mit weichen Drogen und dergleichen waren nichts für mich. Eine heutige Kollegin von mir hat das ausgiebig mitgemacht. Vielleicht tue ich ihr unrecht, aber ich kann den Eindruck nicht loswerden, daß es bei ihr Spuren hinterlassen hat. Als Chemiker ist sie eine Koryphäe, das muß der Neid ihr lassen. Sie wird noch Karriere machen.« Ihm wurde bewußt, daß seine Gedanken bei Helene gelandet waren. Ein verlegenes Lächeln überflog für einen Moment sein Gesicht. Er hoffte, daß Birgit keine falschen Schlüsse daraus zog, und knüpfte an seine Anekdote an. »Jedenfalls hättest du das Gesicht unseres Profs sehen müssen. Der gute Mann war kaum davon zu überzeugen, daß wir keinen Brandanschlag auf die Fakultät verüben wollten.«

»Ich versuche es, ich versuche es.« Sie konnte ihre Heiterkeit nur mit Mühe im Zaum halten. Sie dachte nicht einmal im Ansatz daran, ihm bei Helenes Erwähnung etwas zu unterstellen. Eifersucht war ihr fremd.

Gegen ein Uhr nachts waren sie auf dem Rückweg.

Er parkte in seiner Einfahrt, schaltete die Zündung aus und wandte sich ihr zu.

»Noch einen kleinen Absacker«, fragte er weniger locker als beabsichtigt. Sein Herz schlug schneller, er fürchtete sich vor einer Absage.

Sie war durch seine Anekdoten noch immer gefangen und mußte sich um etwas Ernsthaftigkeit bemühen, es war bisher zu leicht verlaufen, dennoch klang ihre bejahende Antwort fast zu fröhlich.

»Da sage ich nicht nein.«

»Jedenfalls«, knüpfte er aufgelöst, weil der Abend besser verlief, als er gehofft hatte, an die Anekdote mit dem Feuerwehreinsatz an, während sie zum Haus gingen, »experimentierten wir in Zukunft vorsichtiger, dem allmächtigen Rauchmelder Hochachtung zollend. Die Feuerwehr mußte nicht mehr anrücken.« Er schloß die Haustür auf und schaltete das Licht im Treppenhaus ein. »Auch gewannen wir langsam das Vertrauen unseres Profs zurück. Allerdings erreichten wir es nie mehr vollständig.«

Sie waren in seiner Wohnung. Er schaltete das Licht in der Diele ein und schloß die Wohnungstür hinter sich.

»Ich hätte auch nicht gerne die Feuerwehr im Haus, schon gar nicht, wenn nichts ist«, sagte sie und wurde ernster.

Auch ihr Herz schlug schneller. Ihr wurde wieder bewußt, weshalb sie bei ihm war. Daß es so leicht sein würde, sein Vertrauen zu gewinnen, hätte sie nicht gedacht. Ihr Gewissen regte sich, weil sie einen so sympathischen und ahnungslosen Mann aushorchen mußte. Doch der Anflug verflog schnell, sie brauchte nur an Erich zu denken und was er ihr antun würde, würde sie ihren Auftrag nicht erfüllen. Die gute Stimmung des Abends wurde fast von Schwermut verdrängt. Sie versuchte sich damit zu trösten, daß Schulz vielleicht auch nur einer der vielen Rein- und-raus-Typen war, die sie bei ihrer Arbeit kennengelernt hatte.

»Setz' dich schon mal ins Wohnzimmer«, sagte er und ging in die Küche, um die Kaffeemaschine in Gang zu setzen. »Du kannst eine Platte auflegen, wenn du willst«, rief er ihr schon halb in der Küche zu.

Sie ging zur Stereoanlage und wählte eine aus seiner umfangreichen mehrheitlich aus Jazz bestehenden Plattensammlung aus. Zufällig war es das legendäre ›Köln Concert‹ von Keith Jarrett, die einzige Jazz-Platte, die auch sie kannte.

»Das ›Köln Concert‹, das höre ich immer wieder gerne«, sagte er, erfreut über ihre Wahl, als er ins Wohnzimmer zurückkehrte.

Sie lächelte ihn an. Es freute sie, daß ihm ihre Wahl zusagte.

»Ich habe manches Kleinod in meiner Plattensammlung, um die mich viele beneiden würden. Ich bevorzuge Jazz auch, weil ich meine, daß sich nach den Beatles die Musik nicht unbedingt zu ihrem Vorteil entwickelt hat.«

Sie teilte seine Meinung zwar nicht, wobei sie sich über Musik bisher nur insofern Gedanken gemacht hatte, ob sie ihr gefiel, wollte aber aus vielerlei Gründen mit ihm keine Diskussion darüber beginnen, auch weil sich ihm darin nicht gewachsen fühlte.

Sie besaß nur wenige Platten und den alten Plattenspieler, den sie von ihren Eltern mit sechzehn zum Abschluß der Mittleren Reife bekommen hatte.

»Ich mag's auch melodischer«, sagte sie daher diplomatisch.

Ihre Antwort gefiel ihm.

»Der Kaffee müßte jetzt durchgelaufen sein.« Er ging in die Küche.

Sie machte es sich auf der Couch bequem. Ihr Herzschlag hatte sich nicht beruhigt. Sie fühlte sich fast wie vor ihrem ersten Sex. Er kehrte mit dem Kaffee zurück.

»Milch und Zucker?«

»Diesmal schwarz.« Sie hoffte, daß sie das nüchterner werden ließ, sie fühlte sich vom Wein beschwipst.

Er schenkte ihr ein und bediente sich dann selbst. Er nahm gleichfalls weder Zucker noch Milch in seinen Kaffee. Er hoffte auch, so etwas nüchterner zu werden. Sie umfing die Tasse mit beiden Händen. Die Wärme, die kurz vor der Schmerzgrenze lag, war angenehm zu fühlen. Er wußte nicht, wie er den nächsten Schritt einleiten sollte und sie war bemüht, sich wie eine ›normale‹ Frau zu benehmen, damit er nichts Falsches von ihr dachte, außerdem hatte er sich ihr gegenüber nicht sonderlich positiv über selbstbewußte Frauen geäußert. Sie sah mit einem leicht verunglückten Lächeln über ihre Tasse zu ihm.

Im Grunde war die Situation eindeutig. Sie hatte seine Einladung zum Kaffee als Absacker angenommen und erwartete, daß er die Initiative ergriff. Er stellte seine Tasse auf das Tablett, setzte sich neben sie und nahm ihr die Tasse ab. Sie ließ ihn bereitwillig gewähren und sah ihn mit einer Spur von Traurigkeit an, die er aber anders interpretierte, und küßte sie. Schon wieder etwas, was ihr länger nicht widerfahren war. Von Freiern ließ sie sich nicht küssen, das wäre zu intim und hätte sie oft genug zuviel Überwindung gekostet, wobei die wenigsten daran dachten, eine Prostituierte zu küssen, wenn sie überhaupt gerne eine Frau küßten. Erich küßte sie nie. Wahrscheinlich küßte er grundsätzlich nicht. Aber bei diesem Mann war das anders. Sie stellte sich anfänglich so ungeschickt an, so daß er für einen Moment dachte, er wäre der erste, doch er verwarf den Gedanken sofort, so wirkte sie nicht, zumal sie schnell ihre Sicherheit wiederfand und sein Zungenspiel leidenschaftlich erwiderte. Seine Küsse schmeckten nach frischem Kaffee mit einer Note von Knoblauch und Wein. Fast beiläufig bemerkte sie, wie sie durch seine Küsse feucht wurde.

Wie sie in sein Schlafzimmer gelangt waren, konnte sie nicht nachvollziehen. Er entkleidete sie sanft. Seine Hände waren so zärtlich. Sie berührte ihn auch. Er fühlte sich so anders an oder erschien es ihr nur so? Da hielt sie schon seinen bereits vollständig erigierten Schwanz in der Hand, der sich gut anfühlte. Er war leicht über dem Durchschnitt. Sie hockte sich vor ihn und nahm ihn in den Mund. Wie gut er schmeckte! Er schloß die Augen, die Finger in ihrem Haar vergraben. Wie konnte er nur auf den Gedanken kommen, daß sie unerfahren sei! Auf einmal spürte sie seinen Schwanz in ihrem Mund pulsieren und kurz darauf schmeckte sie sein Sperma. Sie hatte nicht vermutet, daß er so schnell kommen würde. Sie wußte nicht, daß es an ihr lag, sie entsprach so sehr seinem Ideal einer Frau, daß er nicht anders konnte. Sie schluckte sein Sperma mit Genuß, stand auf und legte die Arme um ihn. Er küßte sie aufs Haar. Sie spürte seinen Schwanz am Bauch und war befriedigt, daß seine Erektion noch in voller Schönheit vorhanden war. Er schob sie sanft aber bestimmt zum Bett und zeigte nun ihr, wie gut er Lippen und Zunge zu gebrauchen wußte. Ihr stockte der Atem. Für die folgenden mehr als zwei Stunden vergaß sie alles um sich herum. Später fragte sie sich, ob er tatsächlich dreimal gekommen war, ihre Orgasmen konnte sie nicht zählen.

»Es war sehr schön mit dir«, sagte er.

Sie lagen aneinandergeschmiegt auf dem Bett. Er spielte selbstvergessen mit ihrem Haar.

»Mit dir war es auch sehr schön«, kraulte sie ihm gedankenverloren die Brusthaare mit ihren langen rosa Nägeln.

»Sex macht mich immer hungrig«, sagte er plötzlich.

»Jetzt wo du es erwähnst, merke ich, daß ich auch etwas essen möchte«, lachte sie.

»Dann werde ich uns etwas holen«, sagte er und stieg aus dem Bett.

Sie wälzte sich auf den Rücken. Daß ein Mann so gut ficken konnte! Kein Wunder, daß er die Frauen so leicht ins Bett bekam! Wann war sie das letzte Mal beim Sex derart naß geworden? Wie gut sein Sperma schmeckte! Am liebsten hätte sie schon wieder mit ihm.

Er hatte sich beeilt. Er balancierte ein Tablett mit einem Teller belegter Brote, zwei Gläsern und einer Flasche Apfelsaft, lediglich mit einer bunten Baumwollschürze bekleidet, was auf sie so drollig wirkte, daß sie lauthals lachen mußte.

»Man dankt«, erwiderte er und setzte spielerisch eine pikierte Miene auf. »Da gibt man sich Mühe etwas fürs leibliche Wohl anzurichten und wird zum Dank ausgelacht.«

»Es tut mir leid, Bert«, sagte sie ehrlich. »Aber die Schürze ist zu putzig.«

Sie setzte sich aufrecht hin und strich das Haar, das er ihr zerwühlt hatte, zurück. Nackt, unbefangen und glücklich saß sie da. Ihr Make-up war unter seinen Küssen fast verschwunden. Verliebt blickte er sie an, während er das Tablett aufs Bett stellte. Sie nahm eins der Brote und biß herzhaft hinein. Er legte die Schürze ab, die ihn in seiner Manneswürde gekränkt hatte, warf sie achtlos in einen alten Korbsessel, und setzte sich neben sie.

»Laß mich mal abbeißen.«

Sie reichte ihm ihr Brot. Er biß herzhaft hinein. Fast hätte er ihr in die Finger gebissen.

»Halt«, meinte sie lachend. »Ich kann mir gut vorstellen, daß du mich zum Fressen gern hast, aber das mußt du nicht tatsächlich machen. Was ist das? Es schmeckt gut.«

»Rehpastete. Auf dem müßte Hasenpastete sein und auf dem, wenn ich nicht irre, Entenleberpastete, auf dem ist Truthahnfleisch.«

Er schenkte die Gläser voll und nahm auch ein Brot.

»Laß mich auch mal beißen«, bat nun sie ihn.

Er hielt ihr das Brot hin, allerdings biß sie behutsamer ab.

»Das war die Entenleber?«

»Richtig.«

»Du bist mir ein Genießer«, ließ sie ihn im Zweifel, ob sie das Essen oder den gemeinsamen Sex meinte, und leckte sich die Finger genüßlich ab.

Er lächelte. Er hatte die Doppeldeutigkeit verstanden.

»Mal sehen, wie du mit Entenleber bestrichen schmeckst.« Er verrieb ein Teil seines Brotbelags auf ihrer rechten Brust.

»Das kitzelt«, rief sie aus.

Er leckte die Pastete genüßlich ab.

»Du bist mir einer«, meinte sie kopfschüttelnd, aß ihr Brot weiter, seine Zunge an ihrer Brust sichtlich genießend.

»Mit Pastete belegt schmeckst du noch einmal so gut.« Er schaute sie verliebt an.

Sie nahm ein zweites Brot und biß hinein.

»Davon möchte ich auch einmal.« Sie hielt ihm die Schnitte hin.

»Anders«, meinte er kopfschüttelnd und küßte sie, während sie noch kaute.

»Schmeckt wirklich gut«, kaute er genüßlich an dem, was er ihr geraubt hatte und fügte fröhlich hinzu. »So etwas bezeichnet man als Mundraub.«

»Du bist verrückt«, lachte sie erneut und spürte, wie ihre Lust wieder anstieg.

»Ich weiß«, meinte er trocken.

»Fick' mich noch einmal«, sah sie ihn begehrlich mit leuchtenden Augen an. Sie merkte nicht, daß sie ein vulgäres Wort gesagt hatte und es ihm als selbstverständlich erschien.

Er nickte nur und stellte das Tablett auf den Boden.

»Ich fick' dich, bis du vor Lust wieherst«, sagte er zärtlich und küßte sie.

Sie schliefen spät und aneinandergeschmiegt ein. So glücklich hatte sie sich noch nie in ihrem Leben gefühlt. Erst am späten Vormittag standen sie auf. Es war Samstag. Die Sonne schien von einem azurnen Himmel hinab. Er mußte nicht fragen, ob sie das Wochenende bei ihm verbringen würde. Ihre Haltung und Stimmung sprach für sich.

Sie verbrachten ein idyllisches Wochenende mit einem Sparziergang am Rhein und sehr viel Sex. Sie fühlte sich beschwingt, wie bei der ersten großen Liebe ihrer Teenagerzeit.

»Letztlich schien eine Mutprobe von übermütigen Auszubildenden das wahrscheinlichste zu sein«, schloß er seine Darlegung bezüglich des Einbruchs in Sieberts Büro, wenngleich er längst nicht mehr an diese Version glaubte. Er gab ihr von selbst die Auskunft, die sie benötigte, weil er ihr vertraute und gerne Anekdoten aus seinem Leben erzählte. Das erleichterte ihr Gewissen.

»Wurde etwas gestohlen? Die Polizei benachrichtigt?«

Es war früher Sonntagnachmittag. Sie lagen im Bett. Es war schön, seinen Körper an ihrem zu spüren. Sie genoß die Geborgenheit, die er ihr vermittelte und versuchte das Gefühl zu verdrängen, eine Spionin zu sein.

»Das ist das eigentlich Merkwürdige. Ich meine, wer macht sich schon die Arbeit in ein relativ gut gesichertes Gebäude einzubrechen, außer dem Aktenschrank in Sieberts Büro, war nichts aufgebrochen worden, wenn er nicht zumindest daran denkt, die Kaffeekasse mitzunehmen. Siebert meinte, es sei unnötig, die Polizei damit zu belästigen. Es wäre nichts gestohlen worden. Nur etwas Unordnung sei entstanden. Dabei ist er sonst ein scharfer Hund, den schon Tierkot auf der Straße nach dem Ordnungshammer der Behörden schreien läßt.«

»Hat keiner von euch darauf gedrungen, die Polizei zu benachrichtigen?« Ihre Verwunderung war echt.

»Die meisten haben es mit den Ordnungshütern nicht so. Der dabei entstehende Papierkram schreckt ab«, entgegnete er achselzuckend, als sei damit alles gesagt.

»Es wurde wirklich nichts gestohlen?«

»Siebert behauptet es jedenfalls. Allerdings kursiert das Gerücht, daß ein Teil der Aufzeichnungen über unser letztes Projekt verschwunden sein sollen.«

Das mußte dieses QEL sein! Ihr Herzschlag beschleunigte sich, ihre Handflächen wurden feucht.

»Selbst wenn es stimmen sollte. Der Dieb könnte damit wenig beginnen, denn sie sind unvollständig.«

»Unvollständig? Wie meinst du das?« versuchte sie äußerlich ruhig zu bleiben.

Er spielte gedankenverloren mit ihren Haaren, während er antwortete: »Helene Jagenberg, die Kollegin, von der ich dir mal erzählt habe, hatte die wichtigsten Teile bei sich zu Hause, als der Einbruch geschah. Sie wollte einen eigenen Bericht darüber verfassen. Sie hat sich übrigens mit Siebert ganz schön in den Clinch begeben.«

»Wieso?«

»Am Tag als der Einbruch entdeckt wurde, hatte sie mit ihm eine heftige Auseinandersetzung. Sie bestand als einzige darauf, die Polizei zu benachrichtigen. Beide waren sich zwar noch nie sonderlich grün gewesen, aber diesmal müssen sie ausgerastet sein. Jedenfalls ist sie seitdem krank gemeldet und wenn ich nicht irre, hat sie die Unterlagen immer noch zu Hause.«

»Hm«, meinte sie gedehnt.

»Dieses QEL war bisher ein einziger Reinfall. Wir müssen faktisch von vorn beginnen. Aber wir wollen von etwas anderes reden. Es genügt, daß mich die Arbeit morgen wieder einholt. Genießen wir lieber den Rest des Tages. Du willst wirklich schon um fünf nach Hause fahren?«

»Ich muß. Auf mich wartet noch etwas Hausarbeit. Außerdem muß auch ich morgen recht früh raus.«

Erst als sie mit dem Auto am Ende der Straße nach rechts abbog, fiel ihm ein, daß er weder ihre Adresse noch ihre Telefonnummer noch ihren Nachnamen kannte. Er schüttelte den Kopf darüber, daß er nicht daran gedacht hatte. Sie war ihm geschickt ausgewichen. Aber sie hatte seine Visitenkarte, was ihn beruhigte. *Er* war sicher, daß sie ihn bald anrufen würde.

12.

Sie fuhr auf direktem Weg zu Erich. Sie hätte die Anspannung, in der sie sich seit dem Abschied von Schulz befand, nicht länger ertragen können. Nur solange sie bei ihm gewesen war, war sie vor Erich sicher gewesen.

»Da bist du ja endlich«, empfing er sie schon ungeduldig an der Tür.

Sie trat verängstigt ein und folgte ihm wortlos ins Wohnzimmer.

»Setz' dich«, befahl er ihr mit herrischer Geste.

Sie folgte, ohne zu zögern.

»Hast du von dem geilen Gockel herausbekommen, was ich wissen wollte?«

Er setzte sich wieder auf die Couch, legte die Füße auf den Tisch, öffnete eine weitere Dose Bier, fünf standen schon geleert auf dem Tisch, und nahm einen gierigen Schluck. Er war unrasiert, sein Hemd fleckig und die Hose alt mit ausgebeulten Knien. Er roch auffällig nach Schweiß und Bier.

Das lange Warten hatte an seinen Nerven gezehrt. Er hatte mehr getrunken, als er vertragen konnte. Er verspürte den Drang, Schulz herabzusetzen, nicht weil er sie damit treffen wollte, schließlich war er überzeugt, daß sie in ihm nur einen weiteren Freier gesehen hatte – eine Nutte konnte ja nicht anders – sondern weil er irgendeinen herunterputzen mußte, damit er sich obenauf fühlen konnte, aber auch Eifersucht spielte eine Rolle. Ihre Mimik verriet zu sehr, daß sie ein sexuell erfülltes Wochenende gehabt hatte. Daß jedes seiner Worte sie wie ein körperlicher Schlag traf, registrierte er kaum.

»Wie oft hast du die Fotze hinhalten müssen? Wie oft hat er dich gefickt, bis du alles von ihm wußtest? War er potent genug für eine Frau wie dich? Wie oft bringen es eigentlich diese ›Geistesgrößen‹? Und stehen die auf ›normale‹ Sachen oder auf richtige Perversionen?« Er warf diese Fragen in den Raum. Er erwartete keine Antwort von ihr. Er trank den Rest Bier in einem Zug aus.

»Er hat mich mindestens ein Dutzend Male gefickt und ich hätte ihm die Fotze noch öfter hingehalten, wenn er gewollt hätte, er kann fast ununterbrochen«, schleuderte sie ihm wütend entgegen.

Er reagierte mit einem Achselzucken, was erwartete er auch von einer wie ihr? Ihre Wut hatte sich so schnell gelegt, wie sie in ihr aufgewallt war.

»Die Frau, von der du gesprochen hast, hat die Aufzeichnungen tatsächlich bei sich zu Hause. Ich meine, daß du damit alles weißt, was du wissen wolltest. Ich werde jetzt gehen, denn ich bin müde«, verkündete sie mit einem Rest von Selbstachtung und erhob sich. Sie wollte nur noch weg von ihm.

Mit einer Behendigkeit, die sie ihm in seinem derzeitigen Zustand nicht zugetraut hatte, sprang er auf. Er packte sie derart brutal am rechten Oberarm, daß ein stechender Schmerz sie durchfuhr und fuhr sie an: »Du fährst erst nach Hause, wenn *ich* es will! Müde bist du? Ich meine, daß du durch deinen Job an härtere Sache gewöhnt sein müßtest. Zehn Männer an einem Tag müßten doch nicht zuviel für dich sein. Da machst du schon bei einem schlapp, der dich in drei Tagen nur ein Dutzend Male gerammelt hat? Du läßt nach!«

»Laß mich«, versuchte sie sich seinem harten Griff zu entwinden, erreichte aber nur das Gegenteil.

»Du arbeitest immer noch für mich!«

»Du tust mir weh.« Ihr standen vor Wut und Schmerz Tränen in den Augen.

»Ich will auch noch meinen Spaß haben. Meinst du, ich bezahle dich so gut dafür, nur um anderen Männern hinterherzuspionieren? Ich warte schließlich nicht grundlos drei Tage.«

Er machte Anstalten, sie zu Boden zu drücken.

»Nein!« versuchte sie sich zu wehren.

Er ließ sich von ihren erfolglosen Versuchen, ihm zu entkommen, nicht beeindrucken, sondern drückte sie mit der Kraft des Betrunkenen zu Boden. Sie wehrte sich, von panischer Angst ergriffen, so gut sie konnte, doch gegen seinen massigen Körper und seinen vom Alkoholrausch gestärkten Kräften, kam sie nicht an. Er schob ihr den Rock hoch, drückte ihre Schenkel mit seinen Knien auseinander, während er mit beiden Händen und eisernem Griff ihre Arme festhielt.

»Ah, so einfach machst du es einem«, sagte er, als er sah, daß sie keinen Slip trug. Sie hatte ihn Bert als besonderes Andenken an das schöne Wochenende gegeben. »Du bist also noch geiler, als ich dachte. Ja, wehre dich nur. Du weißt schon, wie man einen Mann scharf macht!« Er hatte die Kontrolle über sich verloren.

Er öffnete die Hose mit einem Griff. Sein biergetränkter Atem erschien ihr faulig und widerwärtig. Ihr Herz raste vor Angst. Sie wurde von Panik beherrscht, der kalte Schweiß brach ihr aus. Sie hatte schon viel von Männern erlebt, aber bisher war sie noch nicht vergewaltigt worden, und es war schlimmer, als sie es sich je hatte vorstellen können.

Für einen Moment war sie sogar in Ohnmacht gefallen. Das soeben Erlebte war für sie so schrecklich, daß es ihr zuerst als schlimmer Alptraum erschien. Doch ihr schmerzender Körper belehrte sie eines Besseren. Ihre Arme und ihre Beine waren mit blauen Flecken übersät. Ihre Vulva, die Bert so zärtlich, beinahe ehrfurchtsvoll behandelt hatte, auch wenn seine Stöße recht kraftvoll gewesen waren, schien nur noch ein einziger, schmerzender Klumpen zu sein. Ihr fehlte die Kraft sich zu erheben. Sie blieb liegen, fühlte sich leer, entwürdigt. Sie fühlte sich nicht einmal in der Lage zu weinen. Sie lag nur da, wartete darauf, daß die Schmerzen abklingen würden, hoffte, daß ihre Scham nicht blutete.

Erich saß wieder auf der Couch, die Hose noch offen, und trank eine weitere Dose Bier.

»Was willst du«, fuhr er sie an, seine Stimme klang aber verunsichert. »Du bist doch eine Nutte, oder? Es ist dein Job, die Beine breitzumachen. Was jammerst du, nur weil ich etwas gröber als sonst war? Eine Nutte kann man nicht vergewaltigen. Das weiß doch jeder und ist sogar amtlich.«

Jetzt wurde sie auch noch verhöhnt. Sie war demnach kein vollwertiger Mensch, sondern ein Gebrauchsgegenstand, über den nach Belieben verfügt werden konnte. Dabei versuchte er sich mehr vor sich selbst zu rechtfertigen, als sie herabzusetzen.

Er schaute abschätzig auf sie hinunter, weil sie ihn zu etwas getrieben hatte, das ihm eigentlich fremd war.

Ihr fehlte noch immer die Kraft aufzustehen, obwohl die körperlichen Schmerzen nachließen.

»Los, steh auf«, herrschte er sie an. »Das heulende Elend steht einer wie dir nicht. Das hättest du dir überlegen müssen, bevor du auf den Strich gingst.«

Sie rappelte sich mühsam hoch und humpelte ins Bad. Sie schaute in den Spiegel. Ihre Augen waren gerötet, das wenige Make-up unter den Tränen zerlaufen. Sie hatte geweint, ohne daß sie es bemerkt hatte. Übelkeit überkam sie. Sie konnte gerade noch den Deckel der Toilette öffnen, ehe sie sich übergab, was sie erleichterte. Dann betätigte sie die Spülung und wusch sich das Gesicht.

»Warum nur«, murmelte sie vor sich hin, »warum nur muß ich diese drei schönen Tage so teuer bezahlen?«

Ohne daß sie es bemerkte, stand Erich in der Badezimmertür. Er schwankte.

»Du kannst jetzt gehen. Ich werde dir sagen, wann ich dich wieder brauche. Mach' dich zurecht, du siehst zum Kotzen aus! So fickt dich bestimmt keiner mehr.«

Das wäre das letzte, was sie wollte, aber das sagte sie ihm nicht. Sie wollte nur weg von ihm.

Er ließ sie allein. Sie verließ die Wohnung und versuchte diese Demütigung zu verarbeiten.

Erich wollte nicht mehr an sie denken.

»Diese dämliche Nutte, was mußte sie mich auch so reizen«, murmelte er vor sich hin.

Birgit schleppte sich mühsam die Treppe hinab. Zum Glück begegnete ihr niemand. Sie fuhr nach Hause und legte sich ins Bett. Sie wollte nichts mehr hören und nichts mehr sehen.

Das Telefon klingelte. Erich sprang auf. Er schien mit einem Schlag nüchtern geworden zu sein. Hastig ging er in die Diele und hob ab.

»Ja?« meldete er sich.

»Haben Sie die gewünschten Informationen«, erscholl Porkys Stimme vom anderen Ende der Leitung.

»Ja, alle, die Sie wollten.«

»Gut, dann treffen wir uns in einer Stunde am Friesenplatz. Ich komme mit dem Bus der Linie 151 um 18 Uhr 48 an.« Er hatte aufgelegt.

Erich legte den Hörer ebenfalls auf und machte sich stadtfein, wie er es nannte.

Er war bereits gegen halb sieben am Treffpunkt. Ab und zu brach die Abendsonne durch die dichte graue Wolkendecke. Es wehte ein frischer Wind, auch an einem Sonntag herrschte hier geschäftiges Treiben. Der laufende Verkehr mußte sich durch schmale Gassen links und rechts der U-Bahn-Baustelle schlängeln. Erich hatte den Kragen des Mantels hochgeschlagen. Ihn fröstelte. Fortwährend warf er einen Blick auf die Uhr. Sie schien ihm zu langsam zu gehen. Ein Bus kam an. Erneut blickte er auf die Uhr. Es war die falsche Zeit und die falsche Linie. Die Türen des Busses öffneten sich zischend, er leerte sich, die Türen schlossen sich wieder zischend und mit einer Rußwolke aus dem Auspuff fuhr er weiter. Ein neuerlicher Schauer setzte ein. Mit schnellen Schritten flüchtete Erich sich unter den Unterstand.

18 Uhr 48, der Bus schien Verspätung zu haben. Erich fluchte. Er war zur Zeit der einzige an der Haltestelle. Doch dann erblickte er den Bus an der Ampel stehend. Die Ampel sprang auf Grün um, der Bus fuhr an und auf die Haltestelle zu. Zischend öffneten sich die Türen. Porky stieg als erster aus. Mit stummem Nicken begrüßte er Erich. Schweigend gingen sie ein Stück Wegs auf die Ringe zu.

»Und?« fragte Porky voller Erwartung.

»Diese Frau hat den Großteil der Unterlagen bei sich in der Wohnung. Die gestohlenen Unterlagen sind praktisch wertlos.«

»Wirklich ärgerlich«, schien es Porky nicht zu überraschen.

Sie waren stehen geblieben. Erich schaute ihn in Erwartung eines neuen Vorschlages an. Erneut brach die Sonne durch. Ihr wäßriges, blasses Licht gab dem Ganzen einen grotesken Anstrich.

»Nun, denn«, sagte Porky mehr zu sich selbst.

»Wie wäre es, wenn ich bei ihr einsteige und die restlichen Sachen hole«, schlug Erich voreilig vor.

»Wissen wir, ob sie sie nicht längst in einem Bankschließfach deponiert hat?« streute Porky seine Zweifel ein. »Zudem ist ein Einbruch zu plump. Außerdem wissen Sie nicht, was alles zu den Unterlagen gehört und *sie* ist im Moment die einzige, die uns nähere Auskünfte geben könnte.«

»Sie denken doch nicht etwa an eine Entführung«, fiel bei Erich der Groschen und es brach Panik in ihm aus.

Der Dicke verlangte immer mehr von ihm und immer extremere Sachen.

»Sehen Sie eine andere Möglichkeit?« entgegnete Porky süffisant.

Erich mußte klein beigeben.

»Gut. Hier ist die Adresse einer alten Siedlung, die irgendwann in den nächsten Monaten abgerissen wird. Sie liegt im Norden der Stadt. Hier sind die Schlüssel zu der Bautüre. Dort bringen Sie sie hin. Dort vermutet sie keiner und wir haben Ruhe.«

Erich, der sich bewußt wurde, in welch gefährliche Lage er sich gebracht hatte, als er sich mit jemanden wie Porky eingelassen hatte, ergriff die nackte Angst. Aber er war bereits an einem Punkt, wo er nicht mehr aussteigen konnte. Auf der einen Seite war das Gesetz, das ihm eine harte Strafe in Aussicht stellte, auf der anderen Seite Porkys Schergen, vor denen er doch mehr Ehrfurcht besaß.

»Sie erledigen die Sache am besten noch heute. Im Dunkeln geht es leichter und uns keine Zeit verloren. Ich werde mich wieder bei Ihnen melden.«

Er ließ Erich ohne einen Gruß stehen. Erich hielt den Umschlag in der Hand, den Porky ihm übergeben hatte. Seine Finger zitterten und es lag nicht an der feuchten Kühle.

13.

Birgit schreckte auf, als an ihrer Tür Sturm geklingelt wurde. Sie war eingeschlafen. Ihre Schmerzen waren einem Muskelkater gewichen. Sie taumelte schlaftrunkend zur Tür und staunte nicht schlecht, als Erich zitternd, übernervös und offenkundig wieder nüchtern vor ihr stand, obwohl sein Atem noch nach Bier roch. Im ersten Moment erschien es ihr unfaßbar, daß dies Häufchen Elend sie noch vor wenigen Stunden vergewaltigt hatte, was ihr die Furcht vor ihm etwas nahm.

»Was willst du noch hier«, fuhr sie ihn an.

Statt einer Antwort schob er sie kraftlos beiseite und schloß die Tür hinter sich.

»Ziehe dich an«, wies er sie leise und mit nicht allzu fester Stimme an.

»Warum?«

»Frag' nicht, es ist besser für dich, wenn du nicht zu viel weißt«, es klang wie ein gutgemeinter Rat und keine offene Drohung, was nur noch mehr zu ihrer Verwirrung beitrug.

Er schob sie ins Schlafzimmer, aber bar jener Brutalität, wie vor einigen Stunden. Er riß ihren Kleiderschrank auf, durchsuchte ihn und holte eine Jeans und einen Pullover heraus, warf sie aufs Bett und schloß den Kleiderschrank wieder.

»Anziehen«, es lag viel mehr von einer Bitte als einer Aufforderung darin.

Sie widersetzte sich nicht, war mehr neugierig als ängstlich, und kam seiner Aufforderung nach. Er wartete ungeduldig, sagte aber nichts. Sie schlüpfte in bequeme Schuhe.

»Na endlich«, seufzte er fast erleichtert, als sie in die Diele trat und ihre Jacke nahm.

Sie verließen die Wohnung. Sie konnte gerade noch die Tür abschließen. Unten angekommen stieß er sie buchstäblich in seinen Wagen. Mit quietschenden Reifen fuhr er an, schnitt ein nachfolgendes Fahrzeug und kümmerte sich nicht über das Hubkonzert, das hinter ihm veranstaltet wurde, weil eine Vollbremsung gemacht werden mußte, um ihm nicht in die Seite zu fahren. Mit nervösen Händen schaltete er und erwischte den Gang nicht immer, was das Getriebe jedesmal mit lautem Kreischen quittierte.

»Wohin fahren wir?« Sie wußte nicht, wovor sie mehr Angst haben sollte, vor Erich selbst, seiner halsbrecherischen Fahrweise oder dem Unbekannten, das sie erwartete.

»Zu dieser Helene Jagenberg«, entgegnete er knapp.

»Warum?«

»Himmel, Frau, falls du es immer noch nicht kapiert haben solltest, wir sollen sie entführen«, rief er übernervös aus. »Deine Informationen haben das ausgelöst! Wenn ich doch nur nie diesen Dicken kennengelernt hätte! Warum mußtest du auch herausfinden, wo sie die Unterlagen hat? Warum konntest du mir heute Nachmittag nicht sagen, daß er es nicht weiß? Warum konntest du dein Wissen nicht für dich behalten? Warum nur?«

Sie enthielt sich zu ihm sagen, was er mit ihr gemacht hätte, hätte sie es tatsächlich für sich behalten. Genügte ihm nicht, was er mit ihr gemacht hatte? Er schien es offensichtlich vergessen zu haben.

»Was?« war alles, was sie sagen konnte.

»Entführen, kidnappen, verstehst du?« fuhr er sie fast hysterisch an, weil er ihren Ausruf als Frage mißverstanden hatte.

Sie sank in ihrem Sitz zusammen. Bis jetzt war sie nur eine gewöhnliche, unbedeutende Nutte gewesen, die nie etwas Illegales gemacht hatte. Aber nun sollte sie an einem Kapitalverbrechen mitwirken. Weit hatte sie es gebracht, höhnte sie über sich selbst. Erst wurde sie vergewaltigt und nun zu einer Entführerin und alles an einem Tag!

»Welches Arschloch läutet um diese Zeit Sturm«, entfuhr es Helene wütend.

Sie legte das Pornoheft, in dem sie geblättert hatte, verärgert auf den Tisch.

Am Freitag hatte sie mit Siebert telefoniert, der seine Meinung um keinen Deut geändert hatte. Er war sogar erleichtert, daß sie darauf bestand, vorläufig krank gemeldet zu bleiben. Um das Maß an schlechten Ereignissen in dieser Woche vollzumachen, war sie gestern vormittag im Parkhaus von einem Mann dumm angemacht, als sie aus ihrem Cabriolet stieg. Er gab ihr unmißverständlich zu verstehen, daß er sie für eine Vertreterin des ›Dienstleistungsgewerbes‹ hielt, wenn auch für eine von der edleren Sorte. Gewöhnlich hätte sie das Spiel eine Zeitlang mitgemacht, um ihm schließlich auf charmante Weise zu sagen, daß er sich geirrt habe. Sie war aber auf so ziemlich alles wütend und somit auf Krawall gebürstet. Sie baute sich vor ihm auf. Durch ihre Größe und ihre hohen Absätze bedingt mußte er zu ihr hinaufblicken. »Stell' mal deine Lauscher auf, du kleiner Lude«, hatte sie ihn barsch und alles andere als damenhaft angefahren. »Einmal davon abgesehen, daß du wohl nicht genug in der Hose hast, um mich auszufüllen, bin ich keineswegs eine von denen, von der du glaubst, daß ich eine bin. Wenn du unbedingt eine Fotze für dein kleines bißchen Schwanz suchst, kann ich dir sagen, daß es in der Stadt mehr als genug Nutten in allen Preislagen gibt, die gerne bereit sind, gegen entsprechenden Salär sich deines Mickerlings anzunehmen.« Unter jedem ihrer Worte wurde er etwas blasser. Sie ließ ihn stehen und trat ihm wie zufällig beim Weggehen mit ihrem spitzen Absatz auf den rechten Fuß. Er schaute ihr mit schmerzverzerrtem Gesicht nach und war sich nicht sicher, ob sie nicht doch eine von denen sei, die sie angeblich nicht sei. Eine Frau, die keine, von denen war, die er meinte, daß sie es sei, hätte nie eine solche Antwort einem Fremden gegeben.

Und nun sollte dem ganzen die Krone aufgesetzt werden! Widerwillig ging sie zur Tür.

Erich hielt mit kreischenden Reifen vor Helenes Haus. Er holte eine Pistole aus dem Handschuhfach.

»Du willst doch nicht etwa«, entfuhr es Birgit entsetzt.

»Quatsch, die ist nicht geladen, siehe selbst«, demonstrativ entfernte er das leere Magazin und zeigte es ihr. »Beruhigt? Ich besitze nicht einmal Munition dafür und weiß nicht, ob die überhaupt funktioniert. Ich wandere doch nicht ins Loch, weil ich in der Hektik auf jemanden geschossen habe. Aber so ein Teil allein wirkt auf die meisten Leute beeindruckend genug. Schließlich weiß sie ja nicht, daß sie nicht geladen ist. Und du wirst nichts sagen! Unsere Auftraggeber verfügen über einen sehr langen Arm. Das kannst du mir glauben!«

Sie glaubte ihm, seine Nervosität war ihr Beweis genug.

Es war bereits dunkel. Vor wenigen Minuten hatte es zu regnen begonnen. Das Licht der Laternen spiegelte sich im nassen Asphalt.

Helene betätigte die Gegensprechanlage.

»Was wollen Sie«, fuhr sie Erich barsch an.

»Ein Telegramm für Sie«, fiel ihm keine intelligentere Ausrede ein und doch erfüllte sie ihren Zweck.

Helene betätigte den Öffner. Sie konnte sich nicht vorstellen, wer ihr ein Telegramm schickte. Aber derzeit wunderte sie sich über nichts.

Erich hetzte die Treppen hinauf, zwei Stufen auf einmal nehmend. Birgit hatte Mühe mit ihm Schritt zu halten. Helene hatte die Tür kaum einen Spalt geöffnet, als er schon davor stand und sie aufstieß.

»He, dir haben sie wohl ins Hirn geschissen«, rief Helene überrascht aus, als er in ihre Wohnung stürzte und die Pistolenmündung auf sie richtete, was sie aber lange nicht so beeindruckte, wie er gehofft hatte.

Birgit betrat atemlos die Wohnung nach ihm und schloß die Tür hinter sich. Sie wollte nicht, daß jemand Zeuge wurde. Sie wollte nicht so bald ins Gefängnis.

Helenes scheinbare Gelassenheit machte Erich nur nervöser. Die Hand, in der er die Pistole hielt, zitterte. Helene war vorsichtig genug, nicht herausfinden zu wollen, ob sie geladen war. Ein Mensch, der so nervös war, wie dieser Mann, neigte leicht zu unüberlegten Handlungen. Nur, was er wollte, konnte sie sich beim besten Willen nicht denken, zumal er noch in Begleitung einer jungen, bildhübschen, verängstigten Frau war.

»Ziehen Sie sich was an und kommen Sie mit«, brachte er halbwegs ohne Stottern hervor.

Diese Frau wirkte auf ihn fast so einschüchternd wie Porky.

»Also eine Entführung«, schloß Helene trocken und mit einer Ruhe, als sei sie die Herrin der Lage.

»Ja, und ich spaße nicht!«

»Das glaube ich gerne. Könnten Sie die Mündung Ihrer Pistole nicht woanders hinrichten? Wenn ich mich weigere, haben Sie immer noch genug Zeit auf mich zu zielen.«

»Bitte«, verlegte er sich aufs Flehen, aus Angst, er könnte die Kontrolle verlieren und sie erraten, daß seine Waffe nicht geladen war. »Ich mache das hier nicht zum Spaß. Wenn Sie sich nicht querlegen, geschieht Ihnen nichts. Wenn Sie sich aber weigern, geht es uns allen dreckig.«

Helene überlegte kurz. Zum einen hatte die Situation etwas Abenteuerliches an sich und zum anderen wußte sie immer noch nicht, ob er nicht doch schießen würde, käme es hart auf hart. Sie erkannte auch, daß er aus Angst vor jemanden handelte, der ihn zu dieser Aktion genötigt hatte.

»Also gut. Ich komme mit. Aber lassen Sie mich wenigstens Schuhe und Jacke anziehen. Wir haben immerhin noch April.«

»Alles was Sie wollen, wenn Sie nur mitkommen.«

Für Helene war die Situation einfach nur grotesk. Kopfschüttelnd ging sie ins Schlafzimmer. Ihre ungebetenen ›Gäste‹ folgten ihr.

Birgit war von Helene fasziniert. Diese bildschöne, große Rothaarige, die allenfalls Mitte dreißig sein konnte, sollte jene wissenschaftliche, resolute Koryphäe sein, von der Bert gesprochen hatte und die das zu besitzen schien, was Erichs Hintermänner wollten? Sie hätte in dieser Frau alles gesehen, ja sogar eine Kollegin, die allerdings in einer höheren Gesellschaftsklasse anschaffen ging, nur nicht *was* sie war. Alles duftete nach *ihr*. *Sie* würde mit Sicherheit kein Mann herablassend behandeln. *Sie* konnte es sich leisten, die Männer herablassend zu behandeln. Ob Bert auch mit ihr gevögelt hatte? Nein, bestimmt nicht, wer einmal eine solche Frau hatte, unternahm alles, um sie zu behalten. Selbst in ihrer alten verwaschenen Jeans und dem schon sichtlich abgetragenen Sweatshirt, ungeschminkt und die Haare nachlässig im Nacken zusammengebunden, besaß sie mehr Klasse als viele andere in teurer Kleidung und perfektem Make-up. Sie zog so gemächlich alte, feste Schuhe an und eine alte, leicht speckige Lederjacke über, als hätten Freunde sie zu einer Spazierfahrt eingeladen. Birgit fühlte sich unscheinbar gegenüber dieser Frau.

»Worauf warten Sie noch?« fragte Helene leicht ungeduldig, weil Erich unschlüssig schien. »*Sie* sind schließlich der Entführer.«

Er schaute sie leicht perplex an. Eine solche Kaltschnäuzigkeit war ihm noch bei keiner Frau begegnet. Kannte die denn keine Angst? Ein Mann, der mit ihr fickte, brauchte eiserne Nerven und war zu bewundern.

Sie war durchaus nervös, im Gegensatz zu ihm zeigte sie es nicht, wenigstens einer sollte Ruhe bewahren.

Sie ging voraus. Er schob die Pistole in die Manteltasche, ohne die Helene sie einfach hinausgeworfen hätte, statt ihnen zu folgen.

Birgit verließ als letzte die Wohnung und zog die Tür hinter sich ins Schloß.

»Keine Dummheiten«, mahnte Erich überflüssigerweise, wie er sofort erfahren mußte.

»Guter Mann«, entfuhr es Helene gereizt. Sie war kurz davor, seine Pistole zu vergessen, und ihn einfach stehenzulassen. »Wenn ich schon bereit bin, dieses Spiel mitzumachen, möchte ich nicht noch unqualifizierte Kommentare hören.«

Er schwieg leicht eingeschüchtert und fühlte sich immer weniger als Herr der Lage. Helene schritt gemächlich die Treppe hinunter, die Hände lässig in den Jackentaschen.

Unter anderen Umständen hätte ihr wiegender Gang, ihre langen üppigen, mehr rote als braune Haare, ihr Parfum, andere Reaktionen bei ihm hervorgerufen. Im Augenblick war sie aber die letzte Frau, die irgendeine Form von sexuellem Begehren in ihm entfachen konnte.

Erst als sie vor dem Haus, im mittlerweile nachgelassenen Regen standen, kam er wieder zu sich. Der feine Regen legte sich wie ein zarter Schleier auf Helenes Haare, reflektiere das Licht der Straßenlaternen und ließ es noch mehr glänzen als üblich.

Helene drehte sich um und sagte ruhig: »Wie geht es jetzt weiter?«

Sie strich sich eine feuchte Locke aus der Stirn. Birgit fühlte sich in ihrer Gegenwart Erich nicht mehr so hilflos ausgeliefert.

»Zu dem Auto dort«, wies er mit einem Nicken auf seinen BMW, dessen Beifahrertür noch offen stand.

»Gut«, meinte Helene achselzuckend und ging auf den Wagen zu.

»Nach hinten. Du setzt dich zu ihr, damit sie keine Dummheiten macht.«

Birgit ging das Absurde dieser Anweisung sofort auf, ihm nicht. Diese Frau war größer als sie und nicht viel kleiner als Erich. Sie machte nicht den Fehler, ihre körperliche Stärke zu unterschätzen.

Helene mußte sich leicht seitlich setzen, um im Fond für ihre langen Beine Platz zu finden. Der Rücksitz war nicht für große Menschen gemacht. Erich schlug hastig die Tür hinter Birgit zu und sprang fast auf den Fahrersitz. Er wollte so schnell wie möglich fort von hier, bevor jemand bemerkte, was hier ablief und die Schmiere verständigte. Mit quietschenden Reifen fuhr er an.

»Ich will ja nicht neugierig erscheinen«, sagte Helene mit offener Ironie, nach einigen Minuten des Schweigens. »Aber welchen Nutzen können Sie aus meiner Entführung ziehen? Ich bin nicht wohlhabend.« Wurde mal von dem Erbe ihres Großvaters abgesehen, aber das verschwieg sie. »Daß Sie mich sexuell mißbrauchen wollen, glaube ich nicht, das hätten Sie schon in meiner Wohnung haben können. Wenn Sie für perverse Spiele ein Faible haben, werden wir uns schon einig. Auf die ›normale‹ Art ist es mir schon mit vierzehn zu langweilig geworden. Oder stehen Sie nicht auf Perversionen?«

»Halten Sie einfach Ihre Schnauze«, fuhr er sie an, um dann in einen bittenden Tonfall zu wechseln. »Bitte, seien Sie still. Oder soll ich uns an den nächsten Laternenpfahl fahren?«

»Dann eben nicht«, meinte Helene lakonisch.

Seine Blicke in den Rückspiegel wurden hektischer. Zweimal hätte er beinahe eine rote Ampel übersehen, einmal überfuhr er tatsächlich eine, zum Glück nur eine Fußgängerampel in einer wenig befahrenen Seitenstraße. Als ihnen ein Streifenwagen entgegenkam, wäre ihm fast das Herz stehengeblieben, doch die Beamten dachten nicht daran, sie anzuhalten.

»Wenn Sie so weiterfahren, halten uns die Bullen wirklich noch an«, riet ihm Helene freundschaftlich. »Wenn Sie schon einmal eine halbe Nacht auf einer Wache zugebracht haben, was Sie sicherlich haben, wissen Sie, was ich meine. Besonders, wenn man Sie mit einer Waffe und einem Entführungsopfer erwischt.«

»Was weiß jemand wie Sie schon, wie es auf einer Wache zugeht«, hatte er es aufgegeben, sie anzufahren.

»Der Genuß wie der Besitz von Gras ist ein Verstoß gegen das Betäubungsmittelgesetz«, entgegnete sie ruhig. »Zwar liegt das schon einige Jahre zurück, aber die Erfahrung bleibt.«

Er schwieg dazu. Er wußte nicht, ob sie ihn foppte oder es der Wahrheit entsprach. Bei diesen Intellektuellen mußte man auf alles gefaßt sein. Die waren mit gewöhnlichen Maßstäben nicht zu messen.

»Was ist Ihre Rolle in dieser Farce«, wandte Helene sich an Birgit, die unter dieser, wie beiläufig gestellten Frage zusammenfuhr, als wäre sie von einer Erzieherin bei einer Verfehlung ertappt worden.

»Ich ...«, begann sie und geriet ins Stottern. Sie wußte schließlich selbst nicht, was ihre Rolle in diesem Spiel war.

»Toll, wirklich toll! Dem Anschein nach bin ich von zwei blutigen Anfängern entführt worden. Was bin ich eigentlich? Ein Dreck, daß man mir zwei Stümper auf den Hals hetzt?«

Das war nun doch zuviel für Erich. Er trat auf die Bremse, der Wagen kam mit quietschen Reifen zum Stehen. Zum Glück war es eine kaum befahrene Straße. Quietschend liefen die Scheibenwischer über die fast trockene Scheibe, weil es längst zu regnen aufgehört hatte, er sie aber nicht abgeschaltet hatte. Der Motor war im Moment das einzige, was ruhig lief.

»Könnten Sie, *bitte*, schweigen. Für uns beide ist es schon schlimm genug. Meinen Sie, daß ich Sie hier zum Vergnügen in meinem Wagen habe? Wenn mir nicht Leute im Nacken säßen, die, wenn es sein muß, über Leichen gehen, hätte ich mich nie mit Ihnen abgegeben. Um nichts in der Welt! Sie sind eine Plage, damit Sie's wissen! Wenn Ihnen schon egal ist, was mit mir wird, nehmen Sie wenigstens Rücksicht auf *sie*.«

Das waren in Birgits Ohren ganz neue Töne. Noch am nachmittag, der ihr ewig lang vorüber zu sein schien, hatte er sie vergewaltigt und nun sorgte er sich um sie? Absurderweise hatte diese extremere Situation sie die Vergewaltigung fast schon vergessen lassen, wohl auch, weil Helene Erichs Machogehabe als Fassade vorführte, hinter der ein schwacher Mensch zum Vorschein kam, was ihr innere Genugtuung verschaffte.

»Ihnen geht der Arsch ganz schön auf Grundeis«, stellte Helene grinsend fest.

»Wenn Sie so wollen«, wich er ihr nicht aus.

»Gut, ich werde schweigen, bis wir dort sind, wo sie mich hinbringen.« Sie schaute ihn mit einem sanften Blick an, der im vollständigen Gegensatz zu ihrem bisherigen Verhalten stand.

Mit einem tiefen und demonstrativ lauten Seufzer, stellte er den Scheibenwischer ab und fuhr weiter. Helene schwieg während der restlichen Fahrt.

Die leerstehende Siedlung bestand aus ehemaligen, in den '20er Jahren errichteten Werkswohnungen, an deren Stelle moderne Häuser errichtet werden sollten. Die Eingänge waren mit Stahltüren gesichert und die Fenster im Erdgeschoß zugemauert. Der Asphalt zwischen den Häusern war rissig und Unkraut wucherte reichlich in den Ritzen. Alles glänzte vor Nässe. Eine einzelne Peitschenleuchte erhellte den Platz, um den die Häuser herum errichtet worden waren. Eine alte Trauerweide, deren erste Knospen vor dem Aufspringen standen, warf einen langen, gespenstischen Schatten. Erich fand das Haus sofort, das Porky ihnen zugewiesen hatte und hielt vor dem Eingang.

»Wir sind da! Los, aussteigen!« Er zog den Zündschlüssel ab.
Birgit war froh, an die frische Luft zu können. Sie zitterte, ihr war leicht übel. Helene konnte endlich ihre Glieder strecken.

»Also doch keine perverse Orgie. Schade, ich hatte mich schon darauf gefreut«, konnte sie eine ironische Bemerkung nicht unterdrücken.

»Wissen Sie, daß ich Ihnen das sogar glaube. Sie sind der Typ, der am normalen Sex kein Interesse findet.«

Sie ließ ihn in dem Glauben und sah sich um. Es war tatsächlich ein einsames Versteck für sie ausgesucht worden. Ein leichter Wind strich durch die Äste der Trauerweide. Der Putz war an vielen Stellen in größeren Stücken abgebröckelt und lag überall herum. Einzelne Dachziegel waren hinuntergestürzt und auf dem Boden zerschellt. Im Hintergrund huschte eine Ratte zwischen den Häusern hindurch. Über allem lag ein leichter Modergeruch. Sie fröstelte. Birgit fühlte sich hilflos und Erich hoffte weiterhin, daß er einigermaßen heil aus der Sache herauskäme.

Er holte den Schlüssel zur Bautüre aus der Manteltasche. Die Pistole in der anderen schien er vergessen zu haben.

»Gehen wir«, sagte er leise, als könnte sie jemand hören, trotzdem hallte seine Stimme über den ruhigen Hof, worüber er selbst am meisten erschrak.

Er ging voraus, die Frauen folgten ihm. Mit zitternden Fingern schloß er die Tür auf, ließ die Frauen hineingehen und schloß hinter sich wieder ab. Er schaltete die Taschenlampe ein, die er aus der Manteltasche holte und ließ den Lichtkegel durch den Raum wandern.

Das Treppengeländer war entfernt, Schutt lag herum. Die meisten Bodenplatten waren gesprungen oder herausgebrochen, Türen wie Zargen waren entfernt. Es war im Erdgeschoß so dunkel, daß ohne Taschenlampe so gut wie nichts zu sehen wäre. Bei jedem Schritt knirschte es unter ihren Sohlen. Erich ging voraus. Sie mußten in eines der oberen Geschosse. Ab der ersten Etage waren die Fenster nicht vermauert und das Licht der Leuchte konnte hereinscheinen. Birgit stieß vor Schreck einen schrillen Schrei aus, als eine Ratte vor ihren Füßen vorbeihuschte. Sie wäre beinahe auf den Stufen ausgeglitten. Helene, die hinter ihr ging, mußte sie auffangen. Erich achtete nicht darauf. Helene schüttelte den Kopf und murmelte etwas »von typisch Frau«. Achtlos trat sie ein Mörtelstück die Treppe hinunter. Alles war feucht und klamm.

Ihr Quartier lag auf der dritten Etage, über ihnen kam nur noch der Dachboden. Die Tapeten waren aufgrund der Feuchtigkeit abgefallen, der Putz fleckig. Hier war vor kurzem ausgefegt worden. Im größten Raum standen drei neue Feldbetten, über die zum Schutz Plastikfolien gebreitet waren. Es zog, da es keine verschließbaren Fenster mehr gab. Auf einem Klapptisch standen verschiedene Konservendosen und Einweggeschirr, auf einem zweiten ein zweiflammiger Campingkocher und drei Töpfe. An der Wand gegenüber dem Fenster lehnten drei Klappstühle. Eine Gaslampe hing über den Campingtischen an einem Haken an der Wand. Zwei Kästen mit Mineralwasserflaschen standen neben der Tür.

Helene schlug den Kragen ihrer Jacke hoch.

»Also ein längerer Aufenthalt«, stellte sie nüchtern fest und trat in den Raum. »Es ist zwar kein Fünf-Sterne-Hotel, aber nach meinen Wünschen wird ja nicht gefragt.«

Sie lehnte sich mit dem Rücken an eine trockene Stelle der Wand und sah sich um.

»Mach' Licht«, wies Erich Birgit an.

Sie nahm die Gaslampe von der Wand, nahm eine Steichholzschachtel vom Tisch, drehte das Gas auf, ließ das Streichholz aufflammen und setzte das Gas in Brand. Gelbliches Licht erhellte den Raum, was für Helene das Surreale ihrer Lage verstärkte. Sie fühlte sich in einem schlechten Film, dennoch weckte es Abenteuerlust in ihr.

»Setz dich dahin«, wandte er sich an Birgit und zeigte auf ein Feldbett. Sie folgte seiner Aufforderung. »Und was ist mit Ihnen? Haben Sie keine Lust.«

»Lust hätte ich schon«, erwiderte sie süffisant und strich sich auf betörende Weise eine Haarsträhne aus der Stirn. »Aber diese Art der Lust meinen Sie wohl nicht, also setze ich mich auf das andere Feldbett.«

Er nahm ihre Antwort mit einem Achselzucken zur Kenntnis. Es war ohnehin gleich, was er sagte, sie würde immer so reagieren. Solange sie sich nicht allzu querstellte, brauchte ihn das nicht zu interessieren.

Helene fläzte sich auf dem Feldbett.

»Was bringt Ihnen meine Entführung?«

Er nahm einen Klappstuhl und setzte sich darauf, die Taschenlampe hatte er ausgeschaltet und auf den Campingtisch gelegt.

»Da Sie sowieso keine Ruhe geben. Es ist Ihr verdammtes QEL, wenn Sie das glücklich macht.«

»Das dachte ich mir schon. Was wollen Sie konkret von mir?«

»Dazu kann ich Ihnen nichts sagen, weil ich es selbst nicht weiß.«

»Warum?«

»Ich führe nur aus.«

»Eine Aussage, die auch bei den Kriegsverbrecherprozessen in Nürnberg häufig fiel. Es sind die sklavischen Beamten, die anscheinend nur ihre Pflicht erfüllen, die Terrorregime erst möglich machen. Die persönliche Verantwortung bleibt aber bestehen.«

»Ich weiß, daß Sie mich nur respektieren, weil ich Sie mit vorgehaltener Waffe hier herbrachte. Mir ist egal, was Sie von mir halten. Wir sollten beide hoffen, daß unsere Wege sich so bald als möglich trennen.«

Er holte eine Zigarettenschachtel aus der Manteltasche und zündete eine an. Er inhalierte tief den Rauch und blies ihn durch die Nase wieder aus. Ein leichter Luftzug wehte durch den Raum. Er richtete den Blick auf seine Schuhe, schien ruhiger geworden zu sein.

»Was ist mit Ihnen«, wandte Helene sich an Birgit. »Wie sieht Ihre Rolle in diesem Spiel aus? Sie sind mir noch immer eine Antwort schuldig.«

»Ich weiß es nicht«, brachte sie leise hervor.

Erich rauchte seine Zigarette und schaute konzentriert auf seine Schuhe. Ihn schien nicht zu interessieren, was die Frauen zueinander sagten.

»Ich nehme an, daß das Ihr erstes größeres Ding ist, in das Sie verwickelt sind. Aber machen Sie sich nichts daraus, jeder fängt mal klein an.« Sofort bereute sie ihre Aussage. Es war offensichtlich, daß Birgit Angst vor diesem Mann hatte, deshalb verdiente sie Solidarität und keinen Spott, sie schwieg daher.

Erich rauchte und Birgit saß verängstigt auf ihrem Platz.

»Du paßt auf sie auf, während ich weg bin«, wandte er sich an Birgit und trat seine Zigarettenkippe aus. »Dir wird sie bestimmt keine Schwierigkeiten machen. Selbst wenn, nun, dann kannst du auch nichts machen. Sie ist nun einmal größer und stärker als du. Sie wird nicht zu fliehen versuchen, da ihr klar sein dürfte, daß du die Folgen tragen mußt. Ich werde nach Hause fahren und auf weitere Anweisungen warten.«

Er stand auf und verließ sie. Sie hörten, wie die Tür abgeschlossen wurde.

»Wenn Sie doch einfach fliehen«, fragte Birgit ängstlich.

»Wie Sie selbst hörten, schloß er die Tür ab.« Helene trat ans Fenster. Sie sah ihn in den Wagen steigen und abfahren.

»Ich glaube nicht, daß das für Sie ein unüberwindliches Hindernis darstellt.«

»Nein, bestimmt nicht. Aus einem Fenster der ersten Etage kann man sich leicht heraus hangeln, es ist nicht hoch. Aber Sie würden dafür büßen müssen, daher unterlasse ich es.«

»Warum? Sie kennen mich doch gar nicht?«

»Sie sind mehr Opfer als ich. Auch wenn ich zu Ihnen bisher nicht gerade freundlich war, so müssen Sie mich nicht für hartherzig halten.« Sie lehnte am Fenster und schaute auf den nassen Asphalt, betrachtete die sich im leichten Wind wiegenden Äste der Trauerweide. »Ich glaube, daß ich mitschuldig an unserer Lage bin. Hätte ich am Montag nach dem Einbruch die Polizei benachrichtigt, wie ich es wollte, säßen wir jetzt wahrscheinlich nicht hier. Ich hätte mich nicht um Sieberts Drohungen kümmern sollen, auch wenn es mich meine Stelle gekostet hätte, was ich ihm durchaus zutraue. Es hätte mich nur bedingt wirtschaftlich betroffen, durch das Erbe meines Großvaters bin ich abgesichert.«

»Müßten Sie sich sehr einschränken, wenn Sie arbeitslos würden?

»Umgekehrt würde ein Schuh daraus! Ich weiß nicht, ob Ihnen der Name Hans-Georg Jagenberg etwas sagt.«

Birgit schüttelte den Kopf.

»Muß es zwar nicht, wäre aber schön. Er zählt zu den erfolgreichsten Vertreter des Expressionismus und der Neuen Sachlichkeit. Wer einen Jagenberg besitzt, kann praktisch den Preis selbst festlegen, übertrieben gesagt. Großvater war wirtschaftlich zwar nicht ganz so erfolgreich wie einige andere seiner Generation, aber der Wert der noch in Familienbesitz befindlichen Werke, die überwiegend als Dauerleihgaben in Museen hängen, steigt von Jahr zu Jahr. Leider haben weder Vater noch ich etwas von seinem Genie geerbt. Mein Vater ist Arzt und ich Chemikerin. Ich wäre zwar auch gerne eine erfolgreiche Künstlerin, aber meine Begabung liegt bei den Naturwissenschaften.«

»Warum bedauern Sie es? Ich beneide Sie um Ihren Beruf.«

»Im Augenblick kotzt mich mein Beruf nur an. Ich bin auf unbestimmte Zeit krankgemeldet und es ist fraglich, ob ich jemals wieder zur Berger-Chemie zurückkehre.«

»Bert meinte, daß Sie eine Koryphäe seien.«

»Sie kennen Schulz?« Überrascht drehte Helene sich um.

»Ich sollte durch ihn etwas über Sie herausfinden«, gestand sie beschämt.

Helene schaute sie an. Birgit hielt den Kopf gesengt, eine Tränenspur floß über ihre Wangen. Jetzt war sie auch noch in eine unglückliche Liebesgeschichte geraten, ihr blieb wohl kein Klischee erspart!

»Solange er nicht weiß, daß Sie ihn ausnutzten, was Sie offenbar nicht gerne gemacht haben, brauchen Sie sich keine Sorgen zu machen. So schlimm ist er nicht.« Helene wunderte sich, daß sie ihn plötzlich in Schutz nahm, obwohl sie ihn nicht ausstehen konnte.

»Er übertreibt«, wehrte sie bescheiden ab. »Ich habe Studium und Dissertation zwar im Eiltempo hinter mich gebracht, aber das kann beinahe jeder, der ein bißchen fix ist. Nein, es gibt bessere in unserem Werk. Mein Kollege Grasser beispielsweise ist mir über und es ist nicht nur die Erfahrung. Er ist mit mehr Leidenschaft dabei. Für mich war die Chemie mein interessantestes Schulfach und das habe ich zum Beruf gemacht. Ich wollte auch mal Ärztin werden, doch das Sezieren haben meine Nerven nicht verkraftet. Ich wurde Chemikerin, weil mir das als der beste aller möglichen Berufe erschien. Ich wollte nie nur eine Jetsetterin sein, nur die Enkelin von Hans-Georg Jagenberg und Parfums und Mode mit meinem Namen versehen. Das hätte mich auf Dauer nicht befriedigt. So bringt mich nicht sofort jeder mit meinem Großvater in Verbindung. Ich werde Mitte Mai sechsunddreißig. Da ist es an der Zeit, einen neuen Abschnitt einzuläuten. Vielleicht ist es ein Wink des Schicksals, was gerade geschieht«, endete sie philosophisch, obwohl sie nicht an Schicksal glaubte.

»Sie können wenigstens etwas Neues beginnen!«

»Das kann jeder, glauben Sie mir das. Auch Sie.«

»Kaum. Ich hänge fest, wo ich jetzt bin. Bedenken Sie, daß ich zu Ihren Entführern zähle.«

»Warum? Bis jetzt liegt es an mir, ob es eine Entführung ist, oder nur ein merkwürdiger Ausflug. Im Moment kann man uns höchstens wegen unerlaubten Betretens eines Privatgeländes belangen.«

»*Sie* legen es so aus! Aber andere werden es anders auslegen.«

»Gesetze sind dehnbar wie Gummiband, glauben Sie mir. Wenn Sie wissen wie, können Sie nicht mal belangt werden, wenn Sie Hasch bei sich haben. Ich spreche aus Erfahrung. Allerdings hatte damals mein Vater schnell das Hasch unserer Clique an sich genommen. Ein Arzt ist glaubwürdig.«

»Dennoch, wird man einer Hure glauben?«

»Na und? Sie gehen auf den Strich. Es ist Ihre persönliche Sache, was Sie machen. Es ist die Gesellschaft, die daraus eine unmoralische Handlung macht. Wie viele Frauen lassen sich aushalten und werden als ehrbar angesehen, dabei sind sie auch nur Nutten, auf ihre Weise. Ich kann keine Prostituierten verachten, schon weil ich selbst ab und an einen Mann bezahle. Es ist manchmal geil für Sex zu bezahlen. Obwohl die Männer wohl mehr bereit wären, mich dafür zu bezahlen.«

»Sie sehen das so ... so locker.«

»Wenn Sie wüßten, *was* ich alles während meiner Studienjahre getrieben habe ... ich habe zeitweise mit zwei Männern zusammengelebt und bin auch mit ihnen gleichzeitig ins Bett gegangen. Es ist eine fantastische Sache, einen Schwanz in der Möse und den anderen im Anus zu haben. Sex mit zwei Männern gleichzeitig ist schön und ich würde es immer wieder machen, sobald sich die Gelegenheit ergibt. Ich blase und schlucke gerne.«

»Mit zwei Männern gleichzeitig könnte ich nicht, auch für Geld nicht. Die zu mir kommen wollen nur das übliche; französisch, einen 'runtergeholt bekommen und auch mal in den Hintern, aber das war es auch schon.«

»Nun gut, im Unterschied zu mir können Sie sich die Männer nur schwerlich aussuchen. Sie müssen praktisch jeden nehmen, der zu Ihnen kommt.«

»Nicht jeden, nein, aber zu wählerisch darf man auch nicht sein, wenn man jeden Monat seine Miete bezahlen will.«

»Ich glaube, wir sollten versuchen zu schlafen«, gähnte Helene.

14.

Schritte hallten die Treppe herauf. Erich war früh zurückgekommen. Birgit hatte kaum geschlafen, Erich auch nicht besser. Lediglich Helene schlummerte noch, als läge sie in einem bequemen Hotelbett. Draußen nieselte es. Der Wind wehte vereinzelt Tropfen herein. Auf dem Boden unterhalb des Fensters bildete sich eine Lache. Alles in dem alten Haus war feucht, klamm und ungemütlich. Selbst die neuen Decken fühlten sich schon alt und verfilzt an. Birgit fror. Erich war überzeugt, daß er eine Erkältung bekommen würde, falls dieses Spiel länger dauerte, obwohl er meist nicht hier sein würde. Aber die Frau spielte mit und das beruhigte ihn etwas.

Erich hatte den Dicken bereits vom Fenster aus gesehen. Keuchend betrat er die Wohnung. Er ließ den Blick kurz durch den Raum wandern und ihn für eine Sekunde auf Helene ruhen, die seit einer halben Stunde nur noch zu schlafen vorgab.

»Sie haben sie also«, stellte er selbstzufrieden fest.

Erich bestätigte es überflüssigerweise.

»Gut, wecken Sie sie. Wir sind schließlich nicht zur Erholung hier.«

Es war für Helene nicht zu überhören, daß er das Befehlen gewohnt war.

»Nicht nötig«, sagte sie und richtete sich auf. Sie strich sich die Haare mit einer lässigen Bewegung aus dem Gesicht, massierte sich kurz die Wangen und lächelte alle freundlich an. »Einen wunderschönen guten Morgen. Haben die Anwesenden auch so gut geschlafen wie ich? Nun, wenn ich mir die Herren und die Dame so ansehe, glaube ich das weniger. Nein, zur Erholung sind wir hier nicht. Da würde ich mir ein besseres Hotel wünschen. Wer ist der, kurz vor einem Herzinfarkt stehende kleine feiste Mann«, wandte sie sich mit einer nicht zu überhörenden Geringschätzigkeit an Erich.

Ehe Erich etwas sagen konnte, fuhr sie der Dicke herrisch an: »Ich glaube kaum, daß Sie sich in einer Situation befinden, die es Ihnen erlaubt, so mit mir umzuspringen, Frau Doktor Jagenberg!«

Helene baute sich vor ihm auf. Ihm blieb keine andere Wahl, als zu ihr hinaufzusehen.

»Ich will Ihnen einen Rat geben, guter Mann«, legte sie so viel Arroganz in ihre Stimme, wie ihr möglich war. »Sie sind es, der die Sachlage verkennt. Nur zur Erinnerung; wir befinden uns auf dem Territorium eines Rechtsstaates. Daraus resultierend ist das, was Sie im Moment mit mir aufführen eine Entführung, eine Rechtsverletzung. In diesem Raum befinden sich außer mir alle in einer ziemlich ungünstigen Lage. Der Knabe, der mich hierher brachte, besitzt, bei aller Absurdität der Situation, einen gewissen Unterhaltungswert. Doch mit Ihnen scheint es anders zu sein. *Sie*, werter Herr, zählen zu den Leuten, die meinen, daß sie allen Ihren Willen aufdrücken können. *Sie* empfinden geradezu eine perverse Lust dabei, andere Menschen zu unterdrücken. *Sie* geilt es auf, eine Uniform zu tragen und den dicken Mann zu markieren.« Sie musterte ihn geringschätzig von oben bis unten und meinte breit grinsend. »Na ja, zumindest *Sie* brauchen den *dicken* Mann nicht zu markieren«.

»Werte Frau Doktor«, rang der Dicke mühsam um Beherrschung. Sein Gesicht war puterrot angelaufen. Er mußte sich beherrschen. »Wenn ich Ihre Vergangenheit hätte, würde ich vorsichtiger sein. Wir wissen sehr viel über Sie, glauben Sie mir das.«

»Wenn ich *Ihre* Zukunft vor mir hätte, würde *ich* vorsichtiger sein. Was meine sogenannte ›Vergangenheit‹ betrifft, da überschätzen Sie einiges. Gekifft haben damals viele und um deswegen belangt zu werden, muß man mit Gras in der Tasche erwischt werden. Was meine Jahre in den Kommunen angeht, sind Sie auf dem Holzweg. Ich habe die Zeit sehr genossen und will sie nicht missen. Ansonsten habe *ich* mir nichts vorzuwerfen. Wie also wollen Sie mich erpressen? Mein Vater weiß von allem. Ohne ihn wäre ich sicherlich zumindest einmal wegen Drogenbesitzes verurteilt worden. Meinen Arbeitgeber darüber zu informieren, ist ebenso unsinnig, da ich mit ihm ohnehin im Clinch liege. Was weiter? Es mag sein, daß es Ihnen peinlich wäre, würde man diese Punkte in *Ihrer* Vergangenheit ausgraben. Aber bei mir machen Sie sich nur lächerlich. Selbst wenn ich einige Zeit auf den Strich gegangen wäre und eine Karriere als Pornodarstellerin hinter mir hätte, könnten Sie mir nicht ans Zeug flicken. Wenn Sie so gut über mich informiert sind, müßten Sie wissen, daß ich finanziell unabhängig und auf bezahlte Arbeit nicht angewiesen bin. Also, hören Sie auf herumzualbern und sagen mir, was sie von mir wollen.«

Sie hatte ihn aus dem Konzept gebracht. So hatte noch keiner mit ihm gesprochen und schon gar keine Frau. Zu seinem Leidwesen mußte er sich eingestehen, daß sie mit jedem Wort recht hatte. Ihre Vergangenheit mochte zwar ihm peinlich erscheinen, aber sie war offensichtlich stolz darauf. Er konnte sie nur durch Festhalten an diesen Ort dazu bringen, mit ihm zu kooperieren.

Er atmete tief durch, bevor er antwortete: »Wo haben Sie die anderen Unterlagen von QEL versteckt?«

»Wenn Sie die hätten haben wollen, hätte *er* sie nur mitzunehmen brauchen, als er mich gestern hierher brachte. Sie liegen daheim auf meinem Schreibtisch«, antwortete sie ruhig und sah mit innerer Freude, wie Erichs Grinsen, das er aufgesetzt hatte, als sie den Dicken abkanzelte, im Gesicht gefror.

Der Dicke war erneut einem Wutausbruch nahe.

»Dann wird *er* sie holen«, entschied er sich, ruhig zu bleiben.

»Das wird nicht so leicht sein.«

»Warum?« Er konnte einen Seufzer nicht unterdrücken. Diese Frau kostete ganz schön Nerven. Warum war das, was sie hatte nur so wichtig, denn er hätte ihr lieber gezeigt, wer hier das Sagen hatte.

»Weil ich einen Sicherheitsbeschlag an der Wohnungstür habe.«

»Stimmt das«, wandte er sich an Erich, da er einen neuen Hinhalteversuch vermutete.

»Ja, das stimmt. Es ist eines von den Dingern, die nur mit viel Lärm und Aufwand ohne Schlüssel zu überwinden sind.«

»Dann geben Sie ihm den Schlüssel!«

»So gerne ich Ihnen helfen würde, ich kann nicht, leider. Ich habe keinen Schlüssel bei mir. Es ging gestern Abend so schnell, daß ich nicht mehr dazukam, einen einzustecken.«

»Es sollte mich wundern, wenn nicht einer Ihrer Bekannten oder Liebhaber einen hat.«

»Da ich manchmal mehrere Liebhaber zur gleichen Zeit habe, wäre es sehr unvorteilhaft, einem von ihnen den Schlüssel zu meiner Wohnung auszuhändigen. Stellen Sie vor, daß ich mich so richtig schön und ausgiebig von dem einen ficken lasse und dann schneit mir nichts dir nichts ein anderer herein. Es steht nicht jeder auf einen Dreier.« Sie blickte ihn mit verschmitzter Mimik und schiefgelegtem Kopf aus treuherzigen braunen Augen an.

Er wußte nicht, ob sie ihn nur schockieren wollte, wobei er ihr das durchaus zutraute.

»Ich gehe dennoch davon aus, daß einer aus Ihrer näheren Umgebung einen Schlüssel zu Ihrer Wohnung besitzt, das machen die meisten«, ließ er sich nicht auf ihr Spiel ein.

»Da müßte ich überlegen.«

»Strapazieren Sie meine Geduld nicht zu sehr. *Er* ist sehr kräftig.«

»Was kann *er*? Mich vergewaltigen? Das kann er bestimmt, das hat er sicherlich schon getan. Nur bekäme er bei mir keinen hoch, dafür habe ich ihn schon zu schlecht behandelt. Sollte er es tatsächlich versuchen, wird er mit Sicherheit nie mehr eine Frau vergewaltigen und auf ewig den Sopran im Kirchenchor geben können.«

Erich zweifelte keinen Moment an ihren Worten. Abgesehen davon hätte er sie auch nicht angefaßt. So schön sie auch war, so sehr stieß sie ihn ab.

Sie überlegte. Sie hatte Ria, die sich in sie verliebt hatte, was ihr, entgegen ihrer bisherigen Einstellung gar nicht so unangenehm war, vor zwei Tagen einen Schlüssel zu ihrer Wohnung gegeben. Natürlich besaß auch ihr Vater einen. Nur *ihn* wollte sie nicht schon so früh in diese Geschichte hineinziehen. Er hätte Himmel und Hölle in Bewegung gesetzt, um seine Tochter zu befreien, was ihm auch gelungen wäre, er besaß mehr Verbindungen, als er zugab. Ria war die bessere Wahl. Sie war besonnen und würde das Richtige unternehmen.

»Eine Freundin besitzt einen Zweitschlüssel.«

»Dann werden Sie einen kurzen Brief schreiben, in dem sie ihr erklären, wo und wie die Übergabe stattzufinden hat«, war ihm die Erleichterung anzusehen.

»Wenn es Ihnen Freude bereitet«, meinte sie lakonisch.

Sie ging zum Campingtisch, suchte eine Dose heraus, deren Inhalt ihr zusagte, schüttete eine Flasche Mineralwasser in einen Topf, stellte die Dose ungeöffnet hinein, zündete den Campingkocher an und stellte den Topf darauf.

»Ich kann wohl nicht damit rechnen, daß Ihre Freundin die Polizei aus dem Spiel läßt.«

»Wohl kaum, davon dürfte jeder Entführer überzeugt sein, daß das geschieht.«

»Nun, damit werden wir schon fertig werden.«

»Hoffentlich sind Sie sich da nicht zu sicher.«

»Ich gehe jetzt«, ging er darauf nicht ein. »Ich komme am Nachmittag wieder. Dann werden Sie den Brief an Ihre Freundin schreiben.«

Er wartete keine Antwort ab und verließ sie. Erich trat ans Fenster und schaute dem Dicken nach, wie er ins Auto einstieg. Der Hof und die Trauerweide wirkten bei Tageslicht noch trostloser. Es regnete stärker und ein unangenehmer Wind wehte. Das Wasser im Topf begann zu kochen. Helene beobachtete die aufsteigenden Blasen. Birgit, die Helene für ihre Selbstsicherheit und Unerschrockenheit bewunderte, saß schweigend auf ihrem Feldbett. Erich zündete sich eine Zigarette an und rauchte langsam.

»Sie scheinen wohl vor nichts und niemanden Respekt zu haben«, meinte er nicht ohne Bewunderung.

»Ich habe nur vor Menschen Respekt, die ihn verdienen, vor Intelligenz *und* Charakter.«

15.

Jäh vom schrillen Läuten des Weckers geweckt, tastete Ria nach ihm und schaltete ihn stumm. Es war ein altmodischer, großer, dessen Geläut Tote wieder zum Leben erwecken könnte. Sie schlief oft sehr tief und der Pegel, den die üblichen erzielten, genügte in den seltensten Fällen, sie zu wecken. Sie drehte sich auf den Rücken, verschränkte die Arme im Nacken, sah zur Decke und ordnete ihre Gedanken. Mit einem Seufzer, weil sie ihr warmes und kuscheliges Bett verlassen mußte, stand sie auf und ging duschen. Nach fünf Minuten drehte sie das warme Wasser ab und für einige Augenblicke das kalte auf. Sie hielt es jeden Morgen so. So wurde sie richtig wach und war für den Tag bereit. Mit einem Blick aus dem Schlafzimmerfenster löste sie die tägliche Kleidungsfrage. Es war trübe, die Straßen naß und Regen lag über der Stadt. Während das Wasser durch die Kaffeemaschine lief, ging sie zum Briefkasten, um die Zeitung zu holen. Sie staunte nicht schlecht, als sie neben der Zeitung einen A5-Umschlag im Briefkasten fand, gewöhnlich kam die Post nie vor halb elf. Sie klemmte sich die Zeitung unter den Arm und drehte den Umschlag hin und her, keine Adresse, kein Absender. Mit einem Achselzucken und im Bewußtsein, daß sich das Rätsel bei einer heißen Tasse Kaffee und im Sitzen leichter lösen ließ, ging sie in die Wohnung zurück. Der Kaffee war fertig. Sie legte Zeitung und Umschlag auf den Küchentisch und holte Kaffeesahne, Butter und Marmelade aus dem Kühlschrank. Nachdem sie sich eine Tasse Kaffee eingeschenkt hatte, schmierte sie sich ein Brot und belegte es mit Marmelade. Sie biß herzhaft hinein, leckte sich die Fingerspitzen ab und trocknete sie an einem Handtuch. Sie setzte sich an den Küchentisch, griff nach einem sauberen Küchenmesser und öffnete den Umschlag. Sie zog zwei einfach gefaltete Bogen gewöhnlichen Briefpapiers ohne Kopf und Wasserzeichen heraus. Ein Text war mit Schreibmaschine geschriebenen, der andere handschriftlich verfaßt. Die Bogen waren durch eine Heftklammer miteinander verbunden, wobei der maschinegeschriebene hinter dem handgeschriebenen lag. Bevor sie zu lesen begann, nahm sie mit leicht zitternden Fingern einen Schluck Kaffee. Sie hatte Helenes Handschrift erkannt.

Liebe Ria!

Ich schreibe Dir aus keinem erfreulichen Grund und nicht freiwillig. Ein unangenehmer Zeitgenosse sieht mir über die Schulter. Um Dir einen mittleren Schrecken einzujagen, den ich Dir gerne erspart hätte; man hat mich entführt! Ja, Du hast Dich nicht verlesen, zumal ich glaube, daß ich nicht zum undeutlichen Schreiben neige. Man will Aufzeichnungen von mir, die in einem roten Plastikschnellhefter auf meinem Schreibtisch liegen. Ich bin sicher, Du erahnst längst, daß meine Entführer aus den niedrigsten Motiven heraus handelten, als sie mich eines meiner Grundrechte beraubten, nämlich einem politischen. (Tiefer geht's nimmer!) Ich bitte Dich, Ihre Anweisungen zu befolgen, man hat mich nicht gerade in einem Luxushotel einquartiert. Ich weiß zwar, daß heute jeder sparen muß, aber man kann es auch übertreiben! Auf ein baldiges Wiedersehen, Deine Helene.

PS.: Du darfst die Polizei einschalten. Meine ›Gastgeber‹ rechnen damit, daß Du es machst. Sie halten sich für schlauer, als die, die sich mit Gesetzesbrechern Tag für Tag beschäftigen.

Ria mußte den Brief mehrmals lesen, bevor sie sicher war, daß es kein übler Scherz war. Die Anweisungen auf dem zweiten Blatt zur Übergabe waren unmißverständlich. Nachdem sie ihren ersten Schock überwunden hatte, griff sie mit zitternden Fingern zum Telefon und benachrichtigte die Polizei.

Es dauerte einige Augenblicke, bevor sie mit dem zuständigen Dezernat verbunden wurde. Sie glaubte ihr Herz für alle laut klopfen zu hören.

»Wagner«, erscholl ein kraftvoller Bariton.

Ria stammelte ihren Namen fast und trug etwas unzusammenhängend ihr Anliegen vor. Geduldig wurde ihr zugehört.

»Donnerwetter«, entfuhr es dem Mann am anderen Ende der Leitung. »Wir kommen sofort zu Ihnen. Würden Sie mir noch Ihre Adresse nennen.«

Kaum zehn Minuten später klingelte es an Rias Tür. Sie öffnete erleichtert, nun nicht mehr mit ihrem Problem allein dazustehen. Zwei Männer traten ein. Der eine war groß, Anfang vierzig, in Jeans, Pullover und abgestoßener Lederjacke und wirkte sympathisch. Er zeigte ihr unaufgefordert den Ausweis. Sein Begleiter mochte zehn Jahre jünger sein, war kleiner und schmächtiger und schien zurückhaltender.

»Treten Sie doch bitte ein.« Sie führte sie ins Wohnzimmer und bot ihnen Platz an.

»Ihre Freundin ist also entführt worden«, kam Wagner ohne Umschweife auf den Punkt.

Ria, die nervös auf der Sesselkante saß, nickte und reichte ihm beide Blätter und den Umschlag. Er nahm sie mit spitzen Fingern entgegen. Nachdem er sie aufmerksam gelesen hatte, sagte er, nicht unbeeindruckt: »Ihre Freundin scheint über einen eigenartigen Humor zu verfügen. Aber immerhin scheint es ihr gutzugehen, was sie wohl damit sagen will. Doch nun zu einigen anderen Fragen. Sie sagten am Telefon, daß ihre Freundin Helene Jagenberg heißt, Chemikerin bei Berger-Chemie ist und seit einigen Tagen krankgemeldet. Sie ist nicht zufällig mit Hans-Georg Jagenberg verwandt?«

»Sie ist seine einzige Enkelin.«

»Interessant«, sagte er mehr zu sich selbst. Sein Assistent holte Notizblock und Kugelschreiber aus der Jackentasche. »Doch beschäftigen wir uns erst mit wichtigeren Dingen. Diese Unterlagen, von denen Ihre Freundin spricht und die in den Instruktionen noch einmal dick unterstrichen erwähnt werden, scheinen wohl sehr wichtig zu sein?«

»Obwohl Helene, ich meine Frau Jagenberg mir erklärte, daß sie eigentlich wertlos sind. Zwar seien die Auswirkungen auf die Labortiere im ersten Moment spektakulär gewesen, doch bei näherem Hinsehen hatten die Tiere einen simplen Rauschzustand gehabt.«

»Wenn dem so ist, warum das Ganze?«

»Weil es außer ihr noch keiner weiß.«

»Ist das sicher?«

»Nein, nicht ganz. Frau Jagenberg meint, daß es zwar offiziell keiner weiß, doch sie ist sicher, daß ein Kollege zum gleichen Ergebnis gekommen sein muß und er sich nur bedeckt hält, weil es für ihn uninteressant ist, sich weiter damit auseinanderzusetzen.«

»So wie es aussieht, könnte das etwas für den Verfassungsschutz sein. Aber da wir nicht gut auf die Herren zu sprechen sind«, warf er seinem Assistenten einen vertraulichen Blick zu, der ihn mit einem breiten Grinsen erwiderte, »tun wir, als hätte ein Konkurrent Frau Jagenberg entführt, um an geheime Forschungsunterlagen zu kommen. Somit haben wir unsere Ruhe und können ungestört ermitteln. Sollten wir uns geirrt haben, können wir die hohen Herren vom Verfassungsschutz immer noch benachrichtigen.«

»An den Verfassungsschutz habe ich nicht gedacht«, entfuhr es Ria erschrocken.

»Aber glücklicherweise wir. Wenn der Ihre Freundin und Sie erstmal im Visier hat, graben die jede Leiche aus, die Sie längst in Ihrem Keller als verwest glaubten. Die bringen es fertig und bezichtigen Sie der Mittäterschaft, wenn sie etwas finden, das ihnen nicht paßt.«

»Frau Jagenberg war seinerzeit in der Studentenbewegung aktiv«, sagte Ria, die mögliche Tragweite erfassend.

»Das ist es, was ich meine. Für die ist sie damit bereits verdächtig, eine extreme Linke zu sein, die ja grundsätzlich mit Moskau paktieren. Na ja, die Analyse der Fingerabdrücke wird zwar nichts bringen, aber wir werden sie durchführen, allein um den Schein zu wahren. Sie haben Schlüssel zur Wohnung Ihrer Freundin?«

»Ja.«

»Gut, dann fahren wir als Erstes zu ihr. Vielleicht haben der oder die Täter dort etwas Brauchbares hinterlassen und den Hefter müssen wir ohnehin holen. Uns wird kaum etwas anderes übrigbleiben, als auf deren Forderungen einzugehen.«

Ria schloß die Tür zu Helenes Wohnung auf. Bisher war ihnen kein Nachbar begegnet, worüber sie froh war. Ihm Flur, im Wohnzimmer und im Schlafzimmer brannte noch Licht. Ria schaltete das Flurlicht aus. Schmitz, Wagners Assistent, schloß leise die Tür hinter ihnen. Im Wohnzimmer löschte Ria gleichfalls das Licht. Auf dem Couchtisch stand noch das halbvolle Glas aus dem Helene getrunken hatte. Eine offene Packung Butterkekse lag daneben, einzelne Krümel verstreut auf dem Tisch. Das neue Pornoheft, in dem sie geblättert hatte, lag aufgeschlagen daneben und zeigte zwei üppige Blondinen, von denen die eine ihre Hand in die Möse der anderen schob. Ria lächelte kurz, also bestand für sie Hoffnung.

»Wenn ich nicht wüßte, daß Ihre Freundin Hans-Georg Jagenbergs Enkelin ist, würde ich sagen, daß sie sich diese Wohnung von ihrem Gehalt kaum leisten kann und irgendeinem gut bezahlten Nebenjob nachgeht. Verstehen Sie mich jetzt, bitte, nicht falsch, Frau Nojbisch, ich bin Polizist, da kommen bestimmte Gedankengänge von selbst. Diesen Jagenberg kannte ich bisher nur aus einem Werkverzeichnis. Hier hängt ein kleines Vermögen an der Wand.« Er warf einen Blick auf das aufgeschlagene Heft und konnte einen Kommentar nicht unterdrücken. »Ihre Freundin ist doch nicht irgendwie ...«

»Sie steht hauptsächlich auf Männer. Aber ich bin *irgendwie*«, sagte Ria angriffslustig.

»Ich bin da wohl in ein Fettnäpfchen getreten«, kratzte Wagner sich sichtlich verlegen am Hinterkopf und erntete ein schadenfrohes Grinsen seines Assistenten, der seine Aufmerksamkeit den Jagenbergs widmete. »Damit ich hier nicht als Spießer dastehe; ich habe nichts gegen Homosexuelle, warum auch? Es ist nur, ich will nicht sagen ungewöhnlich, eher unüblich, daß eine Frau ein Pornoheft liest. Aber vielleicht bin ich auch nicht gänzlich frei von Vorurteilen.«

»Was ist so ungewöhnlich daran, wenn sich eine schöne Frau gerne Fotos von anderen schönen Frauen ansieht? Schließlich begeistern sich die meisten Männer auch für Sportler ihres eigenen Geschlechts, sind von deren Körperbau fasziniert, und doch wirft man ihnen nicht sofort vor, schwul zu sein.«

»Unter diesem Aspekt habe ich es noch nicht betrachtet«, kratzte er sich erneut verlegen am Kopf. »Aber ich bin kein großer Sportfan. Ich betreibe zwar als Ausgleich Sport, aber ich sehe mir so gut wie nie Sportübertragungen im Fernsehen an.«

Schmitz tat zwar so, als gelte seine Aufmerksamkeit allein den Bildern, doch er hörte aufmerksam zu, was sein Chef sagte.

»Ihre Freundin verfügt über Geschmack«, wechselte Wagner nach einem Rundblick das Thema, bevor er sich in weitere Peinlichkeiten verstrickte. »Könnte ich auch die anderen Räume sehen? Gewaltsame Spuren konnten wir bisher nicht entdecken.«

»Glauben Sie denn, sie in den anderen Räumen zu finden?«

»In diesem Fall vermutlich weniger. Aber ausschließen läßt es sich nicht.«

»Warum nicht?« Ria lächelte ihn kurz freundlich an.

»Ich warte hier«, sagte Schmitz und schaute sich im Wohnzimmer um.

»Ich brauche natürlich auch ein einigermaßen aktuelles Foto von Frau Jagenberg.«

»Sie besitzt reichlich Fotos von sich. Ein Freund und renommierter Fotograf portraitiert sie regelmäßig«, sagte Ria, als sie Helenes Arbeitszimmer betraten.

Der rote Plastikschnellhefter, unscheinbar und schon leicht abgegriffen, lag auf dem Schreibtisch. Er enthielt auch Helenes bisherige Anmerkungen.

Ria holte aus einem Regal eine Mappe und legte sie auf den Tisch.

»Das sind die aktuellen Fotos. Es sind hauptsächlich Portraits. Sie wurden vergangenen Oktober aufgenommen.« Sie öffnete die Mappe, die vierundzwanzig auf dreißig Zentimeter große Farb- und Schwarzweißfotografien enthielt.

»Das also ist Frau Jagenberg«, entfuhr es ihm überrascht, als er das erste Foto sah, eine Farbaufnahme, auf der Helene mit leicht nach rechts geneigtem Kopf und fröhlichem Lächeln an der Kamera vorbeischaute.

»Ja«, entgegnete Ria, die seine Verwunderung nicht sogleich verstand.

»Sie müssen entschuldigen, aber wenn Ihre Freundin nur halbwegs so aussieht wie auf dem Foto, dürfte sie eine der schönsten Frauen sein, die ich je gesehen habe. Ich fürchte, ich beginne zu schwafeln, entschuldigen Sie Frau Nojbisch. Das ist der ominöse Hefter«, wechselte Wagner schnell das Thema, bevor Ria den Eindruck bekam, einen leicht vertrottelten Beamten vor sich zu haben und holte den Hefter unter der Mappe hervorzog.

»Ja«, bestätigte Ria nachsichtig, »Wollen Sie das Foto haben?«

»Ja, ja, natürlich«, beeilte er sich zu sagen. »Wir brauchen es ja, um sie identifizieren zu können, besser eines von vorne.

Ria blätterte die Mappe durch.

»Das wäre passend.« Wagner wies auf ein Foto, auf dem Helene direkt in die Kamera blickte. Ria zog es aus der Einschubhülle und reichte es ihm. Er nahm es wie ein Kleinod entgegen.

»Alles Wichtige dabei, Chef«, erkundigte sich Schmitz, der mitten im Zimmer mit auf dem Rücken verschränkten Händen stand. Er hatte bis jetzt die Gemälde bewundert.

»Alles, Schmitz. Hier ist der Hefter. Das ist Frau Jagenberg.« Er reichte ihm das Foto, als sei es ein echter Jagenberg, was sie schließlich auch war.

»Da kann man nur sagen; wie gut, daß Sie noch ledig sind, Chef«, meinte Schmitz grinsend und durchaus angetan.

»Schmitz, Sie verkennen den Ernst der Lage!«

»War nicht so gemeint, Chef«, entschuldigte sich Schmitz nicht sehr ernsthaft.

Wagner ignorierte es. Er war es nicht anders gewohnt.

»Wir fahren Sie jetzt nach Hause, Frau Nojbisch. Versuchen Sie sich auszuruhen, melden Sie sich am besten krank. Es brauchen nicht mehr Leute als notwendig zu wissen, was los ist. Wir werden Sie rechtzeitig vor der Übergabe abholen. Was ist Ihr Beruf, wenn ich fragen darf?«

»Freischaffende Graphikerin.«

»Dann vergessen Sie meinen Vorschlag der Krankmeldung.«

Schmitz grinste erneut vor sich hin.

»Das ist der merkwürdigste Fall einer Entführung, der mir in meiner langen Laufbahn untergekommen ist«, bemerkte Wagner zu Schmitz.

Sie hatten Ria zu Hause abgesetzt und befanden sich wieder auf dem Weg zu Helenes Wohnung. Sie wollten die Nachbarn befragen, ob sie etwas Verdächtiges bemerkt, oder sogar jemanden gesehen hatten.

»Jede Entführung ist auf ihre Art merkwürdig«, meinte Schmitz mit einer allgemeinen Geste.

»Sie sind manchmal ein Rindvieh, entschuldigen Sie, aber dem ist nun einmal so«, tadelte Wagner ihn nicht allzu ernsthaft, was dieser auch wußte. »Ich meine damit die Umstände. Es geht nicht um Geld, sondern um Akten, die eigentlich wertlos sind, was wohl nur zwei Leute zu wissen scheinen. Eine davon wird entführt.«

»Wenn Sie es so sehen«, meinte Schmitz achselzuckend.

Er sah es differenzierter, hatte aber wenig Lust eine Grundsatz-diskussion mit seinem Chef zu führen.

»Ich vermute, daß die Entführer sich aus Vertretern östlicher Mächte rekrutieren«, griff Wagner den Fall wieder auf, um gleich erneut abzuschweifen. »Ihre Freundin ist ebenfalls eine schöne Frau, sicherlich eine begabte Künstlerin und in die Jagenberg verliebt.«

»Sind Sie da sicher«, warf Schmitz ein.

»Wenn Sie sie so beobachtet hätten wie ich, wäre Ihnen das auch aufgefallen.«

Schmitz antwortete mit einem Achselzucken, seines Erachtens war es für den Fall nicht von Belang.

»Insgesamt eine kuriose Geschichte. Aus dem Stoff sind für gewöhnlich spannende und verzwickte Romane gemacht. Es fehlen letztlich noch ein paar alte Nazis, die den Kommunisten den Schatz abjagen und einige Mafiosi könnten auch nicht schaden.«

»Jetzt faseln Sie aber wirklich, Chef«, sagte Schmitz erneut kopfschüttelnd und bremste den Wagen ab, damit eine ältere Dame gefahrlos über den Zebrastreifen gehen konnte. »Wenn dem wirklich so ist, wie Sie sagen und nach allem, was wir bis jetzt wissen, ist es schon aufregend genug. Da braucht es keine Nazis und keine Mafia.«

»Ich meinte, wenn es ein Roman wäre, würden sie fehlen. Ich kann ganz gut auf sie verzichten. Ich fürchte, wir müssen noch einiges durchstehen, bis der Fall gelöst ist. Ich habe da so was im Urin.«

»Oh, ha! Darauf kann man sich bei Ihnen immer verlassen, Chef, darin haben Sie einen sechsten Sinn. Nur gut, daß wir Beamte sind.« Was er damit meinte, blieb sein Geheimnis.

Die Befragung der Hausbewohner ergab wenig. Zwar kannten alle Helene, sahen in ihr eine angenehme Mitbewohnerin und Hans-Georg Jagenbergs Enkelin, ließen sich darüber lang und breit aus, aber an jenem Abend hatte niemand etwas gehört oder gesehen. Anscheinend respektierte man in diesem Haus die Privatsphäre des anderen.

»Na herrlich«, entfuhr es Wagner, als sie wieder vor der Haustür standen. »In jedem x-beliebigen Haus wird getratscht und die Nachbarn auf Teufel-komm-raus bespitzelt. Das ist in neunhundertundneunundneunzig von tausend Fällen so. Nur wir müssen, wenn es darauf ankommt, ausgerechnet den einen erwischen. Ich sagte es ja, da kommt was Schönes auf uns zu.«

»Sie sagten ja, daß Sie es im Urin haben«, sagte Schmitz und steckte sein Notizbuch wieder ein. »Es scheint sich aufzuklaren«, fügte er mit einem Blick zum Himmel hinzu.

»Das ist aber das einzige, was sich in dem Fall bisher aufklärt«, meinte Wagner und ging nachdenklich zum Wagen.

»Das klingt schon etwas merkwürdig«, zeigte sich Kriminalrat Behrens aufgrund Wagners kurzen Bericht leicht irritiert.

Wagner saß seinem Chef und Freund in dessen Büro gegenüber.

»Der Fall stellt auf vielfache Weise etwas Besonderes dar.«

»Ja, ich weiß, es wird die Herausgabe von bestimmten Unterlagen verlangt, aber ist das wirklich so ungewöhnlich?«

»Durchaus, es handelt sich um Dokumente, deren praktischer Nutzen für so jeden ziemlich gleich null ist. Das hat zumindest die entführte Frau Jagenberg ihrer Freundin anvertraut. Frau Jagenberg vermutet, daß es außer ihr nur noch ein Kollege weiß, der, so weit ich das verstanden habe, ein Eigenbrötler ist und diese Erkenntnis für sich behält.«

»Dann kann davon ausgegangen werden, daß dies eher ein Fall für den Verfassungsschutz ist«, war Behrens von dieser Möglichkeit gleichfalls nicht angetan.

»Das glaube ich weniger«, meinte Wagner mit einem Grinsen. »Frau Nojbisch hat Grund zu der Annahme, daß unliebsame Konkurrenz ihre Finger im Spiel hat.«

»Du weißt, daß diese Annahme auf dünnem Eis steht. Werksspionage läuft meist anders.«

»Bekäme der Verfassungsschutz davon Wind, stände auch die Frage auf dünnem Eis, wann Frau Jagenberg ihre verfassungsgarantierte Freiheit wiedererlangt. Da sie sich seinerzeit in der Studentenbewegung engagiert haben soll, dürfte das für die Verfassungsschutztypen mehr als Grund genug sein, sie zu verdächtigen, mit ihren Entführern, wenn schon nicht gemeinsame Sache zu machen, so doch zumindest zu sympathisieren. Ich bin sicher, daß die von ihr irgendwann eine Akte angelegt haben, auch wenn diese längst irgendwo verstauben dürfte. Aber wir kennen ja diese Bürohengste, die finden in ihren Aktengräbern immer eine, für alle anderen schon längst verweste und verschollen geglaubte auf, wenn diese am wenigsten gebraucht werden kann.«

»Dann gehen wir davon aus, daß es um Werksspionage geht, was durch den fingierten Einbruch ins Werk so unwahrscheinlich nicht ist, und dieser jemand will die restlichen Unterlagen an sich zu bringen, um sie an den Meistbietenden zu verkaufen oder eine Menge Entwicklungskosten einzusparen. Hast du ein Foto von Frau Jagenberg?«

»Ja, natürlich«, nahm Wagner es mit einem vertraulichen Zwinkern aus dem Umschlag, den er die ganze Zeit über zwischen den Fingern gedreht hatte, und reichte sie ihm.

»*Das* ist die Entführte?«

»Ja.«

»Eine bildschöne Frau, selbst ich, mit meinen über zwanzig Jahren Eheleben, muß das sagen. Da soll noch einer behaupten, daß Schönheit und Intelligenz einander ausschließen.«

»Warum sollte es das? Wir sind doch das beste Beispiel, daß sich beides miteinander vereinbaren läßt.«

Behrens erwiderte nichts darauf, mußte aber doch schmunzeln. Er gab Wagner das Foto zurück.

»Tue, was du für richtig hältst. Vorrangig ist, daß sie unversehrt freigelassen wird. Sollten wir uns geirrt haben, können wir den Verfassungsschutz immer noch benachrichtigen und uns eine Standpauke über Eigenmächtigkeit und Mißachtung und der Gefährdung der öffentlichen Sicherheit oder was diese Herren so gerne sagen, anhören. Wann soll die Übergabe der Dokumente stattfinden?«

»Um 17 Uhr 10 auf dem U-Bahnbahnsteig am Neumarkt Richtung Deutz. Der Hefter mit den Unterlagen soll in einem neutralen A4-Umschlag im Abfalleimer hinter den Fahrplänen, kommt man vom Neumarkt aus herunter, deponiert werden. Wir werden unsere Leute überall haben. Auch wenn es um diese Uhrzeit nahezu unmöglich sein dürfte, alles und alle im Auge zu behalten. Ich hoffe dennoch, daß wir den Boten sehen und ihm folgen können. Schmitz kümmert sich bereits um die Positionierung der Kollegen.«

»Dann bleiben noch gut fünf Stunden«, sagte Behrens mit einem Blick auf die Uhr. »Was unternimmst du bis dahin?«

»Ich werde bei der Berger-Chemie vorbeischauen und versuchen, ob ich etwas in Erfahrungen bringen kann, was uns hilft. Außerdem sollen die wissen, daß eine ihrer Mitarbeiterinnen entführt wurde, zumal sie ja immer noch die Eigentümer der Unterlagen sind, auch wegen des mysteriösen Einbruchs, der uns nie gemeldet worden ist. Frau Jagenbergs Chef muß Himmel und Hölle in Bewegung gesetzt haben, daß nichts davon nach draußen drang. Zumindest schildert es Frau Nojbisch so und ich finde, daß sie eher zu wenig als zu viel sagt.«

»Ist Frau Nojbisch eine zuverlässige Zeugin?«

»Doch, ja, das läßt sich behaupten. Sie ist freischaffende Graphikerin, macht zwar einen leicht eigenwilligen Eindruck, aber das ist bei Künstlern normal. Zudem bin ich sicher, daß die Nojbisch in die Jagenberg verliebt ist.«

»Sind beide lesbisch?«

»Frau Nojbisch gibt es jedenfalls offen zu. Doch Frau Jagenberg scheint, zumindest was Frau Nojbisch sagte, hetero zu sein.«

Ehe Behrens etwas erwidern konnte, klopfte es an der Tür.

»Herein«, rief er.

»Die Ergebnisse der Fingerabdrücke«, sagte ein junger Mann und trat ein.

Er übergab Wagner einen Hefter.

»Danke«, nahm dieser ihn entgegen und der junge Mann verließ das Büro wieder.

»Und?« fragte Behrens Wagner, der die Ergebnisse kurz überflog.

»Außer den Abdrücken von Frau Nojbisch und meinen sind nur auf dem handgeschrieben Brief die einer weiteren Person und die sind nicht bei uns registriert.«

»Das dürften die von Frau Jagenberg sein.«

»Ist wahrscheinlich und war zu erwarten«, meinte Wagner und schloß den Hefter wieder. »Allerweltsumschlag, -papier, -kugelschreibermine, -typenradmaschine. Kann man alles in jedem Kaufhaus kaufen und das Typenrad haben die sicherlich längst vernichtet, brauchbare Hinweise also gleich null. Allein das dürfte Beweis genug sein, daß das ein Fall für den Verfassungsschutz ist, aber das übersehen wir ja geflissentlich. Für uns handelt es sich weiterhin um besonders gerissene Gauner. Durchs Fernsehen weiß ohnehin jeder, auf was er achten muß.«

»Verbleiben wir so«, entschied Behrens.

»Was meint der Chef, Chef«, erkundigte sich Schmitz, als er Wagner, der von Behrens kam, auf dem Weg zum Kaffeeautomaten traf.

»Teilt unsere Meinung, denen vom Verfassungsschutz vorerst nichts zu sagen.«

»Auch einen Kaffee, Chef?« Schmitz war nicht überrascht.

Sie hatten den Automaten erreicht und Schmitz suchte in den Hosentaschen nach Kleingeld.

»Ungern, ich halte nicht viel von diesem Automatenkaffee.«

»Hauptsache warm«, meinte Schmitz achselzuckend.

»Typisch Junggeselle«, meinte Wagner kopfschüttelnd.

»Sind Sie doch auch, Chef«, konterte sein Assistent grinsend und warf das abgezählte Geld in den Münzschlitz des Automaten.

»Nur, daß ich gut für mich selbst sorgen kann.«

»Ich liebe meine Unordnung und meine Freiheit«, deklamierte Schmitz pathetisch und drückte eine Taste.

»Hätte ich eine Nachbarin, die mir die Wäsche macht, würde ich das auch«, entgegnete Wagner trocken und schaute seinem Assistenten mit der Schulter an der Wand lehnend und den Händen in der Hosentasche zu, wie dieser sich bemühte dem Automaten einen Becher Kaffee zu entlocken.

»Wir verstehen uns prächtig«, entgegnete Schmitz, während er gebannt darauf schaute, wie der Kaffee in den Plastikbecher lief. »Sie ist berufstätig, ich bin berufstätig, sie liebt ihre Freiheit, ich liebe meine Freiheit, wir mögen uns, haben gemeinsame Interessen.« Er holte den vollen Plastikbecher, ohne einen Tropfen zu verschütten, aus dem Automaten und nahm einen Schluck. Wagner mußte sich innerlich angewidert schütteln. »War schon mal heißer. Außerdem hat sie es mir selbst angeboten. Nein, für uns beide ist es gut so. Wir brauchen niemandem Rechenschaft abzulegen.«

»Wie lange kennen Sie sich schon?«

Sie schlenderten zum Büro zurück.

»Sechs Jahre, so lange wohne ich schon in dem Haus. Fast seit dem Tag meines Einzugs sind wir zusammen. Es war eine dieser Begegnungen, wo man überzeugt ist, sich schon ein Leben lang zu kennen, nachdem man sich das erste Mal gesehen hat. Wir sind wie ein Ehepaar, ohne eines zu sein. Wir mögen zwar beide nicht der Typ sein, dem man ansieht, daß er zu einer leidenschaftlichen Beziehung fähig ist, aber wenn wir beisammen sind, ist dem durchaus so.«

»Ich kenne Sie jetzt seit fünf Jahren, Schmitz, aber Sie sind und bleiben für mich ein Rätsel«, meinte Wagner und hielt seinem Assistenten die Tür auf.

»Man soll die anderen über seine wahre Person stets im unklaren lassen. Die Menschen sind vielschichtig. Man sagt nicht umsonst, daß stille Wasser tief sind«, entgegnete er philosophisch.

»Nur zu wahr, Schmitz, nur zu wahr.«

»Man soll Frau Doktor Jagenberg also entführt haben«, schien Siebert aus allen Wolken über diese Nachricht zu fallen. Er putzte sich mit dem Taschentuch den imaginären Schweiß von der Stirn. »Aber nehmen Sie doch Platz, meine Herren.«

Wagner und Schmitz setzten sich. Schmitz hielt wie üblich Notizblock und Kugelschreiber einsatzbereit.

»Ja, das hat man«, bestätigte Wagner und beobachtete Siebert, der leicht unruhig auf seinem Stuhl saß.

»Frau Reuter, würden Sie uns Kaffee bringen«, sagte Siebert durch die Gegensprechanlage. »Ich hoffe, daß es Ihnen Recht ist, meine Herren?« fragte er leicht verunsichert.

Wagner antwortete mit einer bejahenden Geste. Kurz darauf trat Irmgard Reuter mit einem Tablett ein, auf dem drei Tassen standen und reichte jedem eine. Schmitz nahm einen Schluck, Siebert rührte zerstreut in seinem Kaffee und Wagner nippte nur kurz daran, der Höflichkeit halber.

»Es fällt mir schwer, das zu glauben«, griff Siebert den Faden wieder auf.

»Das fällt es meistens«, entgegnete Wagner, dem Sieberts Verhalten nicht ganz koscher erschien, was aber nicht unbedingt etwas heißen wollte, jeder reagierte erfahrungsgemäß auf eine solche Nachricht anders.

»Die Entführer wollen die Unterlagen, die Frau Jagenberg zu Hause hatte, wie Sie am Telefon sagten.«

»Ja.«

»Natürlich werden sie sie bekommen. Nichts kann so wichtig sein, wie die Gesundheit eines Menschen. Zumal die Unterlagen für uns nicht so wertvoll sind. Ich frage mich, was ein anderer damit will? Sie beinhalten ein eher unrühmliches Kapitel unserer Forschungsabteilung. Mir tut Frau Jagenberg ehrlich leid. Wir haben uns zwar nie gut verstanden, aber das war rein beruflich. Sie ist Wissenschaftlerin, ich bin Kaufmann, da sind Differenzen vorgegeben.«

»Nach meinen Informationen soll es sogar einen heftigen Streit zwischen Ihnen gegeben haben, wobei Sie ihr drohten. Daraufhin meldete sie sich auf unbestimmte Zeit krank.«

»Ach, wissen Sie, da wird etwas hochgespielt. Frau Jagenberg ist unbestreitbar eine schöne Frau und sehr intelligent, letztlich eine explosive Mischung, wenn Sie wissen, was ich meine«, sagte er im vertraulichen Tonfall, den Wagner aber absichtlich überhörte. »Ich werde sie wohl ungewollt in ihrer Ehre als Frau oder Wissenschaftlerin verletzt haben, was mir aufrichtig leid täte. Aber ich weiß von ihr selbst, daß sie sich zurzeit nicht wirklich wohlfühlt, vermutlich eine dieser Frauensachen. Wahrscheinlich hat der Mißerfolg sie mehr mitgenommen als andere. Frauen sind in diesem Punkt ja sensibler als Männer, doch was erzähle ich Ihnen das! Vielleicht wollte sie auch nur einige Tage Urlaub außerhalb der Saison machen. Ich gönne es ihr. Sie ist schließlich eine unserer besten Kräfte.«

»Sie haben demnach keine Vermutung, wer ihre Entführer sein könnten?« war Wagner bemüht Sieberts Infamie Helene gegenüber zu überhören.

»Wo denken Sie hin! Nicht im geringsten! Ich sagte Ihnen ja bereits, daß die Unterlagen im Grunde wertlos sind. Ich bedaure, Ihnen nicht weiter helfen zu können. Wie gesagt, mit meiner Unterstützung können Sie rechnen. Halten Sie mich auf dem Laufenden. Ich bin wirklich froh, wenn Frau Jagenberg wieder gesund und munter bei uns ist.«

»Es soll einen Einbruch gegeben haben, bei dem ein Teil der Unterlagen gestohlen wurde«, ignorierte Wagner den offensichtlichen Versuch, sie loszuwerden.

»Das wissen Sie also auch.« Auf Sieberts Stirn bildeten sich kleine Schweißperlen.

»Das soll ja der Grund für die Auseinandersetzung sein, die Sie miteinander hatten.«

»Ja, schon, aber wir haben es für eine Mutprobe von einigen Auszubildenden gehalten. Einbrecher wären sicher anders vorgegangen. Es wurden nur einige Akten auf dem Boden verstreut und auf den ersten Blick nichts gestohlen.«

»Und doch scheint jemand die Unterlagen, die bei Ihnen im Büro waren, mitgenommen zu haben.«

»Ja, schon, aber da Frau Jagenberg die Unterlagen bei sich zu Hause hatte, dachte ich damals, daß sie *alle* mitgenommen hätte und somit den Ordner nicht vermißt. Ich erfuhr erst später von ihren Kollegen, daß der kurze erste Bericht noch im Haus gewesen war.«

»Sie hätten den Einbruch doch dann melden können«, Wagner hielt es für eine Ausrede.

»Da war schon wieder aufgeräumt und das Schloß am Schrank repariert. Was hätten ihre Kollegen noch für Spuren finden können? Wie bereits gesagt, der erste Bericht war unvollständig und somit wertlos.«

Wagner ließ es fürs Erste gut sein. Mit diesem aalglatten Typen konnte man sich später ausführlicher beschäftigen, wenn erforderlich.

»Wenn Sie erlauben, würden wir gerne Frau Jagenbergs Kollegen einige Fragen stellen.«

»Ich weiß zwar nicht, ob die Ihnen weiterhelfen können. Sie müssen entschuldigen, daß ich Sie nicht begleiten kann, aber das Labor ist ja nicht schwer zu finden.«

»Was meinen Sie dazu, Schmitz?« fragte Wagner, als sie vor Sieberts Büro standen.

»Daß seine Sekretärin eine wirklich hübsche Person ist. Man begegnet selten einer Frau, die über derartige Rundungen verfügt und dabei so attraktiv und sinnlich ist und auch selbstbewußt«, entgegnete Schmitz trocken, der eine Vorliebe für üppige Frauen besaß.

»Das meine ich nicht, Sie Kindskopf«, ging er seinem Assistenten auf den Leim, was in der Regel mindestens dreimal am Tag vorkam.

»Ach, Sie meinen diesen Siebert, Chef! Nun, er wollte uns nicht nur weiß machen, wie gut er sich schon immer mit Frau Jagenberg verstanden hat, sondern auch, wie schwer es die moderne Frau hat, die versucht in eine Männerdomäne einzubrechen, insbesondere wenn sie jemand ist, der man liebsten aufs Dekolleté schaut, auch weil eine Frau für solche intellektuell anspruchsvollen Klimmzüge von Natur aus nicht geschaffen ist und er dennoch versucht, ihr unter die Arme zu greifen. Einmal davon abgesehen, daß wir gerade das Vergnügen hatten, einem echten Misogyn zu begegnen, wollte er uns so schnell als möglich loswerden.«

»Das war auch mein Eindruck. Ob er etwas von der Entführung weiß?«

»Schwerzusagen, er war jedenfalls überrascht, als er es erfuhr. Wieviel davon echt war, läßt sich nicht sagen. Für mich ist er ein kleines Licht, das mehr sein möchte, als es ist.«

»Damit könnten Sie recht haben. Ich glaube, da sind wir schon«, sagte Wagner, als sie vor der großen zweiflügeligen Tür zum Labor standen.

»Steht ja auch dran, Chef«, wies Schmitz auf ein kleines Schild neben der Tür und hielt Wagner diese auf.

Im Labor herrschte der übliche Betrieb. Im Hintergrund unterhielten sich Grasser und Schulz angeregt.

»Der Grauhaarige dürfte Grasser sein«, vermutete Schmitz. »Er erinnert mich an unseren alten Chemielehrer.«

»Waren Sie gut in Chemie?«

»Solala.«

»Dann rede wohl besser ich«, meinte Wagner schmunzelnd und ging auf die beiden zu. »Entschuldigen Sie, wenn ich Sie störe. Ich bin Kommissar Wagner«, er zeigte ihnen, die ihn fragend anblickten, den Dienstausweis. »Das ist Schmitz, mein Assistent.«

»Was führt die Polizei in unsere geheiligten Hallen«, sagte Schulz in bester Stimmung, bei dem das erfüllte Wochenende mit Birgit noch nachwirkte, während Grasser Wagners Ausweis einer intensiven Prüfung unterzog, was dieser mit einer gewissen Befriedigung sah.

»Es geht um Frau Doktor Jagenberg«, klärte Wagner sie auf.

»Sie hat doch wohl nichts angestellt«, meinte Schulz jovial.

»Wie man's nimmt, sie wurde entführt.«

»Da ich davon ausgehe, daß Sie kaum hierhergekommen sind, um einen schlechten Scherz zu machen, wird es wohl stimmen«, verlor Schulz' Mimik jede Heiterkeit.

»Glauben Sie mir, ich würde auch lieber scherzen, aber leider entspricht es den Tatsachen. Man verlangt die Herausgabe der Aufzeichnungen der Forschungsergebnisse, die sie bei sich zu Hause hatte.«

»Aber die sind doch nichts wert«, rief Schulz aus. »Zumindest eignen sie sich nicht zur Fortsetzung unserer Arbeit. Inwieweit sie darüber hinaus zu gebrauchen sind, kann ich allerdings nicht beurteilen.«

»Sie sind für nichts zu gebrauchen«, sagte Grasser leise, der seine Überraschung überwunden hatte. »Sie taugen noch nicht einmal als Basis für die Entwicklung einer Droge.«

»Aber wir haben doch alle gesehen, wie die Versuchstiere reagierten«, war die Verwirrung nun an Schulz.

»Genauso wie jemand, der Alkohol nicht gewohnt ist und eine halbe Flasche Cognac getrunken hätte«, klärte Grasser ihn auf.

»Aber wir haben doch vermutet ...«

»Ja, haben wir, aber wie oft haben sich Forscher schon geirrt! Ich habe es bereits einen Tag später gemerkt, als ich alles noch einmal in Ruhe durchgegangen bin. Die Grundstoffe, aus denen wir QEL-250 gemischt haben, enthalten keine Wirkstoffe, die in dieser Zusammensetzung wirklich schädlich sein können. Lediglich ein gewöhnlicher Rauschzustand ist möglich und wahrscheinlich stellt sich nach längerem Genuß eine Abhängigkeit ähnlich der bei Alkohol ein, aber es manipuliert nicht die Psyche, wie wir uns das dachten. Frau Jagenberg erkannte das ebenfalls, wenn sie auch etwas länger benötigte. Sonntagvormittag rief sie mich zu Hause an. Wir sprachen lange darüber, auch über ihr Vorhaben, endgültig hier aufzuhören, vielleicht mit der Chemie an sich zu brechen und etwas anderes zu versuchen.«

»Sie sehen mich verwirrt«, war es Schulz wirklich anzusehen. »Aber sie ist doch eine brillante Chemikerin!«

»Sie ist fleißiger als Sie, werter Kollege. Aber sie weiß auch, daß ihr das gewisse Fingerspitzengefühl fehlt, das nur wenige besitzen. Um es in einfachen Worten zu sagen, sie ist nicht so mit dem Herzen bei der Sache, wie sie gerne wäre, sondern nur mit ihrem Verstand, aber der ist wirklich brillant. Aber man muß hinter einer Sache stehen, will man sie wirklich ausgezeichnet machen, werter Kollege. Deshalb will sie aussteigen.«

»Aber warum wurde sie, was sie ist?«

»Sie können manchmal Fragen stellen«, seufzte Grasser tief. »Es war das, was sie damals am meisten interessierte. Ich unterstütze sie in ihren Plänen. Was nützt es, wenn man auf Dauer in seinem Beruf nicht wirklich glücklich ist?«

»Das ist eine Neuigkeit«, unterbrach Wagner sie ehrlich überrascht. »Aber wir haben jetzt kaum die Zeit, das näher zu erörtern. Wir müssen versuchen herauszufinden, wer Frau Jagenberg entführt haben könnte.«

»Vermutlich alle, die glauben, daß hinter QEL mehr steckt, als nur heiße Luft«, entgegnete Grasser trocken.

»Das denke ich auch. Sonst haben Sie keine Vermutung?«

»Ich würde mit Freuden, denn ich mag Frau Jagenberg, aber ich weiß nichts, was Ihnen weiterhelfen könnte.«

»Und Sie«, wandte Wagner sich an Schulz.

»Ich muß mich meinem Kollegen leider anschließen«, sagte dieser achselzuckend, noch immer durch Grassers Eröffnung verwirrt.

»Dann nichts für ungut, meine Herren. Wir wollen Sie nicht weiter von Ihrer Arbeit abhalten. Kommen Sie, Schmitz.«

»Hoffen wir, daß Frau Jagenberg unversehrt da herauskommt«, rief ihnen Schulz nach.

»Was meinen Sie, Schmitz«, sagte Wagner, als sie vor dem Werkstor standen und zu ihrem Dienstwagen gingen.

»Daß die beiden Chemiker tatsächlich ahnungslos sind, daß der gute Siebert etwas zu verbergen hat und das ist mit Sicherheit mehr als eine falsche Steuererklärung, und daß da einige Leute einem Phantom nachjagen und wir die Phantomjäger jagen.«

»Etwas ungewöhnlich formuliert, aber es trifft den Nagel auf den Kopf. Mir erscheint das alles wie eine schlechte Spionagegeschichte.«

»*Es gibt mehr Dinge zwischen Himmel und Erde, als unsere Schulweisheit sich erträumen läßt.* Wissen Sie, Chef, bei dem was alles so los ist in der Welt, ist das nicht so außergewöhnlich. Das kommt uns nur so vor, weil wir zu denen gehören, die geradeaus denken können«, philosophierte Schmitz und fügte hinzu: »Eigentlich gibt es nur schlechte Spionagegeschichten, aber manche sind wenigstens gut erzählt.«

Wagner schloß den Dienstwagen auf.

»Ich muß sagen, daß Sie mich immer überraschen, Schmitz«, meinte er kopfschüttelnd beim Einsteigen.

»Das haben meine Lehrer auch immer gesagt«, entgegnete Schmitz trocken.

16.

»Sie sind nun soweit über den geplanten Ablauf unserer Aktion informiert«, schloß Wagner seine Ausführungen vor der Einsatzgruppe. Ria saß im Hintergrund. »Die Übergabe dieses Umschlags«, er hielt einen braunen A4-Umschlag zum ungezählten Mal hoch, »findet um 17 Uhr 10 am U-Bahnhof Neumarkt statt, also in gut zwei Stunden. Wir wissen nicht, mit wem wir es zu tun haben, was das Unternehmen nicht vereinfacht. Ich bitte Sie, halten Sie diesen Umschlag im Auge, als beinhalte er Ihre Pensionsansprüche.« Verhaltenes Gelächter. »Für Frau Jagenbergs Entführer ist der Inhalt mindestens ebenso wertvoll, auch wenn er für uns nur einige Bogen Papier enthält. Ich weiß, daß ich mich nebulös ausdrücke, aber die einzige Person, die Ihnen das erklären könnte, ist die Entführte. Die junge Dame hier« er wies mit dem Kopf zu Ria, »wird diesen Umschlag deponieren. Auf dem Bahnsteig werden fünf von Ihnen stehen, auf dem gegenüberliegenden drei. Ich denke, das genügt, wir wollen ja nicht auffallen. Die anderen verteilen sich auf die Auf- und Abgänge. Wir kennen den Boten nicht, wissen nicht, wie er aussieht, woher er kommt und wie er sich entfernen wird. Er hat zahlreiche Möglichkeiten zur Auswahl. Um diese Zeit wird er wenig Schwierigkeiten haben, im Gewühl zu entkommen. Darum ist doppelte Wachsamkeit gefordert. Will er mit der Straßenbahn flüchten, stehen ihm unterirdisch die Linien 3, 4, 9, 11, 12 und 16 zur Verfügung, oberirdisch die Linien 1, 2 und 7, dazu die Busse 136 und 146. Auto, Motorrad, Fahrrad sind auch möglich, aber nicht wahrscheinlich, besonders was das Auto betrifft, aufgrund des dichten Verkehrs, zu Fuß wäre auch möglich. Wir müssen mit allem rechnen, ich betone, mit *allem*. Noch Fragen?« Niemand hatte eine. »Gut, dann weiß jeder, was zu tun ist.«

Der Raum leerte sich unter lautem Stühlerücken. Ria trat auf Wagner zu.

»Ich weiß, daß Sie sich alle erdenkliche Mühe geben, um herauszufinden, wer Frau Jagenberg entführt hat, aber mir ist etwas mulmig dabei.«

»Ich kann Sie verstehen, Frau Nojbisch. Dieser Fall ist zu kurios. Ihnen hat Frau Jagenberg wohl noch nicht erzählt, daß die Unterlagen in jedem Fall wertlos sind.«

»Sie deutete am Samstagnachmittag, als wir uns das letzte Mal sahen, so etwas an. Aber ins Detail ging sie nicht.«

»Nun, dann können Sie sich vorstellen, wie absurd die Sache letztlich ist.«

»Mir wäre wohler, wäre meine Freundin so schnell wie möglich wieder hier.«

»Sie mögen Sie sehr«, sagte er väterlich.

»Ja, schon, in gewisser Weise«, antwortete sie ausweichend und errötete leicht.

Seit fast zehn Minuten saßen sie in Wagners Wagen auf dem unbefestigten Parkplatz vor der Stadtbücherei am Neumarkt und seitdem drehte Wagner den braunen Umschlag unschlüssig zwischen den Händen. Er war mit Ria allein. Den Funk hatte er leise gestellt. Schmitz wies die Kollegen ein. Stoßstange reihte sich an Stoßstange auf den Fahrbahnen rund um den Neumarkt, der Verkehr stand mehr als er floß. Alle zwei Minuten traf eine vollbesetzte Straßenbahn ein. Die Menschen strömten heraus, eilten zu den U-Bahnzugängen. Fast ebenso viele stiegen wieder ein.

Wie ein Ameisenhaufen, nur nicht so diszipliniert, philosophierte Wagner für sich. Es war im Augenblick für ihn schwer vorstellbar, daß es Personen mit einer unverwechselbaren Persönlichkeit waren, so gesichtslos erschienen sie ihm.

»Mir ist der Verkehr hier noch nie so dicht vorgekommen«, schreckte Ria ihn aus seinen Gedanken auf. Er hörte auf, den Umschlag zwischen den Händen zu drehen.

»Das kommt Ihnen so nur vor, weil Sie es aus der Perspektive des Beobachters sehen. Ihnen fallen somit Dinge auf, auf die Sie sonst nie achten würden, weil sie für Sie unerheblich sind. Nervös?« Er legte väterlich beruhigend die Linke auf ihren Unterarm.

Sie zitterte tatsächlich. Aber auch er war angespannt.

»Ja, das bleibt wohl nicht aus«, entgegnete sie mit einem gequälten Lächeln. »Wie es Helene jetzt ergehen mag?«

»Den Umständen entsprechend gut. Ich habe das irgendwie im Urin«, versuchte er sie zu beruhigen, obwohl er nicht sicher sein konnte.

»Ihr Assistent sagte mir, daß man sich auf Ihre Vorahnungen meist verlassen könne.«

»Noch eine halbe Stunde«, sagte Wagner nach einem Blick auf die Borduhr. »Auch die Kollegen stehen unter Anspannung«, versuchte er sie zu trösten, was ihm aber mißlang.

»Nur mit dem Unterschied, daß sie nicht persönlich betroffen sind«, seufzte Ria.

Ein leichter Sprühregen setzte ein. Schnell waren die Scheiben von einem dünnen Wasserfilm überzogen. Schirme beherrschten jetzt das Straßenbild. Es war dämmrig.

»Noch gut zehn Minuten«, verkündete Wagner. Er reichte Ria den Umschlag. »Es wird Zeit. Sie gehen am besten jetzt schon, da brauchen Sie nicht zu hetzen.«

Ria nahm den Umschlag mit leicht zitternden Händen in Empfang. Sie öffnete die Wagentür und stieg aus. Nachdem sie die Tür zugeschlagen hatte, nahm Wagner das Handgerät und stellte es lauter.

»Sie geht jetzt los«, gab er durch. »Aktion läuft an.«

Er legte das Handgerät in den Schoß.

»Wenn alles vorbei ist, schlage ich drei Kreuze. Eine gewöhnliche Entführung wäre mir beinahe lieber. Hoffentlich werden wir nicht beobachtet. Denen traue ich zu, besser organisiert zu sein als wir.«

Ria blieb am Rand des befestigten Gehwegs stehen, warf einen Blick in die Runde und ging weiter zur Ampel. Den Umschlag hielt sie fest in der Rechten. Der Nieselregen legte schnell einen Schleier feiner Wassertropfen auf ihre Haare und ihre Kleidung. Sie mußte einigen Leuten ausweichen, die mit aufgespannten Schirmen entgegenkamen und weder rechts noch links schauten. Sie erreichte den Abgang zur Unterführung und zur U-Bahnhaltestelle schnell. Hier war es wenigstens trocken, dafür noch betriebsamer. Am Zeitungskiosk neben dem Aufgang zu den oberirdischen Linien, erblickte sie einen der Beamten aus dem Besprechungszimmer, beim Fahrkartenautomaten einen zweiten. Sie konnten auf den unbedarften Beobachter tatsächlich als unbeteiligte Passanten erscheinen. An den Fahrkartenschaltern waren lange Schlangen, viele wirkten unübersehbar mürrisch, ob des erzwungenen Wartens. Aus der Passage, die zu den Kaufhäusern führte, strömten unaufhörlich Menschen, von denen viele mit vollen Tüten und Taschen zu den unter- und oberirdischen Bahnsteigen drängten. Vor den Telefonzellen warteten gleichfalls Leute. Sie fühlte sich verloren inmitten der Betriebsamkeit. Alle diese Menschen erschienen ihr wie Statisten in einem Handlungsablauf, von dem sie nichts wußten. Sie gab sich einen Ruck und ging zur Treppe, die zum Bahnsteig hinunterführte, wo der Umschlag deponieren werden sollte. Als sie die Treppe erreichte, kam ihr ein Schwall Leute entgegen. Kurz darauf hörte sie das Geräusch der abfahrenden Bahn. Sie hielt sich beim Geländer, damit sie die Treppe nicht wieder hinaufgedrängt wurde. Auf dem Bahnsteig warteten die Leute gedrängt.

Die Bahnsteiguhr zeigte 17 Uhr 08 an.

Auf der Anzeigetafel wurde in roten Leuchtpunkten die nächste Bahn angekündigt. Kurz darauf erschien darunter die nachfolgende. Sie mußte sich an den Wartenden vorbei zum Papierkorb drängen. Nur zögernd wurde ihr Platz gemacht. Man beachtete sie kaum. Die Aufmerksamkeit galt einzig den eintreffenden Zügen. Einer der Linie 12 fuhr ein. Die Einsteigenden drängten sich so dicht an die sich öffnenden Türen, daß die Aussteigenden kaum Gelegenheit bekamen, die Bahn zu verlassen.

»Machen Sie doch, *bitte*, die Türen frei!«, erscholl über die Außenlautsprecher des Fahrzeugs die genervte Stimme des Fahrers. »So kann doch niemand aussteigen! Und, *bitte*, nach hinten durchgehen und die Türen freimachen!«

Obwohl die Bahn hoffnungslos überfüllt schien, fanden doch alle Platz. Als der Zug anfuhr, erreichte Ria den Papierkorb, um den es für wenige Augenblicke freier wurde. Mit zitternden Fingern und weichen Knien legte sie den Umschlag in den halbleeren Behälter. Ohne sich umzusehen, ging sie schnellen Schrittes zur Treppe. Ihren Teil hatte sie erfüllt.

Die Uhr sprang auf 17 Uhr 11.

Der Blick der Beamten war nun nicht mehr auf Ria konzentriert, die sie bis dahin keinen Moment aus den Augen gelassen hatten, sondern nur noch auf den Papierkorb und den Umschlag. Niemand schien auf die junge Frau geachtet zu haben, die ihn dort deponiert hatte. Ein Doppelzug der Linie 16 fuhr ein. Mit lautem Zischen öffneten sich die Türen. Die Schritte der aussteigenden Fahrgäste ließen die Trittbretter laut klappern. Für einen Moment gerieten die Beamten in den Sog der ein- und aussteigenden Menschen. Für einen Moment, kaum länger als der Flügelschlag des Kolibris, verloren sie den Papierkorb aus den Augen. Niemand hätte vermutet, daß dieser Zeitraum ausreichen könnte, daß sich etwas ereignete. Als der Blick auf den Papierkorb wieder frei wurde, mußten sie zu ihrem Entsetzen feststellen, daß der Umschlag verschwunden war. Blitzschnell machte ihr Blick die Runde, suchten sie nach jemanden, der diesen Umschlag in der Hand halten könnte. Doch sie entdeckten nur Menschen mit Einkaufstüten, Aktenkoffern und -taschen. Zischend schlossen sich die Türen der Bahn, die daraufhin abfuhr.

Die Uhr sprang auf 17 Uhr 13.

»Das darf doch nicht wahr sein! Es können doch nicht alle geschlafen haben!« Wagner rief voller Wut und noch mehr vor Enttäuschung in sein Handgerät.

»Chef, bei dem Trubel ist es unvermeidlich, daß so was passiert. Daß wir es mit gerissenen Leuten zu tun haben, wußten wir vorher«, beschwichtigte Schmitz, der Posten auf dem oberirdischen Bahnsteig Richtung Rudolfplatz bezogen hatte.

»Schon gut, Schmitz, Sie haben ja recht. Die haben sich Ort und Zeit der Übergabe genau überlegt«, lenkte Wagner ein. »Ich kann letztlich keinem einen Vorwurf machen. Vielleicht haben sie uns auch beobachtet, die wußten schließlich, daß wir informiert werden.«

»Das läßt sich nicht ausschließen, Chef.«

»Leider«, seufzte Wagner. Er fühlte sich in seiner und der Ehre der Polizei gekränkt. »Lassen Sie die Leute zurückfahren. Der Einsatz ist beendet.«

Er schaltete das Handgerät aus und legte es ins Handschuhfach. Er wartete nur noch auf Ria, die er an der Ampel stehen sah.

»Schön, die erste Runde geht an die. Wir wollen lieber hoffen, daß sie Frau Jagenberg so schnell wie möglich freilassen. Mich beruhigt einzig die Wertlosigkeit der Unterlagen und daß *die* es schnell erkennen.«

Ria öffnete die Beifahrertür und stieg ein.

»Sie haben den Umschlag unbemerkt an sich nehmen können«, sagte er sofort.

»Was heißt das«, fragte sie mit leicht zitternder Stimme.

»Daß der erste Punkt an *die* geht. Irgendwo war das zu erwarten. Die werden sich haarklein überlegt haben, wann, wo und wie sie an den Umschlag kommen. Jetzt müssen wir abwarten.« Von seiner Vermutung, daß man sie beobachtet haben könnte, sagte er nichts.

»Wo könnte er oder sie sein?« Sie schlug die Wagentür heftig zu.

»Schauen Sie sich um«, erwiderte er mit einer allumfassenden Geste. »Es könnte *jeder* von denen sein. Er könnte neben Ihnen an der Ampel gestanden hatten, bevor Sie vorhin die Straße überquerten. Er könnte jetzt schadenfroh in irgendeinem Café sitzen. Er könnte gemütlich in sein Auto in einem der vielen Parkhäuser steigen. Und er könnte einfach mit der 16 abgefahren sein. Möglichkeiten gibt es deren viele, leider zu viele!«

»Ich weiß, was Sie meinen«, meinte sie nachdenklich.

Er startete den Motor.

»Ich fahre Sie nach Hause. Dann werde ich jeden Beamten befragen, der am Einsatz beteiligt war. Vielleicht hat einer doch etwas gesehen, wenn er sich dessen auch nicht sicher ist und vielleicht ergibt das, was alle zusammen beobachtet haben, etwas Brauchbares.« Er fuhr vom Parkplatz. »Was machen Sie jetzt?«

»Vielleicht etwas arbeiten. Ich habe zwar noch Zeit, bis ich die Graphiken abliefern muß, aber vielleicht lenkt mich das etwas ab.«

Er spürte ihre Traurigkeit, was ihn nur noch mehr überzeugte, daß sie in Helene verliebt war.

Zu Hause warf Ria ihr Schlüsselbund achtlos in die Schale auf der kleinen Kommode in der Diele. Wie es Helene wohl erging?

17.

Helene hatte in der vergangenen Nacht schlecht geschlafen. In dem alten Abbruchhaus war es durch die tagelangen Regenfälle feuchter als es ihr bei ihrer Ankunft erschienen war. Die Pfütze vor dem Fenster verschwand langsam, sobald der Regen für einige Zeit aussetzte. Sie vermutete einen Riß im Boden, der dem Wasser einen Abfluß bot. Sie stand die meiste Zeit am Fenster und schaute auf den trostlosen Hof hinaus, auf die noch weitgehend kahlen Äste der Trauerweide, durch die gelegentlich der Wind strich.

Es war erst ihr zweiter Tag hier, aber sie fühlte sich, als wäre bereits eine Woche vergangen. Erich mied ihre Gesellschaft, er schlief des Nachts zu Hause. Die Bautüre schloß er stets ab, auch wenn er hier war. Birgit saß vorwiegend auf ihrem Feldbett und blickte schweigend, fast schon apathisch vor sich hin. Versuchte Helene ein Gespräch mit ihr anzubinden, antwortete sie ausweichend. Den Dicken hatten sie, seit sie gestern unter seiner Aufsicht den Begleitbrief geschrieben hatte, nicht wieder gesehen. Am Nachmittag setzte erneut feiner Regen ein, der durch jede Ritze drang. Der Wind wehte wieder ungünstiger und die Pfütze unter dem Fenster, die fast verschwunden war, bildete sich erneut.

Erich saß in seinem Wagen. Sie sah ihn vom Fenster aus. Sie strich sich eine verfilzte Locke aus der Stirn, schaute auf ihre Hände. Sie waren fleckig vom Schmutz. Der Lack war teilweise von den Nägeln abgesplittert. Sie wandte sich wieder einmal Birgit zu, blieb aber mit der Schulter an der Wand gelehnt.

»Warum sind Sie eigentlich hier? Was verbindet Sie mit dem da unten? Und wie kamen Sie an Schulz?« fragte Helene zum wiederholten Mal mit ruhiger Stimme.

Birgit schaute sie an. Sie sah nicht besser aus als sie selbst. Dieser Erich, der, offenbar um sie zu ärgern, immer wie aus dem Ei gepellt hier ankam, schien nicht daran zu denken, seiner ›Komplizin‹ etwas Sauberes zum Anziehen mitzubringen, oder sie zumindest nach Hause fahren zu lassen, um sich waschen und umziehen zu können. Er behandelte sie nicht besser als einen Gebrauchsgegenstand. Er konnte natürlich befürchten, daß sie die Polizei benachrichtigte. Letztlich war sie auch ein Opfer.

»Er ist mein Zuhälter«, entgegnete Birgit fast aggressiv, obwohl es nicht stimmte. Er bezahlte sie schließlich. Helenes Fragen nervten sie. »Das dürften Sie längst vermuten.«

»Nein, das habe ich nicht«, entgegnete Helene ruhig. »Ich glaube nicht, daß er ein professioneller Zuhälter ist und schon gar nicht der Ihre, dann hätte er sich auf eine so dubiose, risikoreiche Angelegenheit nicht eingelassen.«

»Woher wollen denn *Sie* das wissen?«

»Weil diese Typen Klischee sind und er sich nicht in dieses einfügt. Er ist der typische kleine Ganove, der in eine große Sache hineingeraten ist.«

»Also gut, wenn Sie unbedingt meine Lebensgeschichte hören wollen. Letzte Woche arbeitete ich noch in einem Bordell, dem ›Roten Palais‹, es ist nichts Besonders, aber man hat es nicht schlecht dort. Das kennen *Sie* bestimmt nicht. Er ist Kunde dort, nicht besser oder schlechter als andere, vielleicht etwas gröber. Er nahm mich letzte Woche mit, gab mir Geld dafür, mich an Ihren Kollegen Schulz heranzumachen, um etwas über Sie herauszufinden. Aber das wissen Sie ja schon. Hätte ich gewußt, wie Bert ist, wer Sie sind, hätte ich es nicht gemacht, das müssen Sie mir glauben!«

Sie senkte den Blick. Helene glaubte Tränen in ihren Augenwinkeln zu sehen. Sie selbst konnte sich nicht mehr erinnern, wann sie das letzte Mal geweint hatte. Sie ging zu ihr, hockte sich vor sie und legte eine Hand auf ihr Knie.

»Sie haben sich also in Bertram Schulz verliebt«, schloß sie aus ihrer Reaktion.

Birgit nickte.

»Aber das ist es nicht allein. Er, Erich ...«, geriet sie ins Stocken, um dann laut zu schluchzen. »Er hat mich, nachdem ich Sonntagnachmittag vom schönsten Wochenende meines Lebens zu ihm gegangen war, um ihm zu sagen, was er wissen wollte, vergewaltigt.«

Birgit zitterte am ganzen Körper. Helene nahm sie in die Arme.

Es kam wirklich eins zum anderen! Eine unglückliche Liebe, ein kleiner Ganove, der sich als Entführer und Vergewaltiger versuchte, und sie mitten drin!

»Weinen Sie sich aus. Es klingt zwar idiotisch, da niemand eine Vergewaltigung vergessen kann. Trotzdem, warum haben Sie diesem miesen, kleinen Arschloch nicht in die Eier getreten? Nirgendwo sonst ist ein Mann so verletzbar.«

»Ich bin nicht wie *Sie*. *Sie* würden so etwas machen. *Sie* würde mit Sicherheit kein Mann wagen zu vergewaltigen. *Sie* sind so stark. Es kam so plötzlich. Er ist doch so stark! Außerdem war er betrunken. Es tat so weh!«

»War denn wenigstens Schulz sanft zu Ihnen?«

»Ach, Bert«, seufzte Birgit und blickte sie aus verweinten Augen an. »Er war sehr sanft zu mir. So schön habe ich Sex bisher noch nicht erleben dürfen. Sicher ich hatte auch früher schon guten Sex, manchmal auch mit einem Kunden. Alle kommen nicht nur wegen der schnellen Nummer. Viele nehmen uns auch als Frau ernst. Aber mit Bert war es etwas Besonderes. Warum können Männer, wenn sie wollen nur so zärtlich und rücksichtsvoll sein? Warum können sie zugleich so brutal gegen uns sein?«

»Weil Mann nicht gleich Mann ist, auch weil wir Frauen es ihnen oft zu leicht machen«, entgegnete Helene mit einem Allgemeinplatz.

Und weil Frauen oft genug um keinen Deut besser waren, auch Frauen konnten auf andere sexuelle Gewalt ausüben, das hatte sie schon erleben müssen. Aber das wollte sie ihr jetzt nicht sagen.

»Haben wir Beichtstunde«, ertönte Erichs kraftlose Stimme von der Tür.

Er schaute teilnahmslos auf die in Tränen aufgelöste Birgit, vor der Helene hockte und sie beschützend in ihren Armen hielt.

»Du hast sie also vergewaltigt, du Arschloch«, fuhr Helene ihn verächtlich an.

Er wich etwas vor ihr zurück, obwohl sie vorerst keine Anstalten machte, aufzustehen.

»Ja und?« Er versuchte das von sich abprallen zu lassen. »Richtig vergewaltigen kann man eine Nutte doch nicht, eine normale Frau, ja, aber keine Nutte. Darin sind sich sogar die meisten Juristen einig.« Er warf das in den Raum.

»Männliche Juristen, ja, das glaube ich gerne. Trotzdem ist sie eine Frau oder genauer gesagt; ein Mensch, der ein bißchen Achtung verdient.«

»Was haben Sie gegen Männer? Sie sind doch eine von denen, die ohne Männer nicht auskommen können. Irgendwo gehören Sie doch zu den Frauen, die eigentlich Männer sind, zumindest verhalten Sie sich so. Sie halten es wie unsereiner, gefällt Ihnen ein Kerl, reißen Sie ihn auf, legen ihn flach und wenn er Ihnen nicht mehr gefällt, oder er hatte nicht genug Stehvermögen, werfen Sie ihn hinaus. Auf Wiedersehen, mein Junge, aber du hast nicht genug 'drauf. So sieht es doch aus!«

»Und? Selbst wenn es so wäre, stünde Ihnen am allerwenigsten das Recht zu, mich zu verurteilen. *Ich* habe bis heute noch niemanden vergewaltigt.«

»Was wollen Sie jetzt mit mir machen? Mich zusammenschlagen?« fragte er ungerührt.

Sie sah ihn an. Es schien ihm sogar lieb zu sein, täte sie es.

»Eigentlich sollte ich das. Nur habe ich keine Lust mir an so einem Arschloch die Finger schmutzig zu machen.«

»Sehen Sie und ich glaube Ihnen das sogar. *Sie* hätte ich auch nicht vergewaltigt.«

»Warum, bin ich Ihnen nicht interessant genug?« fragte sie provokant.

»Im Gegenteil! Sie gehören zu den Frauen, bei deren alleinigen Anblick einem der Schwanz vor Geilheit platzen will. Nein, ich würde es nicht machen, weil ich weiß, daß ich es nicht ohne Schaden überstehen würde.«

»Nicht einmal genug Eier in der Hose, wenn es darauf ankäme«, sagte sie verächtlich.

Er antwortete mit einem Achselzucken.

»Ich habe im Moment so viele Probleme, daß ich froh wäre, müßte ich mich lediglich wegen Vergewaltigung an *der* da rechtfertigen. Es ist nicht allein Ihre Entführung, sondern auch der Einbruch in Ihr Labor. Sie wissen ja, wie empfindlich die Gerichte auf Eigentumsdelikte reagieren. Nein, aus einem Vergewaltigungsprozeß käme ich mit Sicherheit glimpflich 'raus, zumal sie eine registrierte Nutte ist. Schauen Sie mich nicht so giftig an, so ist es nun einmal! Sie können nichts an den Tatsachen ändern.«

Er wandte sich um und ging wieder nach unten. Er wollte allein sein.

Es dämmerte. Die Laterne im Hof flammte auf. Es wunderte Helene, daß bisher niemand auf die Idee gekommen war, sie vom Stromnetz abzuklemmen, wem sollte sie hier im Dunkeln noch den Heimweg beleuchten? Aber die wenigen Laternen, die die Zufahrtsstraße säumten, waren ja auch in Betrieb. Der Regen hatte ausgesetzt, der Himmel war noch immer eine graue Wand.

Schritte im Hof zerrissen die Stille. Jedes Geräusch wirkte in dieser Umgebung unnatürlich laut.

Birgit hatte sich beruhigt. Ihre Augen waren noch von den Tränen gerötet. Sie hatte etwas geschlafen. Erich saß auf einem Klappstuhl am Fußende von Birgits Feldbett. Er rauchte beinahe eine Zigarette nach den anderen, zu seinen Füßen lagen mehrere ausgetretene Kippen. Helene lehnte am Fenster und beobachtete den Hof.

»Es kommt wieder Bewegung ins Spiel«, verkündete sie.

Niemand antwortete. Erich vermied es noch mehr mit ihr zu reden oder sie unmittelbar anzusehen, seit sie wußte, daß er Birgit vergewaltigt hatte. Er wußte selbst nicht mehr, was dabei in ihn gefahren war. Ihm erschien es grotesk, aber er fühlte sich Helene mittlerweile auch körperlich unterlegen, obwohl er etwas größer und kräftiger war.

Der Dicke ging über den Hof. Er hatte eine sündhaft teure Aktentasche bei sich.

»Wie es scheint, war er erfolgreich. Das dürfte Sie freuen«, sagte sie und ließ den Dicken nicht aus den Augen.

Erich schwieg weiterhin.

Der Dicke schloß die Bautüre auf und stieg schweratmend die Stufen hinauf. Erich stand auf und lehnte sich an die Wand. Birgit zog sich in die äußerste Ecke des Feldbettes zurück. Helene blieb am Fenster stehen und sah zur Tür.

Ohne Gruß trat der Dicke ein. In seinem feisten Gesicht zeigte sich Triumph.

»Wir haben alles bekommen. War ziemlich leicht. Ihre Freundin hat zwar dafür gesorgt, daß der Übergabeort von Polizei wimmelte, aber damit haben wir gerechnet«, richtete er das Wort an Helene, als sei sie allein im Raum.

»Schön für Sie«, meinte sie gelangweilt.

»Wissen Sie, daß ich Sie für Ihren Stolz fast schon bewundere? Sie sind eine schöne *und* intelligente Frau, eine seltene und gute Mischung. Sie können es noch weit bringen. Schade, daß wir uns unter diesen Umständen kennenlernen mußten.«

»Ich lerne Leute wie Sie unter gar keinen Umständen gerne kennen.«

»Darin gehen unsere Meinungen auseinander«, meinte er achselzuckend und öffnete die Aktentasche. Er holte ihren roten Hefter und einen zweiten, grauen heraus, den aus Sieberts Büro.

»Wir haben die Unterlagen nun vollständig.«

»Das dachte ich mir schon. Dann können Sie ja auf meine Dienste verzichten.«

»Das können wir leider nicht«, entgegnete er entschieden. »Sie werden für unsere Fachleute einige Anmerkungen verfassen. Erst dann werden wir Sie freilassen.«

»Und wenn ich mich weigere?«

»Wir verfügen über subtile Methoden, um Sie zur Mitarbeit zu ›überreden‹. Zum einen wäre da Ihr Vater oder Ihre hübsche, kleine Freundin Ria, die offenbar sehr verliebt in Sie ist. Sie wollen doch nicht, daß einer von ihnen ernsthaft zu Schaden kommt.«

»Schön, daß Sie mir ihr wahres Gesicht zeigen«, ein Anflug von Wut durchfuhr sie. Was hinderte sie daran, ihm gegenüber handgreiflich zu werden? Von Erich hatte er keine Hilfe zu erwarten. Aber er würde sich schon zu rächen wissen. »Ich weise Sie darauf hin, daß wir in einem Rechtsstaat sind. Für Sie zählt wohl wirklich nur *die* Sache! Was ist aber, wenn mir mein Vater und die Lesbe Ria gleichgültig sind? Wollen Sie mich dann nach dem Osten verschleppen? Mich so zur Mitarbeit zwingen? Außerdem bin ich überzeugt, daß Ihre Experten auch ohne meine Hilfe herausfinden, was sie mit den Aufzeichnungen anfangen können. Oder benötigen Sie selbst persönliche Erfolge, weil ihr großer Boß Sie sonst nach Sibirien verschickt?«

»Denken Sie was Sie wollen. Ich habe Ihnen gesagt, was ich von *Ihnen* erwarte. Ich lasse Ihnen die Unterlagen zu treuen Händen hier, wir haben natürlich Kopien angefertigt. Wir geben Ihnen drei Tage Zeit. Das müßte reichen, um darüber nachzudenken und die Anmerkungen zu verfassen. Danach dürfen Sie vielleicht gehen. Mehr wollen wir nicht von Ihnen. Sie zu bewegen für uns zu arbeiten, wird vergebliches Bemühen sein, was ich bedauere.«

»Da gebe ich Ihnen sogar recht.« Sie grinste ihn unverschämt an.

Er legte die Aktentasche auf ihr Feldbett.

»Papier und Kugelschreiber befinden sich in ausreichender Menge darin. Ich werde in drei Tagen nachschauen, wie Sie sich entschieden haben.«

Er verschwand ohne Gruß.

Nachdem im Hof seine Schritte verhallt waren, trat Erich auf Helene zu.

»Warum tun Sie nicht, was er sagt? Es wäre für uns alle besser«, flehte er sie fast an.

»Warum sollte ich?« fragte sie herausfordernd.

»Weil mit Typen wie ihm nicht zu spaßen ist. Schon als er mir das erste Mal einen Auftrag gab, sagte er mir, daß er, sollte ich ihn hintergehen, der Polizei einen Wink geben würde und überzeugende Beweise vorbringen, die mich für mehrere Jahre ins Gefängnis brächten. Mittlerweile hat er mich wirklich in der Hand. Für alle anderen habe doch ich Sie entführt und spioniert. *Er* ist nicht zu packen! Was meinen Sie, wie schnell *er* wieder in seiner Heimat ist?«

»Und was ist mir ihr«, meinte Helene mit einem Blick auf Birgit.

»Was kann *ihr* schon groß passieren«, meinte er gleichgültig. »Sie könnte höchstens wegen Beihilfe angeklagt werden und ich schätze Sie so ein, daß Sie alles versuchen, damit sie glimpflich davonkommt.«

»Erst gehen Sie als Freier zu ihr, ficken sie, wie es Ihnen gerade beliebt – hoffentlich haben Sie sie wenigstens gut bezahlt – dann setzen Sie sie auf den ahnungslosen Schulz an. Zu allem Überfluß vergewaltigen Sie sie und lassen Sie sie schließlich fallen wie eine alte, löchrige, stinkende Socke.«

»Haben Sie nicht auch schon einen Mann wie eine alte, löchrige, stinkende Socke fallengelassen?«

Helene schwieg und warf einen Blick auf die Aktentasche.

»Wir sollten etwas essen«, entschied sie.

Erich wälzte sich in der Nacht schlaflos im Bett hin und her, dann faßte er einen Entschluß.

18.

Helene erwachte spät am Morgen. Sie hatte tief geschlafen, trotz der Feuchte und der klammen Decken. Die Aktentasche stand unberührt neben ihrem Feldbett. Draußen ging ein Wolkenbruch nieder. Die Pfütze unter dem Fenster nahm immer größere Ausmaße an. Sie stand auf. Ihre Glieder waren steif. Sie streckte sich. Birgit saß auf ihrem Bett, kaute an einer Schnitte Brot. Helene ging langsam über die Treppe zur Etage unter ihnen. Sie suchte sich eine Stelle, wo noch keiner von ihnen etwas gelassen hatte und streifte die Jeans runter. Ihre seidenen Dessous waren schmutzig und rochen penetrant nach Urinresten und zersetztem Schweiß. Mit einem Achselzucken entleerte sie die Blase.

»Was würde ich jetzt für ein heißes Bad in einem nach Lavendel duftenden Badezimmer und frischer Wäsche geben«, sagte sie zu sich selbst, stand auf, zog die Hose wieder hoch und wischte sich die Urinreste von den Fingern an der Jeans ab. »Ich könnte dem Dicken irgendwas hinschreiben. Warum auch nicht? Die Unterlagen sind schließlich so oder so absolut wertlos.«

Während sie wieder die Treppe hinaufging, hörte sie Erichs Wagen in den Hof fahren.

»Ich muß mit Ihnen reden.« Er war die Treppe hinaufgelaufen und leicht außer Atem.

Helene saß auf ihrem Feldbett, die Hände in den Taschen der Jacke vergraben.

»Was gibt es«, erkundigte sie sich gelangweilt.

»Ich weiß, wie wir uns alle aus dieser Affäre hangeln können«, sprach er voller Begeisterung.

»Ach, und wie«, spielte sie die Gelangweilte, obwohl sie neugierig auf seinen Vorschlag war.

»Eigentlich dreht sich alles um das, worauf unser Dicker so scharf ist«, ließ er sich nicht von ihrem Verhalten beeindrucken.

»Davon ist auszugehen.«

»Er wäre sicherlich bereit, für das da«, er zeigte auf die Aktentasche, »etwas springen zu lassen, käme es ihm abhanden.«

»Vermutlich.« Sie glaubte zu wissen, worauf er hinaus wollte.

»Ich habe mir überlegt, die Mappe an mich zu nehmen und ihm den Inhalt zu verkaufen.«

»Doch wohl kaum von hier aus?« stellte sie sich absichtlich etwas naiv, was ihm aber entging.

»Nein, natürlich nicht! Ich werde mich nach Frankreich absetzen. Ich habe dort einen Freund, die Telefonnummer hinterlasse ich dem Dicken auf einem Zettel. Wenn er Interesse hat und dessen bin ich mir sicher, wird er sich melden.«

»Er besitzt aber Kopien«, gab sie zu bedenken.

»Schon, aber er braucht *Ihre* Notizen.«

»Ich habe noch keine gemacht.«

»Das weiß er aber nicht.«

»Bei der Übergabe erfährt er es.«

»Könnten Sie nicht irgend etwas schreiben?«

»Können, könnte ich schon. Ich wüßte nur nicht, weshalb ich sollte.«

»Für uns alle vielleicht? Wenn der Dicke glaubt, Sie hätten die Kommentare bereits erstellt, wird er Sie wahrscheinlich in Ruhe lassen, andernfalls fürchte ich, daß er Sie erneut entführen könnte, und dann nicht von einem kleinen Ganoven wie mir.«

»Da sprechen Sie ein großes Wort gelassen aus. Also gut, ich werde etwas verfassen, das einer oberflächlichen Prüfung standhält, mehr brauchen Sie ja nicht. Und wenn ich es gemacht habe?«

»Lasse ich Sie frei. Sie«, er wies auf Birgit, die auf ihrem Feldbett lag und zu schlafen schien, »nehme ich besser mit. Es ist sicherer für sie. Ich weiß nicht, was der Dicke mit ihr machen wird, wenn ich sie allein zurücklasse.«

»Seit wann sind Sie so fürsorglich zu ihr? Erst vergewaltigen Sie sie und nun sorgen Sie sich um ihr Wohlergehen. Oder haben Sie Angst vor dem Alleinsein?« Letzteres klang unüberhörbar hämisch.

»Denken Sie, was Sie wollen. Für Sie kann es doch nur wichtig sein, daß Sie wieder nach Hause kommen, raus aus diesem Dreckloch.«

Helene stand auf, ging zum Fenster und schaute in den Hof hinaus.

»Wann wollen Sie es durchführen?«

»Wie lange werden Sie brauchen?«

»Zwei bis drei Stunden vielleicht. Ich kann es stenographieren, das erschwert die Überprüfung noch etwas.«

»Fällt das nicht auf?«

»In der Mappe, die ich zu Hause hatte, ist auch einiges stenographiert.«

»Einverstanden, ich warte solange.«

Helene nahm die Aktentasche, holte die Hefter, einen Block und einen Kugelschreiber heraus. Die Hefter legte sie aufs Feldbett neben sich, den Block auf die Schenkel. Sie blätterte kurz den roten Hefter durch und begann mit flinken Fingern, Seite um Seite zu beschreiben. Hin und wieder sah sie in den Hefter. Erich sah ihr fasziniert zu. Er konnte zwar kein Steno lesen, aber chemische Formeln erkennen. Er verließ immer wieder den Raum. Sie hörten seine Schritte in den anderen Zimmern. Er rauchte wieder eine Zigarette nach der anderen. Birgit saß auf ihrem Feldbett und sah Helene schweigend beim Schreiben zu. Nach etwa zweieinhalb Stunden verkündete Helene, daß sie fertig sei.

»Das müßte fürs Erste genügen. Einer näheren Prüfung wird es nicht standhalten. Es ist nicht viel anderes, als was ich bereits geschrieben habe nur etwas verschwurbelter.«

Sie legte die beschriebenen Blätter in den roten Hefter und ihn mit dem anderen und Block und Kugelschreiber in die Aktentasche zurück.

»Ich weiß nicht, weshalb ich Ihnen den Gefallen tue.«

»Vielleicht, weil Sie auch mit jemanden wie mir Mitgefühl haben.« Es klang in keiner Weise ironisch.

»Vielleicht. Sie glauben wirklich, daß der Dicke auf Ihren Handel eingehen wird?«

»Was habe ich noch zu verlieren? Er hat mich in der Hand. Aber so kann ich mir ein Stück Freiheit zurückerobern.«

»Sie könnten beispielsweise Ihr Leben verlieren. Sie vergessen, daß für Menschen wie ihn nur die Ideologie zählt, Einzelschicksale sind da uninteressant. Aber Sie sind alt genug.«

»Auf mich warten nach Ihrer Entführung und dem Landesverrat etliche Jahre Knast. Da ist eines so gut wie das andere«, meinte er achselzuckend.

»Sie glauben nicht, daß es besser für sie wäre, bliebe sie hier?«

»Das sagte ich Ihnen bereits. Ich bitte Sie nur, eine halbe Stunde zu warten, nachdem wir weg sind, ehe Sie selbst gehen. Damit wir einen Vorsprung haben, denn Sie werden sicherlich die Polizei davon unterrichten, daß Sie wieder frei sind.«

»Ich werde das auch müssen. Gut, ich bin bereit, sogar eine Stunde zu warten.«

»Ich wußte, daß Sie eine vernünftige Frau sind«, sagte er mit einem zufriedenen Lächeln.

Bezüglich ihrer Vernunft befand sie sich derzeit im Zweifel.

Er holte einen Zettel aus der Manteltasche, klemmte ihn unter eine Konservendose und legte den Schlüssel der Bautüre daneben, dann nahm er die Aktentasche und verließ mit Birgit, die ihm widerstandslos folgte, das Haus. Ihre Schritte verhallten im Treppenhaus, die Autotüren wurden zugeschlagen und Erich fuhr mit kreischenden Reifen an.

Nun war Helene allein. In der Stille klatschten die Regentropfen unnatürlich laut auf das Pflaster im Hof. Während sie wartete, konnte sie auch essen. Sie griff wahllos eine der Dosen heraus, öffnete sie und machte sie auf dem Campingkocher heiß. Es war Bohnensuppe.

Während die Suppe warm wurde, las sie den Zettel, den Erich in einer steifen, fast krakeligen Handschrift verfaßt hatte.

Wenn Sie die QEL-Aufzeichnungen mit den neuen Notizen von Frau Doktor Jagenberg wiederhaben wollen, rufen Sie folgende Nummer an. (Es folgte eine Reihe von Ziffern, die sie aber überflog) *Sie war sehr kooperativ, also müssen Sie sich nicht weiter um sie kümmern.*
Erich Pütz.

»Wenn das mal nicht schiefgeht«, war sie skeptisch.

Sie aß die Suppe bis auf einen Rest direkt aus dem Topf.

Die Stunde war längst vorüber. Sie blickte aus dem Fenster. Es regnete noch immer so heftig, daß man bereits nach wenigen Minuten durchnäßt wurde. Sie überlegte, ob sie warten sollte, bis der Regen spürbar nachlassen würde, doch nach einem Blick zum Himmel und im Gedenken an diesen ungastlichen Ort entschied sie sich dagegen. Sie schloß die Jacke bis obenhin, schlug den Kragen hoch und nahm den Schlüssel der Bautüre an sich. Im Türrahmen drehte sie sich noch einmal um. Der unter der Dose eingeklemmte Zettel flatterte im Luftzug. In einer Ecke hatte sich ein Stapel leerer Konservendosen angesammelt. Die Decken taugten nur noch für den Müll. Drei Tage hatte sie in diesem Raum zugebracht.

Langsam schritt sie die Stufen hinab, auf denen leichtes Ausgleiten war. Die Bautüre war angelehnt. Sie steckte den Schlüssel in die rechte Hosentasche und trat hinaus. Sogleich legte sich der Regen auf ihre Haare, ihre Kleidung, durchnäßte sie zügig. Sie steckte die Hände in die Jackentaschen. Ohne zu zögern, ging sie schnellen Schrittes über den Hof zur Zufahrtsstraße, die auf eine Hauptstraße mündete. Auf halbem Weg setzte ein Platzregen ein, der sie in minutenschnelle bis auf die Haut durchnäßte. Sie hob den Blick, das Wasser lief ihr in Bächen über das Gesicht. Die nassen Haare klebten ihr am Kopf.

»Na wunderbar! Das hat mir noch zu meinem Glück gefehlt!«

Die Zufahrt zur kleinen Siedlung war länger, als sie in Erinnerung hatte. Aber an jenem Abend war ohnehin alles zu schnell gegangen. Sie war froh, als sie die Hauptstraße erreichte. Weit und breit war keine Telefonzelle zu sehen. Sie wußte nur, daß sie sich zwischen Auweiler und Bocklemünd befand. Das hatte sie auf einem der Schilder gelesen, an denen sie vorbeigefahren waren. Durch den dichten Regenvorhang verzerrt, erschien ihr das relativ nahe Auweiler entfernter als die Autobahnbrücke und Bocklemünd. Also wandte sie ihre Schritte gen Süden. Ihren Irrtum bemerkte sie erst, als sie schon ein ganzes Stück gelaufen war und die Autobahnbrücke nicht näher kommen wollte. Sie war klatschnaß und wäre gerne per Anhalter gefahren, aber so wie sie aussah, nicht nur naß, sondern auch schmutzig und streng riechend, hätte sie jeder für eine Landstreicherin gehalten und sie mit Sicherheit nicht mitgenommen.

»Du mieses Stück Scheiße!« rief sie wütend einem rücksichtslosen Autofahrer hinterher, der mitten durch eine tiefe Pfütze fuhr, die sie gerade umrunden wollte und sie von oben bis unten mit Dreck bespritzte. Ihre Verwünschung begleitete sie mit einer deutlichen Geste. Er warf nicht einmal einen Blick zurück.

Nach einstündigem Fußmarsch durch strömenden Regen und einer ungewollten Dusche von unten, erreichte sie Bocklemünd und eine Telefonzelle. Unterwegs hatte sie in ihre Hose uriniert, weil sie es nicht mehr aushielt, sie war so naß, daß es nichts mehr verschlechtern konnte. Sie betrat die Zelle und tropfte den Boden voll. Sie kramte in den Taschen nach Telefongroschen, die sie in allen Hosen-, Jacken- und Handtaschen stets großzügig verteilte. Dann rief sie Ria an. Wie gut, daß sie sich Nummern leicht merken konnte. Zwischen jedem Klingeln schien eine Ewigkeit zu vergehen.

»Nun, komm schon, Kind, gehe 'ran!« Helene trat ungeduldig von einem Fuß auf den anderen. »Ich will aus den nassen Sachen 'raus. In meiner jetzigen Verfassung nimmt mich niemand mit und für den Bus reicht mein Geld nicht. Jeder Taxifahrer wird mir was Husten, wenn ich ihm sage, daß ich mein Geld zu Hause habe. Der denkt doch, was für eine vor sich zu haben. Wenn ich ihm meine Uhr als Pfand zeige, denkt er womöglich noch, ich habe sie geklaut und fährt mich zur nächsten Wache. Das wäre zwar nicht schlecht, aber wer weiß, wie lange es dauert, bis die spitzkriegen, daß ich ein Entführungsopfer bin und ich mir was Trockenes anziehen kann. Nun mach schon!«

Siebenmal mußte sie es klingeln lassen, bevor Ria sich meldete.

»Nojbisch?«

»Ich habe noch nie so gerne deine samtweiche Stimme vernommen«, flötete Helene erleichtert und sehnsuchtsvoll.

»Helene? Wo bist du? Wie geht es dir?«

»Ich bin frei. Mir geht es gut. Ich stehe momentan in einer Telefonzelle in Bocklemünd, bin nasser, als wäre ich in meinen Kleidern geschwommen und will nur nach Hause und in die Badewanne.«

»Aber warum, weshalb«, war Rias Verwirrung offenkundig.

»Stelle keine Fragen, Kind, hole mich in der ›Untere Dorfstraße‹ in Bocklemünd ab. Achte auf eine ziemlich nasse und heruntergekommene Landstreicherin neben einer Telefonzelle. Und, *bitte*, beeile dich! Du hast einen Wunsch frei.«

»Ich bin schon unterwegs!«

Helene hörte es in der Leitung knacken.

»Mir ist egal, was sie sich wünscht, Hauptsache, sie kommt bald«, hängte Helene ebenfalls ab.

Sie trat aus der Zelle. Der Regen hatte fast aufgehört. Vorbeikommende Passanten schauten sie befremdlich an. Sie kümmerte sich nicht darum, trat aufgeregt von einem Fuß auf den anderen. Alle zwei Minuten blickte sie auf die Uhr. Sie fror, die Kleidung klebte ihr am Körper und der Druck auf ihre Blase war auch kaum noch auszuhalten, ein zweites Mal wollte sie sich jedoch nicht einnässen.

»Wie gut, daß ich über eine so robuste Gesundheit verfüge«, tröstete sie sich.

Ria mußte die halbe StVO übertreten haben. Nach nicht einmal fünfzehn Minuten hielt sie scharf bremsend vor ihr. Sie war keine Minute zu früh, denn der Regen setzte wieder ein.

»Du siehst ja erbärmlich aus«, sagte Ria mitleidig und voller Zärtlichkeit, als Helene die Wagentür öffnete und einstieg.

Ria hatte wohlweislich ein Badetuch über den Sitz gebreitet und reichte ihr ein Handtuch.

»Wenn du mehr als eine Stunde durch strömenden Regen marschiert wärst, dich von einem Arschloch, das mit seinem Wagen unbedingt mitten durch die größte Pfütze weit und breit preschen mußte, während du gerade versuchst, sie zu umrunden, von oben bis unten vollspritzen lassen mußtest, dazu noch drei Tage in einem alten, zugigen Abbruchhaus, ohne die Möglichkeit dich zu waschen und deine Kleider zu wechseln, verbracht hättest, würdest du auch nicht besser aussehen.«

»Jetzt, wo du es sagst, fällt es mir auch auf; du riechst etwas streng.« Ria verzog das Gesicht übertrieben vor Ekel, doch unübersehbar glücklich, die Freundin wiederzusehen.

Sie hatte die Heizung auf höchste Stufe stehen. Die fast schon stickige Wärme verbreitete Helenes Aroma schnell und intensiv. Der Regen trommelte auf die Karosserie. Ria ließ den Scheibenwischer auf höchste Stufe laufen.

»Wenn du abfahren würdest, könntest du den Genuß zeitlich spürbar reduzieren«, sagte Helene und trocknete sich mit dem Handtuch die nassen und verfilzten Haare.

Ria legte den Gang ein und fuhr los.

»Ich weiß nicht, aber so richtig stört mich dein Geruch nicht«, sagte sie ernsthaft und warf Helene einen Blick zu, der ihre Gefühle offenlegte.

»Ich weiß ja, daß du dich freust, daß ich wieder bei dir bin. Ich habe dich auch vermißt.«

»Wirklich?«

»Wirklich.«

»Ich nehme an, daß du zu dir nach Hause willst?«

»So schnell wie möglich, aber bitte in einem Stück«, schränkte sie ein, da Ria einen reichlich rasanten Fahrstil vorlegte, den sie nur ertrug, saß sie selbst hinterm Steuer.

»Wir werden die Polizei benachrichtigen müssen, daß du wieder frei bist«, sagte Ria und änderte ihren Fahrstil nicht.

»Das können wir auch später noch. Ich will erst baden und mich ausruhen.«

»Der Kommissar, der deinen Fall bearbeitet, hat sich, wie es scheint, in eines deiner Fotos, das ich ihm gab, verliebt.«

»Das wäre für mich nichts Neues. Wie sieht er aus?«

»Neugierig?«

»Wissenschaftliches Interesse.«

»Nicht mal unattraktiv, groß und gut gebaut, Anfang vierzig würde ich sagen, aber du weißt ja, daß ich mir nicht so viel aus Männern mache.«

»Nun denn«, meinte Helene achselzuckend, letztlich war es ihr gleich, wie der Kommissar aussah.

Sie waren schneller bei ihr zu Hause, als sie vermutet hatte. Ria stieg als erste aus, spannte einen Schirm auf. Helene nahm Handtuch und Badetuch an sich.

»Kommt reichlich spät«, meinte Helene, als Ria ihr einen Platz unter dem Schirm anbot, und ging an ihr vorbei auf den Hauseingang zu.

Ria zuckte nur mit den Achseln und folgte ihr.

In der Wohnung ging Helene, deutlich sichtbare nasse Fußabdrücke auf dem Boden hinterlassend und eine Wasserspur hinter sich herziehend, ins Bad. Badetuch und Handtuch warf sie auf den Boden. Dann zog sie sich aus, warf ihre Kleider ebenfalls in eine Ecke und stürzte fast auf die Toilette.

»Ach, was ist das schön, wenn man muß und endlich kann«, rief sie glücklich aus, während ihr gelber Urinstrahl in die beige Porzellanschüssel prasselte.

»Man könnte meinen, daß du auf Urolagnie stehst, wenn man deinen Gesichtsausdruck so sieht«, lachte Ria, spannte ihren Schirm auf, stellte ihn in eine Ecke des großen Bads und ließ Wasser in die Wanne laufen.

»Wenn du mußt und nicht kannst, wirst du verstehen, wie schön es ist, wenn man endlich kann«, wiederholte Helene, als sie fertig war und die Spülung betätigte. »Daß eine volle Blase einem beim Urinieren ein gewisses Lustgefühl verschafft, dürfte auch dir geläufig sein«, fuhr sie fort und setzte sich auf den Rand der Wanne.

Ria verteilte eines der wohlriechenden Badeöle aus dem kleinen Regal neben der Wanne großzügig im einlaufenden, dampfenden Wasser.

»Das stimmt schon«, sagte Ria gedankenverloren und setzte sich auf den geschlossenen WC-Deckel. Sie betrachtete die nackte Freundin unverhohlen und spürte, wie sie feucht wurde. Helene machte es nichts aus, von Ria begehrlich angeschaut zu werden.

»Wie ich deinem Blick entnehme, gefalle ich dir.« Helene lächelte sie freundlich an.

»Das weißt du doch schon lange«, entgegnete Ria mit vorsichtiger Zurückhaltung.

»Du gefällst mir ja auch.« Helene sah sie mit einem ermunternden Lächeln an.

»Meinst du das jetzt so, wie *ich* das meine?« Ria war etwas unsicher.

»Ich meine es, wie *du* es meinst«, versicherte Helene und stieg in die Wanne. »Ah, tut das gut«, rief sie genüßlich aus, tauchte kurz mit dem Kopf unter und strich sich das Wasser aus dem Gesicht. »Ich habe mich während meines ›Kuraufenthaltes‹ mit vielem beschäftigen können, unter anderem mit dir. Bestimmte Frauen haben schon immer auch erotische Gefühle in mir erwecken können. Ich verdränge es manchmal und reagiere über, wenn mich jemand auf meine potentiellen homosexuellen Neigungen anspricht. Gibst du mir mal Haarwäsche und Seife? Danke. Man sollte ehrlicher sich selbst gegenüber sein. Ich hatte zwar bis heute noch mit keiner Frau Sex, aber ich bin zu der Überzeugung gelangt, daß es für mich durchaus infrage käme.«

Helene wusch sich die Haare. Ria schaute sie nur an. Ihr plötzlicher Sinneswandel erstaunte sie.

»Sollte es zwischen uns mehr als nur ein Strohfeuer werden, mußt dir bewußt sein, daß ich auf Männer nicht verzichten kann und will«, fuhr Helene fort und spülte sich die Seife aus dem Haar.

»Ich bin mir dessen bei einer bisexuellen Frau bewußt. Ich glaube nicht, daß ich auf einen Mann eifersüchtig sein könnte. Eifersucht ist nur Besitzdenken.«

»So denke ich auch.«

Helene seifte sich von oben bis unten ab. Dann streckte sie sich noch einmal im warmen, aber nicht mehr sonderlich sauberen Wasser aus, bevor sie aus der Wanne stieg. Ria hielt ihr ein frisches Badetuch hin.

»Jetzt fühle ich mich wieder als Mensch«, sagte Helene und ließ sich von Ria abtrocknen.

Ria stand dabei so dicht vor ihr, daß Helene mehr als nur ihr fruchtiges Parfum riechen konnte. Unter ihrem Sweatshirt trug sie keinen BH, da war sie sicher. Mit ihren hohen Absätzen war sie sogar ein Stück größer. Ihr gefielen die vollen Lippen, die zu einem richtigen Kußmund gehörten und das dunkle Rot ihres Lippenstifts. Sie küßte sie, von einem inneren Bedürfnis getrieben, auf den Mund. Ria war von diesem Kuß so überrascht, daß sie ihn zuerst nicht erwiderte, obwohl sie bereits Helenes Zunge zwischen den Lippen spürte. Dann nahm sie das Zungenspiel genußvoll, fast schon begierig auf.

»Ist es Beweis genug«, fragte Helene, die ihr gemeinsames Zungenspiel nicht weniger genossen hatte.

Sie stand nackt vor Ria, die das Badetuch vor Überraschung hatte zu Boden fallen lassen.

»Du hast Lippenstift um deinen Mund«, sagte Ria statt einer direkten Antwort, mit vor Erregung glänzenden Augen und viel Feuchte im Schoß.

Helene schaute in den Spiegel und Ria mit.

»Und deiner ist leicht verschmiert«, meinte Helene schmunzelnd.

Sie mußten lachen.

»Du küßt gut«, sagte Ria.

»Ich habe auch bei sehr vielen Männern geübt.«

Sie holte aus dem Badezimmerschrank neben der Tür einen Fön. Während sie ihre Mähne mit ihm trocknete, ließ Ria das Badewasser ablaufen und entfernte die Schmutzränder aus der Wanne, die Helene hinterlassen hatte.

Helene verstaute den Fön wieder im Badezimmerschränkchen und ging ins Schlafzimmer. Sie zog ein weißes mit Spitze verbrämtes Seidenhemdchen, passendem Slip und weißen Halterlosen an und schlüpfte in ein Paar roter, hochhackiger Lackpumps, die sie letztlich nur für den Sex hatte. Darüber zog sie einen apricot-farbenen, seidenen, wadenlangen Hausmantel. Sie wollte nicht nur Ria einen Gefallen tun.

»Ist das für mich«, lächelte Ria und setzte sich mit übereinandergeschlagenen Beinen aufs Bett. Ihr enger Lederrock rutschte etwas hoch. Sie wippte gedankenverloren mit dem rechten Fuß, glücklich, daß Helene ihre Gefühle endlich erwiderte.

»Du bist wohl gar nicht eingebildet«, meinte Helene kopfschüttelnd und setzte sich an den Frisiertisch.

»Warum sollte ich?« Ria betrachtete genießerisch Helenes schöne Rückseite.

»Ich habe nach den Tagen in dem Drecksloch das Bedürfnis, mich in edle Wäsche zu hüllen. Ich möchte mich wieder als Frau *und* als Mensch fühlen.«

Ria strich sich eine Locke aus der Stirn und beobachte mit leicht schiefgelegtem Kopf Helene beim Bürsten der Haare.

Helene entfernte den alten Lack von den Nägeln und lackierte sie neu. Während die Nägel trockneten, wandte sie sich Ria zu.

»Ich fühle mich jetzt viel besser.«

»Das sieht man dir an.«

Helene schlug die Beine übereinander, der Hausmantel rutsche von den Beinen und gab den Blick ungehindert auf sie frei.

»Präsentierst du deinen Liebhabern auch immer diesen Anblick?«

»Ja. Ich finde, Sex ist ein Anlaß, der es verdient, daß man sich entsprechend vorbereitet. Außerdem bin ich gerne schön und begehrenswert. Natürlich setze ich voraus, daß ein Mann sich für mich auch schön macht. Er sollte nicht nur gut riechen, sondern nach Möglichkeit kein Doppelfeinripp à la Liebestöter, sondern einen knappen Slip aus feinem Stoff oder einen Tanga, der gerade sein bestes Stück umfaßt und seinen knackigen Arsch betont.«

»Was ist dir bei einem Mann am liebsten? Ich meine rein äußerlich.«

»Er sollte ein attraktives Gesicht haben, schlank sein, groß wäre schön, muß aber nicht sein. Es macht mir nichts aus, wenn ein Mann kleiner ist als ich. Dann stehe ich natürlich auf einen knackigen Po, so richtig rund und fest muß er sein.« Helene umschrieb es mit hohlen Händen. »Eine enge Jeans oder Lederhose sieht bei einem Mann immer noch am besten aus. Schöne und gepflegte Hände sind auch nicht zu verachten. Ein Mann, der seine Hände pflegt, pflegt auch eine Frau anders anzufassen. Volles Haar, voll und lang, so daß man darin wühlen kann. Ich mag es, wenn ein Mann lange, volle Haare hat. Ich finde diese Kurzhaarschnitte nicht besonders anregend. Aber leider fehlt den meisten Männern, die es könnten, der Mut das ihre wachsen zu lassen.«

»Kennst du einen solchen Mann?«

»Ja, Achim heißt er und ist Fotograf.«

»Der die Fotos von dir gemacht hat?«

»Genau der. Leider ist er viel unterwegs. Wenn er hier ist, kommen wir oft nicht aus dem Bett raus. Zurzeit ist er in einer festen Beziehung. Sie ist Model und lebt in Paris. Ich glaube, daß sie von uns weiß, es scheint ihr wenig auszumachen.«

»Und wie ist das mit einem Schwanz? Ist dir die Größe wichtig?«

»Entgegen der Legende, daß die Größe nebensächlich ist, ist mir ein großer, dicker selbstverständlich lieber. Er füllt mich besser aus und man hat etwas, das man in der Hand halten kann. Nur sollte er nicht zu lang sein, es kann unter Umständen schmerzhaft sein, wenn er an die hintere Vaginalwand stößt.«

»Ich glaube, die meisten Frauen sehen das so, auch wenn sie sich nicht trauen, es zuzugeben.«

»Die Nägel dürften trocken sein.« Helene wandte sich wieder dem Spiegel zu.

Sie legte Make-up auf.

»Du hast gerne Sex, Helene, stimmt's?«

»Ja, leidenschaftlich. Wer sagt, daß er ihn als nebensächlich betrachtet, der lügt dreist oder ist ein Fall für den Therapeuten. Es ist eines der wenigen Dinge im Leben, bei denen man sich so schön gehenlassen kann und der einem, je öfter man ihn betreibt, desto mehr gibt. Ich will, kann und werde nicht auf ihn verzichten!«

»Ich auch nicht«, pflichtete Ria ihr mit einem langen Seufzer bei.

Helene schraubte den Lippenstift zu, dann drehte sie sich um.

»Wie gefalle ich dir«, wollte sie wissen.

»Zum Verlieben! Du bist wieder so schön, wie ich dich in Erinnerung habe. Du weißt, wie sehr ich auf feminine Frauen stehe.«

Helene stand auf, band ihren Hausmantel zu. Sie trat vor Ria und strich ihr zärtlich übers Haar.

»Essen wir erst etwas. Ich habe Hunger und anschließend möchte ich mit einer verführerischen jungen Frau vögeln.«

19.

Wagner legte den rechten Zeigefinger auf den Klingelknopf. Schmitz stand grinsend hinter ihm. Er konnte sich lebhaft vorstellen, was sein Chef empfand. Ihm war nicht entgangen, wie er Helenes Foto oft und lange angeschaut hatte. Er war zwar bemüht, sich nach ihrem Anruf nichts anmerken zu lassen, doch Schmitz kannte ihn gut genug, um ihm die besondere Erleichterung vom Gesicht abzulesen.

Wagner drückte auf den Klingelknopf. Ein wohlklingendes Glockenspiel ertönte aus der Wohnung. Kurz darauf öffnete Helene. Wagner schaute sie für einen Moment wie ein Pennäler an, der zum ersten Mal in seinem Leben feststellt, daß Frauen für ihn doch von Interesse sind und Schmitz grinste erneut vor sich hin.

Sie war zwar nicht mehr im seidenen Hausmantel, aber auch in Rock und Pullover bot sie einen betörenden Anblick.

»Damit bringst du ihn um den Verstand«, war Ria überzeugt, als Helene wieder in ihre weißen Seidendessous schlüpfte und sich anschickte, einen engen rotbraunen Lederrock anzuziehen.

Ria saß, lediglich mit halterlosen Strümpfen bekleidet, auf Helenes Bett und schaute ihrer neuen Geliebten zu, wie sie sich ankleidete.

»Findest du«, fragte Helene leicht irritiert.

»Nein, elegant, aber das ist es ja, was ihn aus dem Konzept bringen dürfte. Es sei denn, daß er schon mehr als einmal einer echten Lady begegnet ist.«

»In deinen Augen bin ich also eine Lady? Würdest du mir den Reißverschluß vom Rock schließen?«

Helene stellte sich vor Ria, die sich aufs Bett kniete und ihr den Reißverschluß schloß.

»Ja, du bist dieser Typ«, fuhr sie fort und streichelte kurz Helenes festen Po, ehe diese sich ihr wieder zuwandte. »Du hast Stil, Bildung, Intelligenz und siehst umwerfend aus. Außerdem bist du beim Sex Spitze. Du hast vor mir wirklich noch keine Frau gehabt?«

»Nein. Höre auf mich das ständig zu fragen«, seufzte Helene.

Sie zog einen engen weichen Pullover über, der ihren Busen betonte.

»Dafür warst du aber ganz gut.«

»Ich habe nur das gemacht, was ich gerne habe. Du ziehst dich auch besser an. Er braucht ja nicht mit der Nase darauf gestoßen werden, wie wir den Nachmittag verbracht haben.«

»Ich fürchte, das wird er ohnehin vermuten. Ich habe in meiner Aufregung nicht damit hinterm Berg gehalten, daß ich total in dich verliebt bin.« Ria sprang lachend vom Bett und suchte Rock und Pullover zusammen.

Helene wollte schon etwas erwidern, beließ es aber bei einem Kopfschütteln.

»Mann, ich glaube, ich werde immer fetter«, schimpfte Ria nicht sehr ernsthaft, während sie sich mit dem Reißverschluß ihres Lederrocks abmühte.

»Ich finde, du hast einen schönen Körper, fett geht anders«, schmunzelte Helene. »Komm, ich schließe dir den Reißverschluß.«

»Ich habe aber wirklich zugenommen«, lamentierte Ria.

»Der geht wirklich schwer zu, wie hast du das allein geschafft?«

»Gar nicht, ich hatte ihn nur so weit geschlossen, wie ich konnte. Dabei ist er einer meiner liebsten Lederröcke, den habe ich fast sieben Jahre.«

»Ich habe mich ohnehin gewundert, wie du in ihn hineingekommen bist, die Nähte sind ja bis zum Zerreißen gespannt, aber es sieht wahnsinnig sexy aus.«

»Mir können Lederröcke nicht eng genug sein.«

»So, der ist Reißverschluß oben«, sagte Helene zufrieden und streichelte Rias Po mit beiden Händen durch das weiche Leder hindurch, während Ria ihr diesen noch etwas mehr entgegenstreckte.

»Meinst du, daß wir noch Zeit haben?«

»Nein, aber ich konnte der Versuchung nicht widerstehen«, Helene beugte sich vor und küßte sie zum Abschluß flüchtig auf den Hintern. »Mir gefällt dein Faible für Lederröcke und Lederhosen.«

»Das ist nicht zu übersehen«, lachte Ria selbstzufrieden und zog den Pullover über, der nicht ganz so eng wie Helenes war.

Nachdem sie ihr Make-up erneuert hatten, rief Helene Wagner an, der kaum zwanzig Minuten später eintraf und nun nicht zu wissen schien, was er sagen sollte.

»Treten Sie doch ein«, forderte Helene ihn freundlich auf, seine Verwirrung ignorierend.

Er gab sich einen Ruck und trat ein.

»Wagner«, stellte er sich knapp vor, um überhaupt etwas zu sagen.

»Schmitz«, meinte Schmitz salopp. »Es freut uns, daß Sie wieder gesund und munter unter den Freien sind«, sagte er an Stelle seines Chefs, den die Sprache noch etwas floh.

»Gehen wir ins Wohnzimmer«, schlug Helene freundlich vor und ging voraus.

Die wenigen Meter, die sie vor ihnen herschritt, um nicht zu sagen schwebte, wie Schmitz es später beschrieb, genügten, um Wagner noch mehr zu verwirren. Helenes lange Beine wirkten durch die hohen Absätze ihrer Schuhe noch länger. Sie überragte ihn sichtlich. Ihr fester Po, über den sich der Rock leicht spannte, wiegte sie bei jedem Schritt leicht, und fesselte seinen Blick ebenso wie ihre taillenlangen, roten Locken.

Heißes Leder auf feuriger Haut, grinste Schmitz noch mehr in sich hinein. Stil hatte sie, das stand fest. Sie war wirklich schön. Armer Chef, an eine solche Frau war er nicht gewohnt.

Beinahe Partnerlook, dachte Schmitz fröhlich, als er im Wohnzimmer Rias ansichtig wurde. Sie lächelte ihnen freundlich zu. Ihr roter Lippenstift schien vor dem Schwarz ihrer Haare zu leuchten.

»Guten Tag die Herren«, begrüßte Ria sie.

»Nehmen Sie doch Platz«, forderte sie Helene auf. »Darf ich Ihnen etwas anbieten?«

»Nein, danke, für uns nichts«, entgegnete Wagner entschieden. »Bitte nach Ihnen«, ließ er den Damen den Vortritt, auch um zu zeigen, daß er kein unkultivierter Gaffer war.

Ria und Helene setzten sich auf die breite Couch und schlugen fast synchron die Beine übereinander.

Schmitz schmunzelte und Wagner, weiterhin irritiert, ließ sich in einem der Sessel nieder, der, beabsichtigt oder nicht, so stand, daß er nicht anders konnte, als auf die Beine der Frauen zu schauen. Den anderen, von dem aus die Aussicht teilweise durch den Couchtisch getrübt wurde, nahm Schmitz in Beschlag, als hätte er sich mit ihnen verbündet. Schmitz zückte sein Notizbuch.

»Wir wollen Sie nicht lange stören, nur die wichtigsten Fragen, den Rest können wir später im Präsidium erledigen. Sie wollen sich sicherlich nach den Strapazen der vergangenen Tage erholen.«

»Besonders der heutige Tag war anstrengend«, entgegnete Helene doppeldeutig und legte für kurz die Hand auf Rias Schenkel.

Schmitz verstand und konnte sich nur mit einem Räuspern davor retten, kein allzu breites Grinsen aufzusetzen.

»Entschuldigung, Chef«, begegnete er mit Unschuldsmiene dem tadelnden Blick Wagners. »Aber das feuchte Wetter geht auch an mir nicht spurlos vorüber«.

»Wann wurden Sie freigelassen?« nahm Wagner die Befragung auf, um mit nüchternen Fakten die Atmosphäre zu entschärfen.

»Ungefähr um halb drei«, entschloß sich Helene, die Wahrheit zu sagen. »Ich wurde in einer alten Siedlung zwischen Auweiler und Bocklemünd, am Auweilerweg festgehalten.«

»Würden Sie uns den Verlauf der Vorgänge vom Zeitpunkt Ihrer Entführung an darlegen? Es genügt vorerst, wenn Sie es kurz machen. Wir werden, wie gesagt, später ein ausführliches Protokoll anfertigen«, sagte Wagner betont geschäftsmäßig, dabei fast krampfhaft bemüht, nicht auf Helenes und Rias Knie zu schauen, aber auch nicht allzu sehr an ihnen vorbeizuschauen, um nicht die Regeln der Höflichkeit zu mißachten.

Helene berichtete dennoch detailliert, zumindest bezüglich Erich und des Dicken. Birgit beschrieb sie so nebulös wie nur möglich, fast bis an den Rand der Glaubwürdigkeit, so daß sich damit nie etwas würde anfangen lassen.

»Wenn Sie bereits so früh freigelassen wurden, warum haben Sie uns nicht schon früher benachrichtigt?« klang er fast vorwurfsvoll.

Er hatte seine Bemühungen, nicht auf ihre zart bestrumpften Beine zu schauen, längst aufgegeben und fügte sich in sein Schicksal.

»Nun«, entgegnete sie mit vielsagendem Lächeln und ließ ihre Hand diesmal offen auf Rias Schenkel ruhen. »Zum einen wollte ich nach dem langen, unfreiwilligen Regenspaziergang und den Tagen in dem feuchten Haus unbedingt ein heißes Bad nehmen und etwas Vernünftiges essen. Und«, hier warf sie Ria einen so eindeutigen Blick zu, daß Schmitz sich erneut laut räuspern mußte, um nicht die Beherrschung zu verlieren und darob zum zweiten Mal einen tadelnden Blick seines Chefs erntete, diesen aber ebenso ignorierte, »ich mußte noch ein Versprechen einlösen, das ich in den Tagen meiner Gefangenschaft mir gegenüber geben habe, sobald ich wieder freikomme.«

Schmitz hatte sie verstanden, das sahen beide Frauen an dessen Mienenspiel. Dagegen war absolut nicht ersichtlich, wie Wagner es aufgenommen hatte.

»Das Bedürfnis nach einem heißen Bad und etwas Ordentlichem zu Essen dürfte nach einer derartigen Strapaze selbstverständlich sein«, entschuldigte er sich fast. »Es ist nur so, daß wir allem nachgehen müssen. Das wäre im Moment alles«, schloß er die Befragung und erhob sich.

Schmitz steckte Notizbuch und Kugelschreiber wieder ein und erhob sich ebenfalls. Die Frauen folgten ihrem Beispiel.

»Ich bitte Sie beide, morgen gegen zehn Uhr ins Präsidium zu kommen, wo wir ein ausführliches Protokoll aufnehmen und Sie anschließend unsere ›Kundenliste‹ durchforsten können. Vielleicht ist uns einer Ihrer Entführer bereits bekannt.«

»Wir werden pünktlich sein«, versprach Helene und geleitete die Beamten zur Tür.

»Eine sehr interessante Frau«, meinte Wagner nicht ohne offene Bewunderung auf dem Weg nach unten zu seinem Assistenten.

»Da haben Sie recht.« Schmitz öffnete die Haustür und hielt sie seinem Chef auf.

»Ist Ihnen aufgefallen, daß sie zwar ein detailliertes Bild der beiden Männer gezeichnet hat, aber nicht der Frau?«

Schmitz schloß das Auto auf.

»Ich habe nicht so darauf geachtet, aber es notiert.« Er ahnte den Grund und wollte Helene nicht ungewollt in den Rücken fallen.

»Manchmal bin ich froh, daß Sie so gut stenographieren können. Das ist besser, als auf Band aufzuzeichnen.«

Schmitz fuhr den Wagen aus der Parklücke.

»Wenn Sie es sagen, Chef«, meinte er nur.

20.

»Der gute Wagner war schon baff, als du deine Hand ungeniert auf meinen Schenkel legtest.« Ria legte eine Schallplatte auf.

Helene hatte es sich wieder auf der Couch bequem gemacht.

»Mir war danach. Außerdem hast du gesagt, daß du ihm gegenüber erwähnt hast, daß du in mich verliebt bist. Da sollte es ihn nicht überraschen.«

»Dennoch hat es ihn etwas aus dem Konzept gebracht.« Ria setzte sich zu ihren Füßen und legten den Kopf in ihren Schoß.

»Ich finde es interessant, daß mir bei einer Frau gefällt, was auch Männern gefällt.« Helene spielte zärtlich mit ihren schwarzen Locken.

»Das ist nicht ungewöhnlich. Lesbisch heißt nicht, auf Androgynität zu stehen, auch wenn das gerne so dargestellt wird. Schwule sind ja auch überwiegend nicht tuntig, sondern meist klassisch männlich und mögen das am anderen. Für mich kann eine Frau nicht weiblich genug sein; üppiger Busen, lange Haare, breite Hüften, lange Beine, Nylons, hohe Absätze, verführerisches Make-up und so weiter. Von androgynen Frauen fühle ich mich eher abgestoßen, sexuell gesehen, meine ich jetzt.« Ria fuhr mit den Fingerspitzen über Helenes zartbestrumpfte Beine.

»Aber du hast dich hoffentlich nicht nur in meine langen Locken, meinen üppigen Busen und meine langen Beine verliebt.«

»Nein, du verfügst noch über einige andere Eigenschaften, die dich für mich liebenswert machen«, lachte Ria.

»Da bin ich aber beruhigt.« Helene beugt sich hinunter und küßte sie auf die Wange. Sie war ja auch verliebt in sie.

Sie erwachte am nächsten Morgen als erste. Ria schlummerte friedlich an sie geschmiegt, den Kopf bei ihren Brüsten liegend, das Gesicht teilweise von ihren schwarzen Locken bedeckt. Helene strich ihr zärtlich durchs Haar, worauf sie die Augen aufschlug.

»Was hältst du von Sex nach dem Aufwachen«, fragte sie mit einem Lächeln durch einen Vorhang von Haaren und hatte die Linke bereits in Helenes Schoß liegen.

»Viel«, sagte Helene nach einem Blick auf den Radiowecker, »aber nicht zu lange. Wir müssen noch zu Richard Wagner.«

»Dann haben wir Zeit, wo der jetzt ist, läuft der uns nicht weg«, meinte Ria trocken.

»*Diesen* Richard Wagner meine ich nicht«, lachte Helene.

»Ob er auch heute nicht weiß, wohin er blicken soll«, meinte Ria mit einem verschmitzten Gesichtsausdruck, während sie die Treppe zum dritten Stock des Präsidiums hinaufgingen, wo Wagners Büro lag.

»Einmal davon abgesehen, daß du nur an das *Eine* zu denken scheinst, glaube ich es nicht. Wir sollten den Ernst der Sache nicht vergessen, Ria. Eine Entführung ist schließlich kein Kavaliersdelikt, selbst wenn es mir nicht nur im Nachhinein absurd erscheint.« Sie dachte an den kleinen Ganoven Erich, der mit der Situation völlig überfordert war und der verängstigten Birgit.

Sie standen vor Wagners Büro.

»Wir sind pünktlich«, bemerkte Helene nach einem Blick auf ihre Uhr und klopfte an.

»Herein«, ertönte von drinnen Wagners kraftvolle Stimme.

Helene drückte die Klinge nieder.

»So pünktlich hätten Sie nicht zu kommen brauchen, meine Damen«, empfing er sie freundlich und kam hinter seinem Schreibtisch hervor.

Schmitz, der an seinem Schreibtisch in einer Akte blätterte, hob den Blick und lächelte ihnen freundlich zu.

»Wir meinen, daß es eine Form des Respekts anderen gegenüber ist, einen verabredeten Termin einzuhalten«, entgegnete Helene höflich aber bestimmt.

»Nun ja«, wußte er nicht, was er darauf sagen sollte und Schmitz grinste wieder einmal in sich hinein. »Aber nehmen Sie doch Platz.«

Er rückte zwei an der Wand neben der Tür stehende Stühle vor seinen Schreibtisch. Ria und Helene setzten sich und schlugen beinahe synchron die Beine übereinander.

Schmitz spannte lautstark zwei Bogen Papier mit dazwischen gelegtem Kohlepapier in die alte solide Schreibmaschine, während Wagner sich setzte.

»Als Erstes werden wir Ihre gestrige Aussage protokollieren. Anschließend, wenn es Ihnen noch nicht zuviel geworden ist, wäre es mir lieb, wenn Sie unsere ›Kundenkartei‹ durchsehen. Vielleicht sind Ihre Entführer schon registriert. Wenn nicht, würden wir gerne nach Ihren Angaben Phantombilder erstellen. Sollte Ihnen alles auf einmal zu anstrengend sein, wofür ich nach dem, was Sie erlebt haben, volles Verständnis aufbringe, können wir es auch auf den nächsten Tag verschieben.«

Schmitz war überzeugt, daß Helene das Angebot nicht anzunehmen brauchte. Die Fürsorge seines Chefs war wirklich rührend und bei jedem anderen Entführungsopfer sicherlich angemessen, aber hier übertrieb er. So wie es keine gewöhnliche Entführung war, so war sie auch keine gewöhnliche Frau.

»Beginnen wir erst einmal und sehen anschließend weiter«, entschied Helene.

»Vorab noch etwas, was Sie sicherlich interessiert. Nachdem wir gestern bei Ihnen waren, fuhren wir zu den von Ihnen angegebenen Abbruchhäusern. Es wird Sie vermutlich nicht sehr überraschen, aber wir fanden nicht einmal mehr *eine* leere Konservendose vor, auch die Zigarettenkippen, die laut Ihren Angaben von einem der Entführer stammten, waren zumindest auf der Etage nicht mehr zu finden. Der Raum war ausgefegt worden, was Ihre Angaben ebenso bestätigte, als wären noch alle Spuren vorhanden gewesen. So sorgfältig sie auch alles beseitigt hatten, etwas haben sie übersehen, oder wollten sich nicht daran wagen; in der Etage, wo Sie Ihre Notdurft verrichteten, waren die Exkremente noch vorhanden.«

»Demnach war der Dicke doch nicht so vertrauensselig, wie er vorgab, obwohl er erst nach drei Tagen wiederkommen wollte«, überraschte Helene das nicht sonderlich, dafür rieselte ihr ein eisiger Schauer über den Rücken. Sie wagte nicht, sich vorzustellen, was gewesen wäre, hätte der Dicke innerhalb der Stunde vorbeigeschaut, während der sie allein in dem Haus war. Sie war erleichtert, daß dieser Kelch an ihr vorübergegangen war. Die Eile, mit der die Spuren beseitigt worden waren, war zu verstehen, nachdem er niemanden mehr vorgefunden und Erichs Nachricht gelesen hatte. Er mußte davon ausgehen, daß die Polizei jederzeit auftauchte. Er wußte ja nicht, wann das Haus verlassen worden war. Andernfalls wären sicherlich auch ihre Exkremente entfernt worden. »Er mißtraute seinen Helfern wohl. Es muß ihn sehr schockiert haben, niemanden mehr vorzufinden.«

»Das ist anzunehmen. Hätten Sie uns unmittelbar nach Ihrer

Freilassung informiert, wären wir vielleicht nicht ganz so ins Leere gelaufen.«

»Über verschüttete Milch soll man nicht weinen«, meinte sie achselzuckend. »Nach den Tagen im Schmutz und dem Spaziergang im Regen, durch den ich nasser wurde, als hätte ich angezogen gebadet, wollte ich mich zuerst um mich selbst kümmern.«

»Sicher, das ist irgendwo auch Ihr gutes Recht, Frau Jagenberg«, schwächte er seinen Vorwurf ab. »Es ist nun mal passiert.«

»Na ja, vielleicht ist es auch gut so, wie es gekommen ist, Chef«, gab Schmitz zu bedenken. »Wir waren lediglich zu zweit und sie vermutlich mehrere, so schnell wie sie aufgeräumt haben. Sie verstehen schon.«

Wagner dachte einen Augenblick nach, dann nickte er zustimmend. »Schmitz, Sie haben mitunter brauchbare Gedanken.«

»Danke, Chef«, grinste er zufrieden.

Wagner wandte sich wieder Helene zu.

»Berichten Sie uns noch einmal ausführlich.«

Auch diesmal ließ sie Birgits Rolle und Person so diffus als möglich erscheinen. Dieser offenkundige Widerspruch zu ihrer übrigen, akribischen Darstellung, schien ihm nicht aufzufallen, oder er zeigte es nicht. Schmitz tippte in einem beachtlichen Tempo mit. Nach mehr als zwei Stunden und etlichen Zwischenfragen Wagners tippte er das letzte Wort in die Maschine. Helene Aussage füllte über sechs Seiten.

»Lesen Sie es in Ruhe durch und unterschreiben erst, wenn Sie einverstanden sind. Wir sorgen unterdessen für Kaffee und belegte Brote«, sagte Wagner, während Schmitz Helene das Protokoll reichte.

»Was meinen Sie, Schmitz«, fragte Wagner auf dem Weg zur Kantine.

»Daß Frau Jagenberg ein sehr gutes Gedächtnis besitzt, außer in Bezug auf die junge Frau, die dabeigewesen ist.«

»Das meine ich auch, Schmitz. Sie bemüht sich, sie so zu beschreiben, daß wir damit absolut nichts anfangen können.«

»Was ihr auch gelungen sein dürfte«, grinste Schmitz.

»Leider, Schmitz, leider. Dieser Fall ist schon mysteriös genug. Da braucht unsere einzige Zeugin nicht auch noch jemanden zu decken, der es vermutlich auch verdient.«

»Sind Sie da sicher, Chef?« Dabei war Schmitz längst zu diesem Schluß gelangt.

»Ja, Frau Jagenberg erscheint mir nicht als ein Mensch, der sich aus purer Laune heraus für jemanden einsetzt, der ihr, sagen wir mal, geholfen hat, übel mitzuspielen. Vermutlich werden unsere Ermittlungen im Sand verlaufen.«

»Sollten wir irgendwann auf der Stelle treten, können wir den Schwarzen Peter immer noch an den Verfassungsschutz weiterreichen und uns den Genuß zuteilwerden lassen, von ihnen als unfähige Trottel hingestellt zu werden. Dann sind wir alle Sorgen los und die Täter können sich beruhigt zurücklehnen, da sie nicht mehr Gefahr laufen, erwischt zu werden.«

»Schmitz, manchmal sind Sie ein ausgewachsener Zyniker«, tadelte Wagner nachsichtig. »Leider schätzen Sie die Sachlage richtig ein. Wollen wir schauen, daß wir den Damen etwas Vernünftiges zu Essen anbieten können.« Er stieß die Tür zur Kantine auf.

»Alles schön und gut, wie du versuchst, die junge Frau da herauszuhalten«, meinte Ria, als Schmitz die Tür hinter sich geschlossen hatte. »Aber meinst du nicht, daß ihm das aufgefallen ist? Am Widerspruch zwischen deiner detaillierten Beschreibung von allem anderen und der äußerst vagen von dieser Frau kann doch jeder fühlen.«

»Ich weiß, Liebes«, sagte Helene und strich Ria zärtlich mit dem Handrücken über die Wange. »Aber sie ist mehr Opfer dieser Entführung als ich. Noch jemand wird unter dieser Tatsache zu leiden haben, sobald er es erfährt.«

»Wer ist dieser ominöse Jemand, wenn ich mal fragen darf?«

»Der gute Schulz.«

»*Den* Schulz, den du absolut nicht ausstehen kannst, weil er dir ständig nachstellt?« Ria war ehrlich überrascht.

»Genau, *den* Schulz.« Helene stand auf, lehnte sich rücklings an Wagners Schreibtisch, sich mit den Händen auf der Tischplatte abstützend. »Er ist mir zwar weiterhin unsympathisch, aber nachdem mir diese Birgit gesagt hat, daß nicht nur sie ehrlich in ihn verliebt ist, sondern er offenbar auch in sie, sehe ich einiges anders.«

»Also möchtest du zwei Menschen zusammenführen, die für einander bestimmt sind.«

»Ich finde, sie hat es verdient.«

»Es ist dein gutes Herz, weshalb ich dich so mag«, lächelte Ria sie verliebt an.

»Ja, das wird es sein, was alle an mir so schätzen«, lachte Helene selbstironisch.

»Wie ich sehe, sind die Damen bester Laune«, sagte Wagner und hielt Schmitz die Tür auf, der mit einem Tablett folgte, das er wie ein geübter Kellner balancierte, auf dem eine Kanne Kaffee, vier Tassen und ein großer Teller mit belegten Brötchen standen.

»Ein bißchen Fröhlichkeit braucht der Mensch«, entgegnete Helene und setzte sich wieder. »Ich habe das Protokoll zwar noch nicht durchgelesen, aber ich werde es auch so unterschreiben, weil ich sicher bin, daß Herr Schmitz so mitgeschrieben hat, wie ich es gesagt habe.«

»Man dankt, obwohl man nie zu vertrauensselig sein sollte«, erwiderte Schmitz und stellte das Tablett auf dem Schreibtisch seines Chefs ab.

»Am besten bedient sich jeder selbst, die Damen natürlich zuerst«, sagte Wagner galant.

»Konnten Sie schon jemanden entdecken«, erkundigte er sich.

Helene rieb sich die Augen. Es schien ihr, als hätte sie innerhalb der letzten Stunde bereits tausende dieser Fotos angeschaut. Erich hatte sie bisher nicht entdeckt. Die Fotos waren relativ klein und die Leute schienen jedem ähnlich zu sehen außer sich selbst.

»Bisher nicht«, mußte sie ein Gähnen unterdrücken. »Sollte er darunter sein, wird er mir früher oder später auffallen.«

»Lassen Sie sich Zeit, Frau Doktor Jagenberg.«

Helene nahm sich die nächste Karte vor. Ria saß neben ihr, den rechten Schenkel dicht an Helenes linken gedrückt.

Sie legte eine weitere Karte zu den gesehenen. Lieber würde sie jetzt mit Ria im Bett liegen, aber sie hatte keine Lust, morgen schon wieder ins Präsidium zu fahren. Am liebsten würde sie ihre Entführung vergessen, die sie glücklich überstanden hatte.

Ria harrte geduldig aus, Hauptsache, sie war bei *ihr*.

»Ich glaube, das ist er!«

Ria schreckte aus ihren erotischen Träumereien, die sich ausschließlich um Helene drehten. Wagner trat hinter Helene. Sie reichte ihm die Karte.

»*Erich Pütz, geboren am 21. Mai 1952*, usw. – unter anderem verurteilt wegen *Einbruch, Diebstahl, Körperverletzung*, das meiste davon im Alter von sechzehn bis Anfang zwanzig verübt, dann kaum noch in Erscheinung getreten, seit fünf Jahren gar nicht mehr, überwiegend Bagatelldelikte.«

»Körperverletzung würde ich nicht unbedingt als Bagatelle bezeichnen«, war Ria leicht empört.

»Körperverletzung ist ein dehnbarer Begriff, Frau Nojbisch. In seinem Fall handelte es sich um minderschwere Fälle, überwiegend um Kneipenschlägereien, bei denen die meisten lediglich blaue Flecken und Abschürfungen abbekamen. Diese Anklagen stammen ausschließlich aus seiner Jugend, später waren es Einbrüche und kleinere Diebstähle.«

»Also der kleine Ganove, als der er mir von Anfang an erschienen ist«, war Helene beruhigt, sich in ihm nicht geirrt zu haben.

»Der offenkundig einen gut zahlenden Auftraggeber gefunden hat. Er dürfte nicht ohne Grund seit einigen Jahren nicht mehr auffällig geworden sein. In der Regel kommt jemand mit seiner Biographie nur selten aus dem Teufelskreis von Kleinkriminalität und Gefängnisaufenthalt, weil sie aufgrund ihrer Vergangenheit keine geregelte Arbeit finden können oder wollen.«

Sie dachte unwillkürlich an Falladas › Wer einmal aus dem Blechnapf frißt‹, wenn Erich ihr auch nicht annähernd so sympathisch wie der treuherzige Willi Kufalt war.

»Bisher ist er noch nicht wegen illegalem Waffenbesitz und was nur entfernt an eine Entführung herankommt, in Erscheinung getreten«, fuhr er nachdenklich fort.

»Irgendwann muß jeder einmal anfangen«, meinte sie ironisch.

»Unerwartete Brüche in der Biographie geben zu denken. Ob Sie die Frau auch noch identifizieren könnten?« Die warme Ironie war unüberhörbar.

»Ich glaube nicht«, blickte sie ihn herausfordernd an. »Ich bin überzeugt, daß sie als Aufpasserin mitgeschickt und mit der Sache überfordert war.«

»Warum?«

»Weil sie verschreckter war als ich. Nein, die Arbeit können wir uns sparen.«

»Ein Phantombild könnten wir aber schon anfertigen lassen.«

»Sie werden es nicht glauben, die Gesichter von Frauen kann ich mir schlecht einprägen«, meinte sie mit einem treuherzigen Augenaufschlag.

Er mußte einen Seufzer unterdrücken. Die Frau war schwerer aus der Reverse zu locken, als einige ihrer hartgesottenen Kunden. Sollte sie irgendwann auf die Idee kommen, krumme Dinge zu drehen, würde es schwer sein, sie zu überführen.

»Und was ist mit dem Dicken?«

»Von dem können wir eines anfertigen, wenn Sie wollen.«

»Die Gesichter von Männern können Sie sich wohl besser merken?« Er fühlte, daß es Zeit war, die Befragung zum vorläufigen Ende zu bringen, seine Toleranzschwelle sank merklich.

»Ich bin eine Frau und Männer interessieren mich nun einmal.« Sie lächelte ihn so kokett an, daß er beschämt ihrem Blick auswich. Es war nur teilweise gespielt, unter anderen Umständen hätte sie ihn durchaus gerne gefickt.

»Das können wir auch morgen machen. Für heute beenden wir. Wir sind alle etwas erschöpft«, sagte er diplomatisch. »Sie können nach Hause gehen und sich ausruhen. Wenn Sie morgen im Laufe des Tages noch einmal wegen des Phantombildes vorbeikommen könnten, wäre ich Ihnen sehr verbunden.«

»Das läßt sich machen.« Sie reichte ihm die Hand. Er drückte sie länger als nötig.

»Tja«, meinte er gedehnt zu seinem Assistenten, nachdem Helene und Ria gegangen waren. »Einen hätten wir, aber das scheint auch der unwichtigste. Mit Sicherheit weiß er nur, was er wissen darf. Selbst wenn wir ihn bekommen, wird uns das kaum weiterbringen. Er wird aus Angst schweigen. *Die* werden schon dafür sorgen, daß er lange einsitzen muß, wenn er etwas sagt.«

»Vielleicht werden sie ihn nach einigen Jahren austauschen.«

»Glaube ich nicht. Mir scheint er kein Überzeugungstäter zu sein. Für *die* wird er allenfalls zur Belastung werden.«

»Mit dem Phantombild des Dicken werden wir wohl auch nicht weiterkommen«, stellte Schmitz illusionslos fest.

»Wenn er nicht schon auf dem Weg in die Heimat ist, schließlich hat er die Entführung verbockt. Aber wir fertigen der Vollständigkeit halber eines von ihm an und vergessen die Frau, die dabei war. Wenn Frau Jagenberg mit ihrer Vermutung richtig liegt, ist sie wahrscheinlich schon wieder ›Drüben‹.«

»Ich fahre dich zuerst nach Hause«, sagte Helene, als sie in ihren Wagen stiegen. »Ich muß noch eine unangenehme Aufgabe erledigen. Danach rufe ich dich an.«

»Du willst es *ihm* persönlich sagen«, verstand Ria sofort.

»Ja, er sollte es am besten von mir erfahren und nicht durch irgendeinen Zufall.«

»Da bin ich bei dir.«

21.

Nachdem sie Ria zu Hause abgesetzt hatte, fuhr sie zu Schulz. Sein Wagen stand nicht in der Einfahrt, womit sie gerechnet hatte, sie wußte schließlich, wann er gewöhnlich Feierabend machte. Sie lehnte derweil sich in einem Buch lesend rücklings an ihren Wagen. Rund eine Stunde mußte sie auf ihn warten. Er staunte nicht schlecht, als er sie sah.

Für einen Augenblick hatte er geglaubt, Birgit dort stehen zu sehen. Seit sie ihn Sonntagabend verlassen hatte, hatte er nichts mehr von ihr gehört. Er konnte sich nicht erklären, weshalb sie ihn noch nicht angerufen hatte. Es ärgerte ihn immer noch, daß er nicht daran gedacht hatte, sie nach ihrer Adresse zu fragen. Als er Helene erkannte, war er enttäuscht, dabei hätte er sich bis noch vor einer Woche ihren Besuch gewünscht.

Als Helene seinen Sportwagen in die Straße einbiegen sah, legte sie ihr Buch aufs Armaturenbrett. Sie schob die Hände in die Jackentaschen und sah auf ihre Schuhspitzen. Sie atmete tief durch. Es würde ihr nicht leicht fallen, ihm die Wahrheit zu sagen.

Er parkte in der Einfahrt, stieg aus und fragte sichtlich irritiert: »Was machen Sie hier? Ich dachte, Sie seien entführt worden?«

Sie blieb einen halben Schritt vor ihm stehen und versuchte ihn halbwegs freundlich anzublicken, bemüht, ihre tiefverwurzelte Aversion ihm gegenüber nicht die Oberhand gewinnen zu lassen.

»Ich bin seit gestern wieder frei. Aber gehen wir hinein. Ich muß mit Ihnen reden.«

Ihr ernster Tonfall verunsicherte ihn noch mehr. Er ging voraus. Sie folgte ihm, die Hände in den Jackentaschen.

Er schloß mit leicht fahrigen Fingern die Haustür auf und führte sie ins Wohnzimmer.

Sie war von seiner geschmackvollen Einrichtung beeindruckt.

»Setzten Sie sich doch.« Er stellte den Aktenkoffer neben die Couch. »Was wollen Sie mit mir besprechen?«

Sie setzte sich auf die Sesselkante und legte die Hände gefaltet in den Schoß.

»Es wird besser sein, wenn Sie sich auch setzten.«

Er nickte und setzte sich auf die Kante der Couch.

»Ich weiß nicht, wie ich es Ihnen schonend beibringen soll«, begann sie und sah auf einen beliebigen Punkt hinter seiner linken Schulter.

Dann klärte sie ihn so behutsam wie es ihr möglich war über Birgits Rolle auf. Sie ergriff leidenschaftlich Partei für sie. Ihre Tätigkeit als Prostituierte stellte sie als eine wie jede andere dar. Zu ihrer Überraschung stimmte er darin mit ihr überein.

Er wurde bei jedem Wort blasser, knetete nervös die Hände. Tränen standen ihm in den Augen. Er bedeckte das Gesicht mit den Händen und bemühte sich ein Schluchzen zu unterdrückten.

Helene saß ihm etwas hilflos gegenüber. Sie würde ihr Bild über ihn revidieren müssen. Er war mitnichten der Charmeur, der Verführer schöner Frauen, für den er sich ausgab. Im Gegenteil schien er dicht am Wasser gebaut zu haben. Sie wußte nicht, wie sie sich verhalten sollte.

Sie entschied sich, ihn einen Moment allein zu lassen. Ihr fiel nichts ein, was nicht irgendwie aufgesetzt gewirkt hätte.

In der Küche suchte sie den Kaffee und stellte die Maschine an. Sie lehnte sich rücklings an die Arbeitsplatte, legte die Hände gefaltet vor den Schoß und beobachtete, wie der Kaffee langsam in die Kanne tropfte.

Einen Mann weinen zu sehen, ging ihr nahe. Es paßte nicht in ihr Männerbild. Mit sensiblen, zärtlichen Männern, die gerne kuschelten, hatte sie wenig Probleme, aber Weinen war etwas anderes, das machte sie hilflos, was sie ärgerte und den Ärger über ihr Unvermögen, nahm sie dem anderen übel.

Sie suchte zwei Tassen, die Zuckerdose und das Milchkännchen heraus, füllte den Kaffee in eine Thermoskanne um, stellte alles auf ein Tablett, das sie ins Wohnzimmer trug.

Schulz saß noch immer zusammengesunken auf der Couchkante, die Hände schützend vors Gesicht gelegt, schien aber nicht mehr zu weinen. Sie mußte einen Seufzer der Erleichterung unterdrücken.

»Ich habe Kaffee gemacht«, bemühte sie sich gelassen zu klingen, was ihr zu ihrer eigenen Überraschung relativ gut gelang.

Sie stellte das Tablett auf den Tisch.

Er hob fragend den Blick, als hätte er ihre Anwesenheit vergessen.

»Wie? Ach so. Ja gut.«

Seine Augen waren leicht gerötet. Er atmete mehrmals tief durch.

Sie schenkte Kaffee ein.

»Schwarz oder etwas hinein«, erkundigte sie sich wie beiläufig.

»Bitte? Ach so. Milch und Zucker, bitte.«

Sie tat Milch und Zucker in seine Tasse und reichte sie ihm. Er nahm sie mit leicht zitternder Hand entgegen und trank einen Schluck. Der Kaffee war heiß, aber er schien es nicht wahrzunehmen. Sie nahm ihre Tasse, gab ebenfalls Milch und Zucker hinein und setzte sich wieder in den Sessel. Diesmal lehnte sie sich zurück und schlug die Beine übereinander. Sie trank ihren Kaffee und beobachtete ihn. Er trank langsam.

Sie wußte nicht, wie lange sie schweigend einander gegenüber gesessen hatten. Als sie das Gefühl hatte, daß er es einigermaßen verkraftet hatte, stand sie auf.

»Ich muß jetzt gehen.«

»Ja?« sah er sie fragend an.

Sie hatte den Eindruck, daß er erneut ihre Gegenwart vergessen hatte.

»Ich finde allein hinaus«, sagte sie, worauf er abwesend nickte.

Sie war froh, als sie vor der Tür stand. Nachdenklich fuhr sie nach Hause.

Das Wochenende verbrachte sie mit Ria. Ihrem Vater verschwieg sie ihre Entführung vorerst, jedoch nicht, daß sie eine Beziehung zu einer Frau begonnen hatte, was ihm eine bissige Bemerkung über ihre Äußerung bezüglich ihrer eigenen homosexuellen Neigungen vom zurückliegenden Weihnachtsfest entlockte. Sie ließ es mit stoischem Gleichmut über sich ergehen. Siebert hielt sich weiterhin bedeckt und Helene schob es vor sich her, ihm ihre Kündigung zu schicken. Sie nutzte einen Teil des erzwungenen ›Urlaubs‹ für einen beinahe exzessiven Hausputz, was sie selbst erstaunte, da sie für gewöhnlich eine hohe Staubtoleranz besaß. In den Ermittlungen bezüglich ihrer Entführung tat sich nichts Nennenswertes. Das Haus, in dem sie festgehalten worden war, war ebenso wie die übrigen Häuser der Siedlung kriminaltechnisch untersucht worden, was zwar ergab, daß die Häuser seit ihrem offiziellen Leerstand so leer nicht gestanden hatten, aber darüber hinaus nichts Verwertbares. Das Phantombild des Dicken war angefertigt worden und ihrer Meinung nach traf es ihn ausgezeichnet. Erich war zur Fahndung ausgeschrieben, aber auch hier kein Ergebnis, was sie nicht wunderte, da er sich wahrscheinlich in Frankreich aufhielt. Ihr fiel ein, daß sie ›vergessen‹ hatte, es Wagner zu sagen. Sie war sogar versucht gewesen, die Nummer anzurufen, unterließ es aber. Für sie war das Kapitel abgeschlossen. Schulz hatte sie seit jenem Nachmittag nicht wiedergesehen.

Sie saß nachdenklich im Bett und die Arme um die Knie geschlungen.

»So kann es nicht weiter gehen«, sagte sie impulsiv.

Ria schaute sie irritiert an.

»Was kann so nicht weiter gehen. Ich hoffe nicht, daß du uns damit meinst?« Ria fühlte einen Stich.

»Nein, mit uns ist alles bestens«, beruhigte Helene sie und streichelte zärtlich ihre Wange. »Aber das ist auch das einzige. Meine Entführung liegt mehr als vier Wochen zurück. Daß vom Dicken nichts zu hören sein würde, war zu erwarteten. Meine Kündigung liegt immer noch auf meinem Schreibtisch. Ich bin noch immer krankgeschrieben, ohne krankgeschrieben zu sein, will sagen, es gibt noch immer kein ärztliches Attest, was bisher auch nicht von der Personalabteilung angemahnt worden ist. Ich habe den Verdacht, daß Siebert vor denen so tut, als käme ich täglich ins Labor. Wer weiß, was er sich davon verspricht. Irgendwann muß es jemandem auffallen und wenn es nur aufgrund des üblichen Labortratsches ist, der seine Runde macht und sich dabei verirrt. Mir ist klar, daß er darauf wartet, daß ich aktiv werde. Insofern lasse ich ihn schon schwitzen. Tatsächlich bin ich zu feige, mich ihm zu stellen, was ich irgendwann aber muß. Ich kann sowieso nicht mehr in seiner Abteilung arbeiten. Daß er den Hut nimmt, ist wenig wahrscheinlich, auch wenn er der ominöse Verbindungsmann ist, dem ich diesen Scheiß zu verdanken habe, wovon ich mittlerweile überzeugt bin, was ihm aber kaum nachzuweisen sein dürfte. Noch weniger habe ich eine Vorstellung, wie ich künftig mein Leben gestalten soll. Lust, mich bei einem anderen Unternehmen zu bewerben, habe ich nicht und ich fürchte, daran wird sich so schnell nichts ändern. Ich habe immer gedacht, daß es angenehm sei, finanziell unabhängig zu sein, doch ist es das für mich anscheinend nur, wenn ich eine einigermaßen sinnvolle Tätigkeit ausüben kann. Sobald ich aber von meinen Kapitalerträgen lebe, sieht das anders auch. Ich habe ein schlechtes Gewissen, weil ich nicht arbeiten gehe.«

»Ich kann dich verstehen. Du bist verärgert, weil du das erste

Mal in deinem Leben in der Luft hängst. Ich kenne das Gefühl etwas besser, aber ohne finanziell unabhängig zu sein. Es war nicht leicht für mich, Aufträge zu bekommen und einen Galeristen zu finden. Heute kann ich mich mit beidem relativ gut über Wasser halten und sogar etwas zurücklegen.«

»Du warst aber immer gezwungen, dir eine Lohnarbeit zu suchen.«

»Das schon. Ich meinte auch mehr das Gefühl, sich in der Schwebe zu befinden«, bekannte Ria, da sie die Freundin in erster Linie trösten wollte.

»Ich habe schon verstanden«, lächelte Helene sie liebevoll an. »Ich glaube, so ähnlich fühlen sich Menschen, die nach einem langen Arbeitsleben in Rente gehen. Man fühlt sich, wie aufs Abstellgleis geschoben. Ich bin es anscheinend nicht gewohnt, mir selbst Aufgaben zu stellen. Ich habe immer Situationen gesucht, wo mir Aufgaben gestellt wurden. In Schule und Studium ist das sowieso der Fall und im Angestelltenverhältnis ebenso. Daher bin ich auch nie auf den Gedanken gekommen, freiberuflich tätig zu sein. Allein schon das Heranschaffen von Aufträgen widerspricht meinem Naturell. Außerdem«, hier machte sie eine Pause, »bin ich nicht wirklich mit dem Herz bei der Sache. Die Chemie hat mir auf der Schule Spaß gemacht und da man irgend etwas im Leben machen muß ...«

»Hast du dich für die Chemie entschieden, weil du keine Lust hast, mit deinem Namen Parfums und Mode zu etikettieren. Das hast du mir bereits gesagt«, fiel Ria ihr grinsend ins Wort.

»Man wird alt, wenn man Dinge wiederholt, die man schon gesagt hat.«

»Für mich ist dein Alter genau richtig, ich stehe auf ›reife‹ Frauen. Es läßt dich nicht los und was einen nicht losläßt, darüber spricht man, bis sich eine Lösung findet«, philosophierte Ria.

»Wie sehen deine augenblicklichen Verpflichtungen aus?«

»Es liegt derzeit nichts Dringendes an. Warum fragst du?«

»Was hältst du von vierzehn Tagen Urlaub in Nizza? Klimatisch im Augenblick die beste Zeit, die Sommerhitze ist noch weit und der Winter vorbei. Ich lade dich ein.«

»Gegen vierzehn Tage Urlaub in Nizza hätte ich nichts einzuwenden, aber laß mich wenigstens einen Teil bezahlen.«

»Warum? Angst, dich von einer ›reifen‹ Frau aushalten zu lassen?« fragte Helene schelmisch.

»Quatsch! Nur bin ich nicht so mittellos, daß ich nicht etwas dazu beisteuern könnte.«

»Kaufe dir von deinem Geld lieber knallenge Röcke und Hosen aus Leder und hochhackige Schuhe. Damit machst du mir eine größere Freude. Ich teile mein Geld gern mit guten Freunden. Ich werde später nichts mitnehmen können und verfüge über mehr, als ich ausgeben kann. Sollte mein Vater irgendwann einmal, was hoffentlich noch in ferner Zukunft sein wird, das Zeitliche segnen, fallen alle noch im Familienbesitz befinden Bilder von Opa an mich und du weißt ja, was jedes einzelne bei einem Verkauf derzeit bringen würde.«

»Willst du sie denn verkaufen?«

»Einige sicherlich. Es kommen immer wieder Anfragen gerade von Museen. Noch entscheidet Vater als Treuhänder darüber und er hängt sehr an den Bildern, ein Verkauf erscheint ihm fast wie ein Sakrileg, obwohl Opa keine Probleme mit dem Verkauf seiner Bilder hatte. Die, die er Vater und mir vererbt hat, sind als finanzielle Versorgung gedacht. Aus wirtschaftlichen Gründen brauchen wir es nicht, aber es macht Arbeit, Leihanfragen und ähnliches, du weißt ja. Man könnte eine Stiftung gründen und sie dahin überführen. Wäre längerfristig die beste Lösung, so bleibt das Konvolut zusammen, wenngleich es zu dreiviertel Spätwerke sind. Allerdings finde ich es auch nicht schlecht, so viele Bilder von Opa zu besitzen.«

»Kann ich nachvollziehen, ich finde es auch schön, einen echten Jagenberg zu besitzen«, schaute Ria sie mit Besitzerstolz an.

»Diesen Jagenberg hat aber nicht Opa gemacht«, gab Helene lachend zu bedenken.

»Indirekt schon, schließlich hat er deinen Papa gemacht«, meinte sie trocken.

»Stimmt auffallend. Fährst du nun mit mir?«

»Natürlich fahre ich mit dir mit. Ich glaube mich entsinnen zu können, daß ich dir das schon sagte.«

»Schön, dann brauche ich mir wenigstens keine jungen Männer für meine einsamen Nächte aufzureißen oder junge Frauen.«

»Denkst du immer nur an Sex?«

»Seit ich nicht mehr im Labor arbeite mehr als früher. Ich hatte bisher nicht den Eindruck, daß es dich stört.«

»Ich bin Künstler, die hatten schon immer mehr Lust auf Sex als andere, das müßtest du auch wissen. Schließlich sind Sex und Liebe in allen Facetten ein Hauptthema der Kunst, mehr noch als Macht und deren Mißbrauch. Es liegt nicht zuletzt daran, daß wir die Dinge bewußter und intensiver mit unseren Sinnen aufnehmen. Schließlich waren die großen unserer Zunft selten Novizen. Aber wozu erzähle ich eigentlich *dir* das?«

»Es läßt sich für alles eine Entschuldigung finden, sucht man nur lange genug danach. Obwohl manche Menschen nur keusch leben, weil ihnen gesagt wurde, daß es gut ist und ihnen der Mut fehlt, es zu erkennen. Daran ändert auch die Tatsache nichts, daß die Sexualität beim Menschen ganzjährig ist und ihre Funktion über die Fortpflanzung hinausgeht, der Mensch regelmäßigen Sex und Körperkontakt braucht, um sein seelisches Gleichgewicht zu erhalten. Man kann täglich Sex haben, ohne daß es dem Körper Probleme bereitet.«

»Das sind die Fakten, aber meine Erklärung finde ich romantischer. Wann willst du fahren?«

»In drei Tagen. Wir werden in unsrem Landhaus wohnen. Opa hatte es Anfang der '50er erworben. Er lebte für einige Monate im Jahr dort. Ihm gefiel das mediterrane Licht schon als junger Künstler. Meist hat er jedoch andere Sujets gemalt, war er dort. Erbaut wurde es in den '30er Jahren von einem namhaften französischen Architekten als Sommerwohnsitz für irgendeinen reichen Amerikaner, dessen Familie es nach seinem Tod um 1950 an einen Franzosen verkaufte, der es bald darauf an Opa verkaufte. Vater nutzte es in den letzten Jahren häufiger als ich. Im Augenblick plant er keinen Aufenthalt dort, ich habe ihn gestern gefragt. Wenn du einverstanden bist, werde ich den Verwalter anrufen, daß er uns das Haus herrichtet.«

»Akzeptiert, ein solches Angebot kann ich nicht ausschlagen. Aber jetzt laß uns noch mal ficken, ich kann von deinem ›reifen‹ Körper nicht genug bekommen.«

Helene warf lachend den Kopf in den Nacken.

22.

»Ist das warm«, stöhnte Ria, als sie in Nizza vor dem Flughafengebäude standen und auf den Verwalter warteten, der sie abholen sollte. Sie setzte sich auf einen Koffer.

»Wir sind hier ein ganzes Stück weiter südlich«, sagte Helene und schaute die Auffahrt entlang. »Ich habe dir gesagt, eine leichte Jacke für die Fahrt zum Flughafen genügt. Aber du mußtest unbedingt einen dicken Pullover überziehen.«

»Ich bin nun einmal verfroren«, entschuldigte Ria sich, während sie den Pullover auszog und über den Schoß legte.

»Wie üblich zu spät«, kommentierte Helene.

»Was sagtest du«, meinte Ria, die ihre Haare glattstrich und nicht zugehört hatte.

»Ich sagte, daß er mal wieder zu spät kommt«, wiederholte Helene ruhig. »Er ist überzeugt, daß jede Maschine mindestens mit einer dreiviertel Stunde Verspätung landet. Daher kommt er auch stets eine dreiviertel Stunde später, soll er einen vom Flughafen abholen.«

»Unsere Maschine war doch bis auf zehn Minuten pünktlich.«

»Genau, und darum dürfen wir noch zwanzig Minuten auf ihn warten.«

»Was für ein Mann ist er?«

»Im Grunde sympathisch. Er muß etwas jünger als Vater sein. Er ist hier ein angesehener Anwalt, verwaltet die Landhäuser von Leuten wie unsereiner, die sich hier nur wenige Wochen im Jahr aufhalten. Daneben kümmert er sich um deren Vermögenswerte. Vater und ich haben auch ein Konto bei einer hiesigen Bank. Es ist bequemer.«

»Ja, mit Geld hat man nur Probleme. Der Nichtbesitz verschaffte einem ebensolche wie der Besitz«, bemerkte Ria altklug.

»Die Probleme des Besitzes sind oft leichter zu lösen, als die des Nichtbesitzes«, philosophierte Helene.

Ria antwortete mit einem Achselzucken und betrachtete eine Zeitlang ihre Schuhspitzen, ehe sie den Blick hob und sich am Anblick von Helenes festem Gesäß weidete, über dem sich ein enger, schwarzer Lederrock spannte. Am liebsten hätte sie Helenes Po lustvoll mit beiden Händen massiert. Sie konnte von dieser Frau nicht genug bekommen.

Ihnen wurde nur wenig Beachtung geschenkt. Niemand schien Zeit für den anderen zu besitzen. Hin und wieder ließ Ria den Blick wandern.

»Mir fällt auf, daß man im Süden häufiger schicke Frauen sieht als bei uns.«

»Französinnen besitzen ein anderes Verhältnis zu ihrem Äußeren. Nicht ohne Grund sind und waren die besten Modeschöpfer Franzosen und Italiener. Unsere heimischen Designer mischen noch nicht so lange oben mit. Hausbacken ist immer noch ein Attribut, das man gerne auf uns Deutsche münzt. Denke nur an die schaurigen Doppelbetten und die röhrenden Hirsche darüber, oder den Heimatkitsch der '50er Jahre.«

»Ja, ja, das stimmt schon, nur, irgendwo sind wir beide auch keine richtigen Deutschen.«

»Das könnte natürlich auch sein«, meinte Helene trocken.

Rias Blick fiel auf zwei modisch gekleidete Frauen, die keinen Zweifel daran ließen, ein Paar zu sein und ihr Gepäck in ein Taxi verfrachteten. Als das Taxi losfuhr, widmete sie sich wieder Helenes Rückansicht. Durch deren langes Haar strich leicht der Wind. Ria wanderte mit dem Blick zum Rocksaum. Helene trug keine Strümpfe im Gegensatz zu ihr. Beim Anblick von Helenes hochhackigen Schuhen durchfuhr sie ein wohliges Kribbeln.

Helenes Blick ruhte auf einem jungen Mann, der seine Freundin, eine zierliche Blondine von Anfang zwanzig mit einem relativ kleinen Auto abholte. Er bemühte sich, ihr reichhaltiges Gepäck in den kleinen Kofferraum unterzubringen, aber immer blieben mindestens zwei Teile übrig. Sie versuchte ihm durch gutgemeinte Ratschläge zu helfen, was er seelenruhig über sich ergehen ließ. Er probierte eine Stauvariante nach der anderen aus. Endlich hatte er eine gefunden, bei der nur ein mittleres Gepäckstück übrigblieb, das er auf dem Rücksitz verstaute. Sie himmelte darob ihren ›Helden‹ an. Sie fuhren im selben Augenblick ab, als der Jaguar ihres Verwalters in die Auffahrt einbog.

»Da ist er endlich!« sagte Helene erleichtert.

Ria stand auf und strich sich den Rock glatt, ihr Pullover lag über einem Koffer.

»Wer?«

»Der dunkelblaue Jaguar, der auf uns zufährt.«

»Jedenfalls bringt ihm seine Arbeit ein schönes Sümmchen ein«, meinte Ria ohne Neid.

Er hielt vor ihnen. Ein großer, sportlicher, braungebrannter Mann mit dichtem silbergrauem Haar, in legerer Leinenhose, hellem Seidenhemd und handgearbeiteten Schuhen, der jugendlicher wirkte, als er war, stieg aus.

»Ah, Madame Jagenberg! War Ihr Flieger wider Erwarten pünktlich? Ich hätte schwören können, daß er Verspätung hat. Sie haben nicht zu lange warten müssen?« begrüßte er sie mit überschwenglicher, südländischer Freundlichkeit und grammatikalisch einwandfreiem Deutsch, wenn auch mit breitem französischen Akzent.

»Nicht länger als ich gemeinhin auf Sie warten muß, Monsieur Leblanc«, entgegnete Helene ruhig.

»Auf die Air France ist eben kein Verlaß«, wies er den Tadel von sich.

»Wir kamen mit der Lufthansa«, stellte sie ungerührt richtig.

»Daß die Deutschen es mit der Pünktlichkeit immer übertreiben müssen. Bon, ich fahre ich Sie zum Haus. Es ist alles vorbereitet.«

»Das ist meine Freundin Ria Nojbisch. Das ist Monsieur Frederic Leblanc, Anwalt, Notar, Hausverwalter der Reichen und einer größten Charmeure an der Côte d'Azur«, stellte sie sie mit warmer Ironie einander vor.

»Madame Jagenberg sind charmant wie immer«, nahm er es als Kompliment auf. »Angenehm, Ihre Bekanntschaft zu machen«, sagte er zu Ria und deutete galant einen Handkuß an. Zu Helene gewandt sagte er, nicht ohne Respekt: »Ist Ihre Freundin eine gute Freundin oder eine *gute* Freundin?«

»Eine *gute* Freundin, wenn es Sie beruhigt«, antwortete sie mit gewinnendem Lächeln.

»Sie haben Geschmack. Ich beneide Sie. Aber wir wollen nicht länger die Zufahrt blockieren. Es ist zwar noch kein Flic zu sehen, aber die kommen schneller als einem lieb sein kann, um einen unmißverständlich klarzumachen, daß Parken in der Ladezone deutlich teurer als auf anderen Parkflächen ist. Auch pflegen sie sofort zu kassieren.«

Er verstaute ihre Koffer im Kofferraum, ließ die Frauen im Fond Platz nehmen und schloß galant die Tür hinter ihnen.

»Sie waren schon länger nicht mehr bei uns, Madame Jagenberg«, führte er das Gespräch fort, während er sich in den fließenden Verkehr einreihte.

»Seit einem Jahr ungefähr.« Sie nahm zärtlich Rias Hand und verschränkte die Finger mit ihren.

»Ihr Vater war Ende Februar für vier Wochen mit Madame Annegret hier. Er scheint von Jahr zu Jahr jünger zu werden, wozu Madame Annegret nicht wenig beiträgt.«

»Das kann gut sein«, meinte sie mit einem vieldeutigen Lächeln des Verstehens.

Während sie durch halb Nizza fuhren, erzählte er Neuigkeiten über alles und jeden, den auch sie kannte. So viel vordergründigen Klatsch er auch zu verbreitete, so waren es nur Dinge, die jeder wissen durfte. Ria genoß die Fahrt und die Nähe ihrer Freundin.

»Ihre junge Freundin, was macht sie«, fragte er, als sie von der Hauptstraße in eine einbogen, die zum Viertel mit den Landhäusern führte.

»Sie ist Künstlerin und schon relativ erfolgreich, zumindest behauptet das ihr Galerist, ansonsten hält sie sich mit der Gestaltung von Bucheinbänden finanziell über Wasser.« Helene drückte zärtlich Rias Hand.

»Ah, eine junge Malerin«, war er begeistert. »Wie Ihr seliger Großvater. Schade, daß ich nie Gelegenheit hatte, ihn kennenzulernen. Wenn der eigene Galerist das behauptet, ist es ein gutes Zeichen. Werden Sie lange bleiben, Madame Jagenberg?«

»Wir dachten an zwei Wochen. Meine Freundin hat nicht länger Zeit.«

»Warum?«

»Ich muß ab und zu einige Aufträge erledigen«, antwortete Ria freundlich.

»Das können Sie hier doch auch! Wozu gibt es die Post? Hier läßt sich viel besser arbeiten. Glauben Sie mir, ich spreche aus Erfahrung.«

»Wir wollen einmal sehen«, sagte Helene ausweichend.

»Je nun«, meinte er achselzuckend. »Die Damen müssen es selbst wissen.«

Er bog in eine schmale beidseitig mit hohen Bäumen gesäumte Straße ein. Die Grundstücke waren ausnahmslos mit hohen Bruchsteinmauern umfriedet, die überwiegend von Schlingpflanzen überwuchert waren.

»Jedes dieser Häuser ist ein kleines Vermögen wert. Ein einfacher Notar kann sich so etwas nicht leisten«, seufzte er.

»Glaube ihm kein Wort, Ria. Sein eigenes Haus liegt nur drei Straßen weiter und kann es mit denen hier leicht aufnehmen.«

»Madame übertreiben«, sagte er mit gespielter Bescheidenheit.

»Madame *unter*treiben höchstens, Sie alter Schwerenöter«, meinte sie jovial.

»Madame setzten mich vor der jungen Dame in ein falsches Licht. Bon, wir sind da.« Er hielt vor einem großen schmiedeeisernen, von Patina überzogenen Tor.

Er stieg aus und schloß das Tor auf.

»Dahinter ist euer Landhaus«, war Ria sichtlich beeindruckt.

»Ich sagte dir doch, daß es ein richtiges Landhaus ist. Ich übertreibe nicht immer.«

»Daß es relativ groß sein würde, habe ich schon aus deinen Worten entnommen, aber *so* groß. Warum lebst du oder dein Vater nicht die meiste des Jahres Zeit hier?«

»Frage mich das mal«, wußte sie keine zufriedenstellende Antwort.

Leblanc stieg wieder ein und fuhr den breiten Kiesweg zum Haus hinauf.

Der üppige Garten war gepflegt, das zweigeschossige Haus weiß mit großen Fenstern, einem breiten äußeren Aufgang, der zu den oberen Räumen führte, lag am Hang. Das Dach war leicht geneigt, die Pfannen stellenweise mit Flechten überzogen und ragte an allen Seiten weitreichend über. Rechter Hand führte eine breite Treppe zum hinteren gut vier Meter tiefer liegenden Teil des Grundstückes, Hohe Zedern an drei Seiten verhinderten, daß es von den Nachbarn einzusehen war.

»Die Aussicht vom oberen Geschoß, wo auch die Schlafzimmer liegen, ist atemberaubend«, schwärmte Leblanc gegenüber Ria.

»Das wird meine Freundin noch früh genug feststellen können«, meinte Helene, als er anhielt.

Er öffnete ihnen galant die Wagentüren. Dann half er bei den Koffern. Helene schloß die schwere, mit Intarsien versehene Eichenholztür auf. Aus dem Inneren schlug ihnen angenehme Kühle entgegen. Der Boden im Erdgeschoß war durchgehend mit weißem Marmor ausgelegt. Ihre schlanken Absätze hallten durchs Haus.

»Ich habe alles herrichten lassen«, betonte er erneut, während er die Koffer in die Diele stellte, von der eine breite Treppe in das untere, halbe Kellergeschoß sowie in das obere Geschoß führte.

»Ich würde zwar noch gerne Ihre Gesellschaft genießen, aber die Geschäfte rufen«, entschuldigte er sich.

»Die Geschäfte oder eine schöne Frau?« meinte Helene provokativ.

»Nun, das erste oder das zweite, über beides bewahrt ein Kavalier stets Stillschweigen«, wich er freundlich aus.

»Beides ist entschuldbar«, entgegnete Helene weltgewandt. »Lassen Sie Ihren Termin nicht warten, egal wer es ist. Versprechen Sie nur, uns sobald als möglich zu besuchen.«

»Du überraschst mich immer wieder«, meinte Ria, als er gegangen war und sah sich im großen Wohnraum um.

»Die Einrichtung ist noch dieselbe, wie zur Zeit, als der Amerikaner es von seinem Architekten übernahm«, erläuterte Helene und legte ihre Handtasche auf den Eßtisch. »Natürlich sind die Sitzmöbel zwischenzeitlich neu gepolstert und bezogen worden.«

Ria ließ sich in einen Sessel fallen und streckte die Beine aus.

»Ich vermute, das Haus beherbergte schon einige interessante Persönlichkeiten.«

»Jetzt wieder eine mehr.« Helene schenkte Ria ein verliebtes Lächeln.

Sie stellte sich hinter sie und massierte ihr die Schultern.

»Danke, aber ich stehe immer noch am Anfang meiner Karriere. Ich bin immer noch ein Insidertip.«

»Der sich aber seit letzter Woche der Gesellschaft echter Jagenbergs in meinem Wohnzimmer erfreut. Warum sind junge Künstler, die begabt sind und am Anfang ihrer Karriere stehen, nur so bescheiden?«

»Wohl, weil wir uns gegen mächtige Vorbilder durchsetzen müssen«, meinte Ria und knöpfte die Bluse halb auf. »Es ist angenehm kühl im Haus.«

Rias Bluse bedeckte nur noch knapp ihre Brüste. Helene deutete ihre Geste richtig, versuchte aber darauf nicht einzugehen.

»Ich kann dir nicht mal sagen, wer hier bereits übernachtet hat und was die Wände in den Schlafzimmern zu hören und zu sehen bekommen haben. Als Opa hier wohnte, war es lebendiger. Als Kind habe ich hier so manche Größe nicht nur aus seiner Generation kennengelernt. Aber an die meisten erinnere ich mich nicht mehr. Als Kind achtet man nicht auf die Prominenz, sondern ob man Schokolade mitgebracht bekommt. Prominent ist derjenige, der die beste Schokolade mitbringt.«

»Wer hat dir damals die beste Schokolade mitgebracht?«

»Die habe ich von Oma und Opa bekommen.«

Ria verzog pikiert das Gesicht. Helene wollte offensichtlich nicht über die Bekanntschaften ihres Großvaters reden.

»Ein bißchen untreu bist du dir aber doch, denn du bist mit einer Künstlerin mit einer vielversprechenden Karriere hier. Damit dürfte sich der Kreis schließen. Und uns die Erkenntnis vor Augen führen, daß man nur selten aus seiner angestammten Umgebung heraus kann«, meinte Ria mit diebischer Freude.

»Das siehst du falsch. Ich bin nicht mit dir zusammen, weil du eine vielversprechende junge Künstlerin bist, sondern weil du fantastisch fickst«, meinte Helene trocken. »Ich zeige dir das Haus. Schließe die Bluse, sonst verkühlst du dir noch deine hübschen Titten.«

Ria grinste selbstzufrieden, enthielt sich aber einer Antwort und schloß die Bluse.

Sie saßen in einem Straßenkaffee. Seit vier Tagen waren sie in Nizza.

»Hier könnte ich es länger aushalten«, bemerkte Ria.

»Ich auch. Ich bin froh, daß wir mal aus dem Schlafzimmer herauskommen.«

»Jetzt übertreibst du aber, Helene. Ich meine, daß wir beide hier weniger Sex miteinander haben als zu Hause. Die meiste Zeit liegen wir auf der Terrasse und lassen uns die Sonne auf den Pelz brennen. Was ist, du siehst aus, als hättest du ein Gespenst gesehen?«

»Das habe ich auch«, rieb Helene sich die Augen. »Ich glaubte nämlich an der Ampel unseren guten Schulz gesehen zu haben.«

»*Den* Schulz aus deiner ehemaligen Tretmühle?«

»Genau den, aber er kann es nicht sein.«

Ria sah zur Ampel, die Fußgängern eine gefahrlose Überquerung der schmalen, aber gut befahrenen Straße ermöglichte. Sie erblickte niemanden, auf den die Beschreibung zutreffen könnte, die Helene von Schulz gegeben hatte.

»Du hast dich wahrscheinlich geirrt. Ich sehe niemanden.«

»Ich glaube es fast auch.«

»Frau Jagenberg, was machen Sie hier in Nizza«, ertönte Schulz' Stimme kurz darauf hinter ihnen.

»Wie es scheint, hast du dich doch nicht geirrt«, meinte Ria lakonisch.

»Leider«, seufzte Helene fast unhörbar.

»Wie Sie wissen, besitzen mein Vater und ich ein Landhaus hier«, entgegnete Helene kühl. Die alte Abneigung kam wieder zum Vorschein, trotz seiner Reaktion, als sie ihm die Wahrheit über Birgit mitgeteilt hatte. »Was führt Sie nach Nizza?«

»Ich muß Abstand gewinnen. Sie wissen ja. Zu Hause ist es mir nicht gelungen und da ich noch Urlaub vom letzten Jahr stehen habe ...«, er vollendete den Satz nicht.

»Ja«, seufzte sie erneut, diesmal aus Anteilnahme.

»Wollen Sie mich nicht Ihrer Begleiterin vorstellen, Frau Jagenberg?«

Helene, die nur selten die Grundregeln der Höflichkeit außer Acht ließ, kam seinem Wunsch nach.

»Aber setzen Sie sich doch zu uns«, forderte Ria ihn freundlich auf, worauf sie einen bösen Blick ihrer Freundin erntete, den sie aber ignorierte.

Helene wäre lieber gewesen, er wäre sogleich wieder gegangen, aber sie ließ sich nicht gerne nachsagen, unhöflich zu sein, außerdem konnte Ria manchmal ganz schön bissig sein.

Vielleicht um ihn zu ärgern, begann sie während des Gesprächs, überwiegend belangloses Geplauder, mit Ria eindeutige Zärtlichkeiten auszutauschen. Schulz verstand schnell, was ihn leicht irritierte, da er keine homosexuellen Neigungen bei ihr vermutet hätte. Er zog sich bald zurück, nicht ohne zu sagen, in welchem Hotel er logierte.

»Du warst nicht gerade nett zu ihm«, tadelte Ria ihre Geliebte. Sie lagen nackt auf zwei Liegen auf der Terrasse hinter dem Haus im Schatten des überhängenden Dachs. »Ich weiß ja, daß du ihn nicht magst. Aber er leidet noch immer unter seiner unglücklichen Liebe. Du scheinst manchmal das Gemüt eines Fleischerhundes zu besitzen. Was er zurzeit durchmacht, wird ihn nie mehr so sein lassen wie früher. Allein seine Reaktion auf die Hiobsbotschaft, die du ihm überbrachtest, spricht Bände. Du schickst ihn weg, wie einen alten, verlausten, arthritischen Hund, den niemand mehr will, der aber trotzdem und gerade deswegen Aufmerksamkeit benötigt. Ich kann nicht glauben, daß eine Frau, die zu einem Menschen, den sie liebt, so zärtlich ist, nur so hart sein kann zu jemanden, der Trost, Ablenkung in seinem Schmerz benötigt, ihn fortstößt.«

»Hör' endlich auf«, entfuhr es Helene enerviert, richtete sich auf und schaute in das verschmitzte Gesicht ihrer Freundin. »Wir werden uns um ihn kümmern. Deinen Worten nach muß ich ja mieses Stück Frau sein.«

»Wer hat gesagt, daß ich von dir spreche«, meinte Ria mit Unschuldsmiene.

»Weißt du ...«, wollte Helene zu einer Entgegnung ansetzen, erkannte aber, daß es vergebliche Liebesmüh wäre und sagte stattdessen resigniert, wenn auch leicht verärgert. »Weißt du was, Ria; leck' mich!«

»Du weißt doch, wie gerne ich das tue«, entgegnete Ria mit übertrieben verklärter Mimik.

Helene erhob sich kommentarlos und ging ins Haus.

»Wohin gehst du, Liebes?« rief Ria ihr freundlich nach.

»Mich unter der Dusche ertränken«, antwortete Helene barsch.

»Viel Spaß«, wünschte Ria ihr gleichmütig.

Helene murmelte etwas Unverständliches und wenig Schmeichelhaftes.

»Ach, noch etwas«, rief Ria ihr nach.

»Was?« Helene stand schon im Rahmen der Terrassentür und wandte sich um.

»Du hast den geilsten Arsch, den ich jemals bei einer Frau gesehen habe.«

Helene murmelte erneut etwas, was noch unfreundlicher als das erste war und ging ins Haus. Ria streckte sich zufrieden auf der Liege aus.

»Sie ist eigentlich eine herzensgute Frau, aber will es vor sich selbst nicht wahrhaben.«

23.

»Gerne nehme ich Ihre Einladung zu einem Ausflug ins Landesinnere an«, sagte Schulz am nächsten Tag am Telefon zu Helene.

Sie verschwieg, daß ihre Einladung auf Rias Intervention zurückging, und es ihr am liebsten wäre, er hätte sie höflich aber bestimmt abgelehnt, weil er in seinem Schmerz lieber allein sein wollte und nicht in Gesellschaft einer Frau, die ihm jahrelang die kalte Schulter gezeigt hatte. So konnte man sich irren!

»Wir holen Sie morgen vormittag gegen zehn Uhr bei ihrem Hotel ab«, sagte sie etwas steif.

»Mit welchen Wagen holen wir ihn ab?«

»Leblanc soll uns einen Mietwagen bestellen. Schließlich kann er etwas für sein Geld tun«, antwortete Helene kurz angebunden.

»Möchtest du ein Kloster besuchen oder frierst du lediglich«, wunderte sich Ria, als Helene über den BH noch ein seidenes Hemdchen und eine helle, dicke, blickdichte Baumwollbluse zog und sie bis obenhin zuknöpfte, ein weiter, geblümter Baumwollrock vervollständigten ihre Kleidung.

»Warum«, meinte Helene und schlüpfte in Sandaletten mit niedrigem Absatz.

»Weil du dich kleidest, als wolltest du so viel wie möglich von deinen beachtlichen Reizen verstecken. Ich wußte gar nicht, daß du überhaupt so etwas Unerotisches besitzt.«

»Jetzt übertreibst du! Wir sind übereingekommen, dem guten Schulz etwas Zerstreuung zu bieten, um ihn über seine unglückliche Liebe hinwegzuhelfen. Dabei dachte zumindest ich nicht an eine Art der Zerstreuung, die sich auf das visuelle Erlebnis, uns zu betrachten, beschränkt.«

»Da kann ich dich beruhigen, meine schöne Geliebte. In seinem Zustand besitzt er keine Augen für andere Frauen als Birgit. Selbst wenn du vor ihm nackt Samba tanzen würdest und bereit wärst alle seine sexuellen Gelüste zu befriedigen, würde er dich nicht zur Kenntnis nehmen. Ein unglücklich Liebender will sich an seinem Unglück erbauen. Wir können ihm nur etwas Gesellschaft bieten, damit er für einige Zeit sein Unglück vergißt. Du willst doch nur deine Antipathie ihm gegenüber offen zeigen«, tadelte Ria sie, die Jeans und gleichfalls flache Schuhe anzog.

»Sehe es, wie du willst«, meinte Helene ungerührt.

»Du kannst dich noch so anstrengen, um deine beachtlichen Reize zu verstecken, müßtest du dich vollverschleiern«, sagte Ria ungerührt, Helene enthielt sich einer Antwort.

Leblanc hatte ihnen einen geräumigen Peugeot besorgt. Helene fuhr. Sie verfrachtete Schulz in den Fond und forderte Ria auf, auf dem Beifahrersitz Platz zu nehmen.

»Eine schöne Gegend«, sagte er. »Berge und Meer so nah.«

Es war nicht zu übersehen, daß er für die Zerstreuung dankbar war, die ihm der Ausflug bot. Er besaß nur Augen für die Umgebung und bestätigte damit Rias Einschätzung.

»Schon«, dämpfte Helene kühl seine Begeisterung, »aber die Straßen sind nicht sehr breit und es geht am Rand meist sehr steil hinunter.«

Ria warf ihr darob einen tadelnden Blick zu, den sie ignorierte. Schulz schien es nicht gehört zu haben.

Gegen Mittag kehrten sie in einem Gasthof bei Brigonoles ein. Anschließend unternahmen sie einen Spaziergang. Es war sehr warm und Helene verfluchte ihre Entscheidung, nicht nur die dicke Baumwollbluse angezogen zu haben, sondern auch noch Hemdchen und BH. Ria, die sah, wie ihre Freundin schwitzte, registrierte es mit einer gewissen Schadenfreude. Sie trug nichts unter ihrer Jeans und der leichten Bluse.

Sie waren vielleicht hundert Meter vom Gasthof entfernt, als Helene und Schulz nahezu gleichzeitig etwas erblickten, womit sie hier am allerwenigsten gerechnet hätten. Sie waren beide überzeugt, daß die Frau und der Mann, die um die Ecke gebogen, Birgit und Erich waren.

»Ich glaube es nicht«, gewann Helene als erste die Sprache wieder. »Haben Sie gesehen, was ich sah«, wandte sie sich an Schulz und vergaß ihre Aversion ihm gegenüber.

»Ja, ich glaubte, Birgit dort zu sehen und einen mir fremden Mann«, entgegnete er tonlos.

»Da ich meine, euren Worten folgen zu können«, schaltete Ria sich ein, »müßt ihr soeben Birgit und Erich erblickt haben.«

»Wenn wir uns nicht getäuscht haben«, war Helene nicht weniger verwirrt als Schulz.

»Da nur selten zwei Menschen der gleichen Täuschung aufsitzen, müssen sie es gewesen sein«, schloß Ria nüchtern.

»Ich fürchte, Ihre hat Freundin recht. Was machen wir?«

Er zitterte leicht, seine Hände wurden feucht und er schwitzte stärker, als es der Hitze geschuldet war.

»Was schon? Wir folgen ihnen. Weit können sie noch nicht sein.« In Helene war die Unternehmungslust erwacht.

Ohne eine Antwort abzuwarten, eilte sie Birgit und Erich nach. Ria und Schulz folgten ihr. Als sie die Straße erreichten, in der sie verschwunden waren, entdeckten sie sie wieder und folgten ihnen in ausreichendem Abstand.

Erich erinnerte kaum noch an den eleganten, kleinen Ganoven. Sein Anzug war zerknittert und fleckig, die Schuhe abgetreten. Er schien seine Kleidung länger nicht gewechselt zu haben. Während seine Erscheinung sie unberührt ließ, versetzte besonders dem armen Schulz Birgits Aussehen einen inneren Stich; die Haare waren strähnig, die Jeans speckig, die Schuhe abgetreten. Sie ging mutlos. Erichs Gang wirkte ähnlich niedergeschlagen. Und doch beeilten sie sich, aus dem Ort herauszukommen.

»Ich weiß nicht, der macht auf mich nicht den eleganten Eindruck, von dem du mir erzählt hast«, wandte sich Ria an Helene.

»Ich vermute, daß sie von einem Versteck ins nächste gehetzt sind. Ich sagte ihm ja, daß es eine Schnapsidee sei, den Dicken erpressen zu wollen.«

Birgits veränderte Erscheinung tat Helene leid. Sie ahnte, was Schulz fühlte, der schweigend hinter ihnen ging.

Nachdem sie den Ort verlassen hatten und ihren Weg zwischen Feldern fort setzten, vergrößerte Helene den Abstand.

»Ich weiß nicht«, bemerkte Ria nach einer Weile, während der keiner gesprochen hatte und Helene sich innerlich mehrmals verwünschte, sich so dick angezogen zu haben, sie hatte mittlerweile jedes Kleidungsstück durchgeschwitzt, nichts beschattete den Weg. »Sie scheinen keine ernstliche Angst vor Verfolgern zu haben. Sie haben sich nicht einmal umgedreht. Oder es ist ihnen egal geworden, ob ihnen jemand folgt.«

»Ich weiß nicht. Ehrlich gesagt, kümmert es mich auch wenig.« Helene wischte sich erneut den Schweiß von der Stirn. »Ich will nur wissen, wohin sie gehen.«

Bald machte der Weg, der den Berg hinaufführte, eine Kehre nach der anderen, so daß sie dichter aufschließen mußten, um sie

nicht aus den Augen zu verlieren. Dichte Sträucher an den Weg-
rändern erleichterten ihnen, unentdeckt zu bleiben, falls die Ver-
folgten ihre Unbekümmertheit aufgeben sollten. Schulz ging weiterhin schweigend hinter ihnen. Seine Gedanken beschäftigten
sich ausschließlich mit Birgit.

»Wenn du weißt, wohin sie gegangen sind, was hast du dann
vor«, brach Ria erneut das Schweigen; bald eine Stunde waren sie
ihnen auf den Fersen. »Ich frage dich das ernsthaft. Eigentlich
müßten wir die Gendarmerie unterrichten. Immerhin wird er in
Deutschland wegen deiner Entführung gesucht. Ich wollte das nur
mal erwähnt haben.«

»Ich weiß ehrlich nicht, was ich machen werde. Natürlich müßten wir die Filcs informieren, aber du mußt auch bedenken, daß *sie*
noch bei ihm ist«, senkte sie beim letzten Satz die Stimme, es war
unnötig, Schulz achte nicht darauf, was sie sagten, er war zu sehr
bei Birgit.

»Ich habe nicht gesagt, wir *müssen* die Gendarmerie informieren, meine Schöne. Ich habe gesagt, was wir *müßten*, Konjunktiv,
falls du dich erinnerst«, sagte Ria gutmütig.

Helene nickte nur, ihr war zu heiß, um darauf adäquat zu ant-
worten.

Die ›Verfolgungsjagd‹ dauerte noch ungefähr zehn Minuten,
dann betraten die beiden eine alte, windschiefe Hütte. Helene, Ria
und Schulz blieben hinter einem dichten Strauchwerk stehen, von
dem aus sie den Weg und die Hütte sehen, aber nicht von der
Hütte und vom Weg aus gesehen werden konnten. Das Holz der
Hütte war von der Witterung fast schwarz geworden, das Dach
schon unzählige Male notdürftig geflickt.

Schulz wischte sich den Schweiß von der Stirn, seine Hand
zitterte.

»Was machen wir«, fand er die Sprache wieder.

»Am besten gehe ich hinein und rede mit ihnen«, entschied Helene.

»Meinen Sie, daß das sinnvoll ist? Er hat Sie immerhin entführt.«

»Im Zustand, in dem sie derzeit sind, sind sie für niemand eine
ernstzunehmende Gefahr. Genaugenommen waren sie für mich
nie eine, auch als sie sich noch im besseren Zustand befanden.
Trotzdem wartet ihr besser hier auf mich.«

Ohne eine Entgegnung abzuwarten, ging sie zur Hütte.

»Ihre Freundin weiß hoffentlich, was sie tut«, sagte Schulz furchtsam zu Ria.

»Ich kann Sie beruhigen, sie weiß es wirklich«, bekräftigte Ria. Hoffentlich wußte sie es tatsächlich und war nicht nur leichtsinnig, fügte sie in Gedanken hinzu.

Helene fühlte sich durchaus leicht mulmig, aber sie hatte sich nun mal entschieden, die Heldin zu geben und würde es zu Ende führen, schon wegen Birgit. Entschlossen betrat sie die Hütte durch die lediglich angelehnte Tür, falls sie sich überhaupt verschließen ließ.

Im Inneren war es gerade so hell, daß ein Hereinkommender das Nötigste erkennen konnte. Es gab nur einen Tisch mit drei wackligen, mehrfach geflickten Stühlen und zwei Schlafstellen, die selbst mit viel Wohlwollen nicht als Betten bezeichnet werden konnten. Erich saß mit dem Gesicht zur Tür am Tisch, Birgit seitlich, die Arme auf dem Tisch verschränkt und den Kopf darauf gebettet. Seine Pistole lag auf dem Tisch. Er blickte dumpf vor sich hin. Er schien nicht einmal überrascht, jemanden die Hütte betreten zu sehen. Er machte zum Glück nicht den Versuch nach der Pistole zu greifen, bei deren Anblick Helene leichte Panik durchfuhr. Benutzte er sie, hätte sie keine Chance auf Gegenwehr. Sie blieb äußerlich ruhig. Er erkannte sie sofort, das sah sie an seiner Mimik.

»Wie kommen *Sie* hierher«, fragte er mit rauher Stimme.

Birgit hob träge den Kopf und schaute Helene aus leeren Augen an. Ihr hübsches Gesicht war von Flecken übersät, die Wangen leicht eingefallen.

Helene empfand Mitleid mit ihr und steigenden Ärger mit ihm.

»Zufall«, sagte sie und setzte sich rittlings auf den freien Stuhl, der unter ihrem Gewicht ächzte. »Ich mache mit einer Freundin Urlaub im Landhaus meines Vaters. Wir sind auf einem Ausflug und entdeckten Sie beide, wie Sie sich durch den Ort stahlen. Da haben wir uns entschlossen, Ihnen zu folgen. Wie ich sehe, hat der Versuch, den Dicken zu erpressen, Ihnen nicht viel eingebracht«, sagte sie mit unüberhörbarer Ironie.

»Ach, hören Sie doch damit auf«, winkte er gequält ab. »Ich wäre besser ohne die Unterlagen verschwunden, *das* dürfen Sie mir glauben. Seit dem Tag, an dem ich Sie freiließ, sind wir auf der Flucht. Schauen Sie uns an! Wir sind am Ende! Ich hätte auf Ihren Rat hören sollen und *sie* zurücklassen. *Sie* war bisher nur ein Klotz an meinem Bein.«

»Sie mußten sie ja unbedingt mitnehmen. Freut es Sie, daß Sie es geschafft haben, ihr jede Würde, jeden Lebensmut zu nehmen. Die Vergewaltigung war Ihnen wohl nicht genug?«

»Hören Sie auf! Ich dürfte mittlerweile mehr als genug dafür gebüßt haben. Glauben Sie, daß mir das hier Spaß macht? Ich bin mindestens ebenso kaputt wie sie. Hinter *mir* sind die Typen des Dicken her, nicht hinter ihr.«

»*Sie* hat man nicht vergewaltigt, also können Sie nicht verstehen, was in einer Frau vorgeht, der das widerfahren ist.«

»*Sie* können es ebensowenig. Sie sind ein anderer Typ Frau. Auch wenn Sie es nicht gerne hören, aber Sie sind mehr Mann als viele Männer, auch wenn Sie so weiblich aussehen wie nur möglich. Aber das habe ich Ihnen schon in dem Abbruchhaus gesagt.«

»Das mag alles sein«, beendete sie den Disput barsch, weil er nicht einmal Unrecht hatte, was ihr unangenehm war. »Haben Sie die Unterlagen noch?«

»Ja, im Wagen, der hinter der Hütte hinter einem großen Gestrüpp steht.«

»Ich glaube, ich habe es Ihnen damals nicht gesagt, aber diese Unterlagen sind absolut wertlos, für jeden!«

»*Was* sagen Sie da«, schaute er sie ungläubig an. »Das heißt, daß einem Phantom hinterhergejagt wird und daß ich alles für *nichts* aufs Spiel gesetzt habe?«

»Genau das heißt es. Hätte ich es damals dem Dicken und auch Ihnen gesagt, mir wäre nicht geglaubt worden, also habe ich nichts gesagt«, bestätigte Helene nüchtern.

»Verrückt, einfach verrückt«, sagte er kopfschüttelnd am Rande der Hysterie. »Wenn der Dicke *das* wüßte.«

»Er hätte es früher oder später ohnehin erfahren, wenn seine Experten die vollständigen Unterlagen in Ruhe durchgegangen wären, ob mit oder ohne meine Notizen. Wahrscheinlich haben sie es schon herausgefunden. Vielleicht ist der Dicke bereits strafversetzt, weil er sich hat blenden lassen. Vielleicht will man bereits nichts mehr von der Sache wissen.«

»Ich wäre froh, wenn ich dem ein Ende machen könnte.«

»Stellen Sie sich der Polizei, übergeben Sie die Unterlagen und lassen Sie die alles weitere regeln. Sie sind wegen meiner Entführung zur Fahndung ausgeschrieben. Auch wenn der Dicke und seine Leute Ihnen nicht mehr nachstellen, Ruhe werden Sie deswegen noch lange nicht finden. Sagen Sie, was Sie über den Dicken wissen, vielleicht übt man Nachsicht mit Ihnen.«

»Mir würde das Gefängnis ja wenig ausmachen, ich wäre da sogar freier als jetzt, aber was ist mir ihr?«

»Mit ihr ist nichts. Die Polizei weiß nicht einmal, daß sie dabei war. Ich habe nur von einer unbekannten Frau erzählt, die mit ihr keine Ähnlichkeit besitzt. Sollten Sie sie mit hineinziehen, werde ich jeden Meineid schwören, daß sie es nicht gewesen ist und Ihnen alles anhängen, was nur möglich ist. Ich würde sogar Stein und Bein schwören, daß Sie mich in dem Abbruchhaus mehrfach vergewaltigt haben und ich bisher aus Scham darüber geschwiegen habe. Bedenken Sie, daß man mir eher glauben wird als Ihnen, ganz gleich, was Sie aussagen.«

»Davon bin ich überzeugt. Warum tun Sie das für sie? Weibliche Solidarität allein kann es nicht sein?«

»Ich will nicht, daß jemand für etwas bestraft wird, was er nicht gemacht hat. Sie ist von Ihnen da hineingezogen worden. Überlegen Sie gut!«

»Wahrscheinlich ist es das Beste«, räumte er nach kurzem Nachdenken ein.

»Das dauert aber lange«, trat Schulz nervös von einem Fuß auf den anderen.

»Man könnte meinen, daß Sie eine Jungfrau vor der ersten Nacht sind«, meinte Ria kopfschüttelnd, die sich ins trockene Gras gesetzt hatte. »Helene weiß, was sie tut. Wäre wirklich etwas schiefgegangen, hätten wir das mitbekommen. Geräusche tragen hier weit.«

»Kommen Sie, gehen wir. Hier können Sie nicht bleiben«, drängte Helene ihn und stand auf. Zögernd folgte er ihr. Birgit schritt mit gesenktem Kopf hinter ihnen. »Wo haben Sie die Wagenschlüssel?«

Er gab sie ihr.

»Die Pistole lassen Sie besser hier.«

»Die ist nicht geladen und ich weiß nicht, ob sie überhaupt noch funktioniert. Ich hatte nie Munition dafür.«

Helene hätte ihm am liebsten vor Wut und Ärger einen Faustschlag ins Gesicht versetzt. Sie hatte es ja geahnt, als er in ihre Wohnung gestürzt war, war aber nicht sicher gewesen, andernfalls ... sie beherrschte sich und ließ ihnen den Vortritt.

»Was wollen Sie, da sind sie ja schon«, meinte Ria erleichtert, stand auf und klopfte sich die Grashalme von der Hose. »Sie sollten mehr Vertrauen zu ihr haben.«

Sie kamen hinter dem Strauch hervor.

»Wie ich sehe, beherrschst du die Lage«, meinte Ria fröhlich.

»Was machen wir mit dem Galgenvogel?«

»Du und deine saloppe Art«, meinte Helene kopfschüttelnd.

»Warum, das ist er doch?«

Schulz näherte sich Birgit zögerlich. Er gab sich einen inneren Ruck, seine Gefühle für sie waren stärker als seine Unentschlossenheit und nahm sie, die den Blick von ihm abgewandt hatte, in die Arme. Erleichtert über seine Geste, barg sie den Kopf an seiner Schulter und Tränen liefen ihr über die Wangen.

»Wenigstens etwas Erfreuliches in dieser Angelegenheit«, sagte Helene mit Wärme. Sie wandte sich an Erich: »Holen wir die Unterlagen aus Ihrem Wagen und fahren mit ihm zurück ins Dorf zu unserem.«

»Das wird schwer möglich sein. Ich fürchte, daß die Achse die Fahrten auf diesen Wegen nicht überlebt hat, vom so gut wie leeren Tank zu schweigen.«

»Na toll! Können Sie nicht einmal in Ihrem Leben etwas halbwegs richtig machen«, fuhr sie ihn an. In erster Linie ärgerte sie, daß sie in der prallen Sonne noch einmal den Weg machen sollte. Ein Blick zu Schulz und Birgit stimmte sie sanfter. »Dann wollen wir wenigstens die Unterlagen holen!«

Sie gingen zum Strauchwerk, hinter dem er den Wagen abgestellt hatte. Ria blieb bei Schulz und Birgit, die weiterhin engumschlungen dastanden und nichts sagten.

Ria seufzte bei diesem Anblick tief und ging einige Schritte auf und ab.

»Mit dem kommen Sie keinen Meter mehr weit, selbst wenn der Tank voll wäre«, war Helene überzeugt, als sie den verschrammten BMW sah. Die Lage der Hinterräder ließ keinen Zweifel an einem Achsenbruch. »Ein Technikdenkmal mehr in der Natur. Entfernen Sie wenigstens die Nummernschilder und nehmen heraus, was irgendwen auf eine Spur des Besitzers bringen könnte, sonst ergreift man Sie noch wegen Umweltverschmutzung. Wo sind die Unterlagen?«

»Im Kofferraum«, sagte er teilnahmslos, während er sich an den Nummernschildern zu schaffen machte.

Sie schloß den Kofferraum auf, der bis auf zwei Reisetaschen mit zerknitterter Schmutzwäsche leer war. Die Aktentasche lag achtlos in einer Ecke. Sie überzeugte sich, daß der Inhalt vollständig war und nahm sie an sich.

»Schultern Sie die Taschen, schließlich ist es *Ihre* Wäsche.«
Er legte die Nummernschilder in eine der Reisetaschen.

»Da seid ihr ja wieder. Wie ich sehe, hast du die Akten wieder«, empfing Ria sie.

»Was machen unsere Turteltauben?« fragte Helene ohne Sarkasmus.

»Sie scheinen zur Salzsäule erstarrt.«

»Kommen Sie. Wir gehen in den Ort zurück. Dann fahren wir zu mir. Dort können Sie Ihre Wiedervereinigung so ausgiebig feiern, wie Sie wollen«, sagte sie zu Schulz, der als Antwort nur nickte.

Sie setzten sich in Bewegung.

Helene schlenkerte die Aktentasche, als wollte sie sie im hohen Bogen in die Landschaft werfen. Sie fühlte sich auf einmal ausgelassen. Es wurde widerspruchslos ihren Anweisungen gefolgt. Ria ging neben ihr. Erich folgte ihnen mit den Reisetaschen wie ein williger Träger. Schulz hielt seine Birgit fest im Arm. Sie bildeten die Nachhut.

»Wir geben eine merkwürdige Prozession ab«, meinte Helene, als sie sich umwandte und ihre Begleiter wohlwollend betrachtete. Sie wischte sich mit dem Handrücken zum wiederholten Male den Schweiß von der Stirn.

»Hast du etwas anderes erwartet, Schatz?« Ria grinste amüsiert. Helene schüttelte den Kopf und ergriff Rias Hand. Es sollte nicht so aussehen, als seien Schulz und Birgit das einzige Liebespaar.

Sie benötigten für den Rückweg eine viertel Stunde weniger. Helene verfrachtete Schulz und Birgit in den Fond, bat Ria sich zu ihnen zu gesellen und wies Erich an, sich neben sie zu setzen, nachdem die Reisetaschen im Kofferraum verstaut waren. Sie wollte ihn so weit als möglich von Birgit getrennt haben. Auf der gesamten Fahrt wechselten sie kein Wort miteinander. Birgit schlief in Schulzens Armen ein und Ria versuchte den intensiven Geruch zu ignorieren, den zwei ihrer Mitreisenden verströmten und den Schulz bei zumindest einer Person nicht zu bemerken schien.

»*Das* ist Ihr Haus«, entfuhr es Erich beeindruckt, als sie den Peugeot durch das schmiedeeisenere Tor lenkte.

»Es gehörte meinem Großvater, Hans-Georg Jagenberg, einem

der bekanntesten und erfolgreichsten Maler unseres Jahrhunderts.«

»Sagen Sie bloß, daß die Bilder bei Ihnen in der Wohnung echt sind?«

»Ja, Sie hätten ein Vermögen mitnehmen können, wenn Sie gewollt hätten, aber Sie hätten keines davon je verkaufen können.«

»Wußte der Dicke das?«

»Ist anzunehmen.«

»Ich dachte nie, daß es so groß sein könnte«, war Schulz ebenfalls erstaunt.

»Sie wissen noch viel über mich nicht.« Helene parkte den Wagen vor dem Eingang. »Alles Aussteigen, hier endet vorläufig unsere Fahrt!«

Nur zu gerne wurde ihrer Aufforderung nachgekommen. Es roch kaum noch erträglich nach Mensch im Inneren und alle waren durchgeschwitzt, der Peugeot besaß keine Klimaanlage. Helene öffnete den Kofferraum, stellte die beiden Reisetaschen auf den Boden und nahm die Aktentasche an sich. Erich stand da, als wäre er vergessen worden.

»Schmeiß den Inhalt der Taschen in die Waschmaschine und wenn du meinst, daß etwas davon nicht mehr zu gebrauchen ist, wirf es in den Müll«, trug sie Ria auf. »Nachher spricht sich herum, daß ich Landstreicher bei mir ein und aus gehen lasse. Schließlich will ich nicht das einzige Partygespräch der Saison sein.«

Helene schloß die Haustür auf. Ria nahm die Taschen und ging mit ihnen in die Waschküche. Die anderen folgten Helene in den Wohnraum.

»Sie haben ein sehr schönes Haus«, war Schulz beeindruckt. »Warum leben Sie nicht immer hier? Da Sie ohnehin ihre Stelle bei der Berger-Chemie aufgeben.«

»In der letzten Zeit scheint mich das jeder zu fragen«, seufzte sie, blieb ihm aber eine Antwort schuldig. »Genug der Floskeln! Unsere Gäste werden mit dem Badezimmer Bekanntschaft machen. Wir haben glücklicherweise drei davon, so daß keiner auf den anderen warten muß. Ihnen gebe ich etwas von meinem Vater zum Anziehen. Sie verfügen über eine ähnliche Statur«, sagte sie zu Erich. »Und für Sie finden wir auch noch etwas unter meinen oder Rias Sachen, bis Ihre wieder sauber sind«, sagte sie zu Birgit. »Ich vermute, daß Sie Ihrem Kleinod weiterhin Gesellschaft lei-

sten wollen, lieber Ex-Kollege«, fügte sie nach einem Blick auf die
›Unzertrennlichen‹ grinsend hinzu.

Sie zeigte Erich das kleine Bad im Untergeschoß unweit der
Waschküche, wo Ria erfolgreich mit der Schmutzwäsche kämpfte
und wies Birgit und Schulz das große im Obergeschoß zu. Dann
ging sie zu Ria, die interessiert der laufenden Waschmaschine zu-
sah.

»Die hätten wir untergebracht«, verkündete sie und zog die ver-
schwitzte Bluse, das Hemdchen und den BH aus, die sie zu der
restlichen Schmutzwäsche warf.

Ria stellte sich vor sie und legte die Arme um ihre Taille. Verliebt blickte sie sie an und sagte:

»Was machen wir mit unseren Gästen? Es scheint, daß wir die
Geschichte soweit zu einem befriedigenden Ende gebracht haben.«

»Zuerst füttern wir sie ab und morgen bringen wir Erich in Begleitung von Leblanc zur Gendarmerie, da kann er zeigen, wie gut
er als Anwalt ist. Dem guten Schulz legen wir nahe, sich mit Birgit
von uns für die nächste Zeit fernzuhalten, damit nicht der gering-
ste Verdacht aufkeimen kann.«

»Was machst du mit den Unterlagen?«

»Das unglückselige Papier wandert in irgendeine Mülltonne,
schön zerkleinert und soll für immer und ewig als unauffindbar
gelten. Für etwas, das an sich wertlos ist, hat es zuviel Wirbel verursacht.«

Helene strich Ria eine Locke aus der Stirn. Sie gab ihrem Bedürfnis sie zu küssen ausgiebig nach.

»Äh, ich meine ... Ich wollte ...«, unterbrach sich Schulz, der in
die Waschküche hereinplatzte und dessen Schritte durch die laufende Maschine übertönt worden waren. »Ich sollte wohl besser
später wiederkommen.«

Diese Szene hatte ihn verwirrt, dazu noch Helenes nackte Brüste. Sie schaute ihn mit freundlichem Lächeln an, ohne Ria loszu-
lassen. Ihrer beider Lippenstift war leicht verschmiert.

»Was können wir für Sie tun?« erkundigte sie sich höflich.

»Also ich ... ich dachte ...«, stotterte er.

»Haben Sie noch nie zwei Frauen gesehen, die sich küssen«,
fragte Ria kokett.

»Ja, ich meine nein. Ich will sagen, ich wußte nicht, daß Frau Jagenberg ...«

»Ich bin auch nicht lesbisch«, unterbrach sie ihn freundlich, bevor er sich um Kopf und Kragen reden konnte. »Meine Freundin ist es. Ich bin lediglich bisexuell.«

»Für mich ist in der letzten Zeit alles so verwirrend«, gab er mit einem langen Seufzer zu.

»Das kann ich verstehen. Was wollten Sie«, kam Helene auf sein Anliegen zurück.

»Ich wollte fragen, wo Sie das Haarshampoo stehen haben?«

»In dem Rattanschränkchen, worauf die Handtücher liegen. Wenn Sie die rechte Tür öffnen, finden Sie im oberen Fach, was Sie brauchen.«

»Äh, ja gut.« Er entfernte sich noch immer verwirrt.

»Wir haben den armen Kerl ganz schön aus dem Konzept gebracht«, empfand Ria Mitleid mit ihm.

»Er muß noch viel lernen«, meinte Helene und gab Ria einen zärtlichen Kuß auf die Wange. »Ich werde mich jetzt umziehen und dem guten Erich etwas zum Anziehen bringen. Anschließend werde ich mich als Köchin versuchen.«

»Helene«, sagte Ria, als diese schon in der Tür stand. »Ich liebe dich.«

»Ich dich auch.«

Nach dem Essen gingen Schulz und Birgit, die nach einem ausgiebigen Bad und in Helenes Kleid, das ihr zu groß war, kaum wiederzuerkennen war, nach oben in das Zimmer, das Helene ihnen zugeteilt hatte. Birgits und Erichs Wäsche lag säuberlich zusammengefaltet auf zwei Haufen auf dem Tisch in der Waschküche und wartete darauf, gebügelt zu werden. Helene blieb mit Ria und Erich im Wohnzimmer sitzen.

»Mich würde interessieren, ob Siebert den Tip für den Einbruch im Labor gab«, fragte Helene Erich.

»Ja, der Tip kam von ihm. Der Dicke sagte, daß er ihn in der Hand hätte und er mitspielen müsse. Nach dem Grund müssen Sie Siebert selbst fragen. Ich würde gerne schlafen gehen. Ich habe seit Wochen in keinem richtigen Bett mehr gelegen.«

Er wartete keine Antwort ab und ließ sie allein.

»Ob er wirklich mit uns und Leblanc zur Polizei geht«, zweifelte Ria und legte den Kopf in Helenes Schoß.

»Er hat es jedenfalls gesagt.« Helene strich über Rias Locken.

»Wenn er es sagt«, meinte Ria vielsagend. »Was Schulz und seine Birgit wohl machen?«

»Wahrscheinlich schlafen, für das, an das du denkst und das du gerne mit mir machen würdest, ist sie erstens zu erschöpft und zweitens seelisch kaum bereit. Du darfst nicht vergessen, daß sie von Erich vergewaltigt wurde. Das macht es ihr nicht gerade leicht, wieder mit einem Mann Sex zu haben, selbst wenn sie in diesen Mann so verliebt ist wie in Schulz. Für ihn ist es auch nicht leicht. Er muß sich an die Tatsache gewöhnen, daß er sie wieder hat und so anders ist, als er geglaubt hat. Interessanterweise scheint es ihn nicht zu stören, daß sie eine ehemalige Prostituierte ist. Das läßt hoffen. Sie benötigt Hilfe und Fürsorge und er ist jemand, der dieses gerne gibt, weil er sich dann als guter Mensch fühlen darf.«

»Bei dir klingt das so zynisch.«

»Ich meinte es aber keineswegs zynisch. Ich stelle nur fest. Irgendwo ist das allerdings keine schlechte Basis für eine dauerhafte Beziehung, weil beide das brauchen. Wir sind da anders. Aber ich möchte jetzt nicht weiter darüber philosophieren. Laß uns lieber in der Abendsonne spazieren gehen.«

Sie spazierten gemächlich die schmalen Straßen entlang. Gelegentlich begegneten sie einem Nachbarn und wechselten einige Worte der Höflichkeit.

»Sag' mal, Ria«, meinte Helene nachdenklich, als sie nach fast eineinhalb Stunden Hand in Hand durch die offene Einfahrt schritten. »Ich habe den Peugeot doch vor dem Eingang geparkt.«

Sie blieben stehen.

»Ja, hast du, warum?« verstand Ria nicht, was sie meinte, während sie auf die Stelle blickte, wo der Peugeot gestanden hatte.

»Habe ich, gut. Es ist zwar schon relativ dämmrig, aber so dunkel, daß ich ihn übersehen könnte, ist es wohl noch nicht.«

»Nein, es ist eher ein angenehmes Zwielicht.«

»Dann hat jemand den Peugeot geklaut«, stellte sie trocken fest, um im nächsten Moment lautstark zu schimpfen: »Dieses verfluchte Dreckstück! Dabei hat er versprochen, sich morgen früh zu stellen! Wie konnte ich nur so vertrauensselig sein! Manchmal bin ich doch eine dumme Kuh!«

»Schöne Frauen gelten prinzipiell als etwas dümmlich«, grinsend Ria, die nicht überrascht war, daß Erich offensichtlich mit dem Wagen das Weite gesucht hatte. »Du hast doch nicht im Ernst geglaubt, daß er sich stellt.«

Helene fing sich wieder.

»Ich gebe zu, daß ich das wirklich habe. Er wirkte so kaputt, daß ich ihm keine Schandtat mehr zutraute. Scheiße, ich könnte mir wegen meiner Gutgläubigkeit selbst in den Arsch treten. Hoffentlich hat er nicht auch noch die Aktentasche wieder mitgenommen«, entfuhr es Helene panikartig, ließ Rias Hand los und lief ins Haus.

»Der Kram ist doch wertlos«, rief Ria ihr lachend nach und folgte ihr kopfschüttelnd.

Als sie das Wohnzimmer betrat, schloß Helene die Schublade des Sekretärs auf, wo sie die Aktentasche deponiert hatte.

»Nein, noch alles da«, war sie erleichtert, nachdem sie Tasche durchsucht hatte und schloß die Schublade wieder.

»Hier ist eine Notiz von ihm«, nahm Ria einen Zettel vom Tisch, der unter eine Vase geklemmt war und reichte ihn Helene.

Es tut mir ehrlich leid, Sie enttäuschen zu müssen, aber ich habe es mir anders überlegt und werde mich nicht stellen. Die Unterlagen haben Sie ja und ich will bis zum Ende meines Lebens nichts mehr damit zu schaffen haben. Nur bin ich überzeugt, daß das Gefängnis doch nicht der richtige Ort für mich ist, ich war bereits zu oft dort. Ich habe meine Wäsche mitgenommen und danke Ihnen für die Sachen Ihres Vaters, ebenso für die dreitausend Franc, die Sie in einer Schublade Ihres Sekretärs freundlicherweise uneingeschlossen aufbewahrten. Da ich nun weiß, wer Sie sind, weiß ich, daß das für Sie nur ein Trinkgeld ist. Außerdem befreit es mich von möglichen Gewissensbissen. Ich habe mir Ihren Wagen ausgeliehen, schließlich ist es ein Leihwagen. Melden Sie ihn über Ihren Anwalt als gestohlen. Was Birgit angeht, sie wird mit ihrem neuen Mann wohl glücklich werden. Ich fühle mich jetzt, wo ich die Unterlagen über QEL nicht mehr habe, freier. Ich grüße auch Ihre schöne Freundin. Sie verfügen wirklich über Geschmack. Wahrscheinlich sehen wir uns nie mehr wieder, aber das werden Sie sicherlich nicht bedauern.

»Hat der Kerl mich auch noch beklaut«, rief Helene wütend aus und warf den Brief ärgerlich auf den Tisch.

»Was willst du«, meinte Ria mit leichter Schadenfreude. »Du bist ihn los. Die ganze Angelegenheit mit der Polizei, *wenn* du ihn dort abgeliefert hättest, hätte doch nur Ärger eingebracht. Du weißt doch, wie langwierig solche Prozesse sind. Du wärst für Monate nicht mehr Herrin deinerselbst gewesen. Dein Fall wäre in der Schmuddelpresse breit getrampelt worden. Immerhin bist du die Enkelin eines berühmten Künstlers. Gut, für mich wäre das Spektakel eine tolle Reklame, aber ich will durch andere Dinge bekannt werden. Erich wird sich hüten, sich bis auf weiteres wieder in Deutschland blicken zu lassen und dein Entführungsfall wird von Wagner bald zu den Akten gelegt werden. Es ist ohnehin kurios, daß die Presse nie etwas von deiner Entführung erfahren hat. Sei froh, daß alles so gekommen und du diesen Ärger für rund tausend Mark losgeworden bist. Dich schmerzen sie doch wirklich nicht!«

»Ach, um das Geld geht es mir nicht, auch nicht um den Peugeot, das kann Leblanc klären. Mir geht es darum, daß alle so glimpflich davon kommen sollen und niemand für den Scheiß, den er fabriziert hat, gerade stehen muß.«

»Manchmal bist du kleinmütig, meine schöne Geliebte«, sagte Ria und streichelte Helenes Wange. »Ich sagte doch, daß dein Interesse daran, daß es im Sand verläuft, am größten ist.«

»Hast ja recht«, lenkte Helene ein und legte eine Hand auf die Schulter der Freundin. »Trotzdem wurmt es mich, daß mein Vertrauen mißbraucht wurde.«

»Du kannst nicht immer Erfolg haben«, philosophierte Ria. »Verbringen wir lieber noch ein paar schöne Tage hier.«

24.

Nach fast vier Wochen Côte d'Azur erschien Helene der verregnete Juni in Köln wie ein vorgezogener Herbst, obwohl es angenehm warm war. Erichs Abschied auf Französisch war ihr entgegen ihrer ersten Reaktion doch entgegengekommen, insbesondere als ihr Leblanc – nicht ganz uneigennützig, da er dadurch erhebliche Arbeit auf sich zukommen gesehen hätte – in den schwärzesten Farben schilderte, was sie und ihre Freunde, allen voran Birgit zu erwarten gehabt hätten, hätten sie Erich der Polizei ausgeliefert. Er war überzeugt, daß jemand wie Erich – schließlich kenne man diese kleinen Ganoven – sein Versprechen nicht gehalten hätte, Birgit aus allem herauszuhalten, wenn ihm klar gemacht worden wäre, was ihn erwartete. Was ihr, Helene, daraus hätte erwachsen können, das Gegenteil zu behaupten, wolle er Madame Jagenberg erst gar nicht vor Augen führen. Gerade die französische Polizei sei bei Vernehmungen, wenn sie einen Schuldigen vor sich habe, der ihrer Meinung nach hartnäckig leugnet, sehr unangenehm, davon könne sie als Westdeutsche sich überhaupt keine Vorstellung machen. Helene wehrte irgendwann ab, sie glaube ihm und durchs Erich leisen Abgang bestünde auch kein Grund mehr dazu, während Birgit und Schulz je mehr von Angst gefallen wurden, je länger der Notar redete. Nur Ria schien den Unterhaltungswert seiner Tirade zu erkennen und kicherte die meiste Zeit leise vor sich hin, während sie, die Beine angewinkelt und die Arme um die Knie geschlungen, im Sessel saß.

Schulz kümmerte sich rührend um Birgit, die durch den glücklichen Abschluß ihrer Odyssee schnell den Lebensmut wiederfand. Erich hatte sie während der ganzen Zeit nicht ›angerührt‹, sondern sich, für seine Verhältnisse versteht sich, um ihr Wohlergehen gekümmert. Was Liebe nicht alles vermag, meinte Helene bezüglich Birgit und Schulz überschwenglich zu Ria, die nicht wußte, ob ihre Freundin eine von ihren bissigen Kommentaren abgab oder es ehrlich meinte, zu ihren Gunsten nahm sie letzteres an. Überhaupt schien sie wie ausgewechselt, fand Ria. Sie war ungewöhnlich freundlich zu Schulz, wenn sie bedachte, wie sie früher über ihn geredet hatte. Daß Birgit ihn anhimmelte wie den weißen Prinzen, der er in ihren Augen schließlich war, ließ Helene mitunter regelrecht wehmütig werden, wenn diese Phasen auch nicht lange andauerten. Einen wirklichen Pluspunkt machte er bei ihr, weil es ihn nicht störte, daß sie über sechs Jahre ihren Lebensunterhalt als Prostituierte bestritten hatte. Er gab im Gegenteil zu, allerdings Ria und nicht Helene gegenüber, deren Verhältnis zueinander blieb ein distanziertes, wenn auch ein freundliches, daß ihn die Vorstellung sexuell errege, mit einer Frau zusammenzusein, die für Geld für jeden zu haben gewesen sei – er hatte es Ria gegenüber weniger euphemistisch ausgedrückt – begleitet von einem Leuchten in den Augen, das beredt genug war. Also sei er doch pervers, rief Helene im Brustton der Überzeugung aus, als sie es von Ria erfuhr. Birgit brauchte etwas, bis sie es ihm vorbehaltlos glaubte. Dadurch gewann sie rückblickend ihrer Arbeit durchaus etwas Romantisches ab. Ihre Entscheidung war damals eine weitgehend freiwillige gewesen. Es waren Kunden wie Erich, die ihr es verleidet hatten, auch wenn diese die Ausnahme darstellten, zumindest dort, wo sie gearbeitet hatte. Sie hatte immer darauf geachtet, daß sie nicht an gewisse Typen geriet, die eine Frau wirklich ausnutzen. Wenn Schulz und sie damit glücklich seien, gehe es keinen etwas an, fuhr Ria fort. So ungewöhnlich sei es nicht, daß es einen Mann sexuell errege, wenn eine Frau eine Nutte sei oder war, solange sie ihm gegenüber loyal sei. Das Geld verhinderte in der Regel eine emotionale Bindung an die zahlreichen Geschlechtspartner, darauf käme es wirklich an. Woher meine sie denn, käme der Widerspruch von Heiliger und Hure? Ein geistig gesunder Mann will doch letztlich die Hure, was soll er mit der Heiligen? Das wäre wie Autofahren ohne Benzin. Helene ergab sich bald vor Rias Argumenten, zumal sie ähnlich dachte, nur ging es hier um Schulz und da verschob sich noch immer leicht ihre Wahrnehmung, was sie Ria gegenüber nicht zugeben wollte. Wenige Tage nachdem Birgit und Schulz wieder zusammengefunden hatten, kamen sie fast nur noch zu den Mahlzeiten aus ihrem Zimmer. Insbesondere Birgits lustvolles Stöhnen durchdrang das Haus. Sie habe Sex selten so intensiv und lustvoll empfunden wie mit Bert, offenbarte sie Ria, die in wortloser Übereinkunft zum guten Geist und Beichtvater ernannt worden war. Sie akzeptiere es gelassen, weil es ihrem Naturell entsprach. Helene reagierte mitunter gereizt auf Birgits Gesänge weiblicher Lust. Als diese für ihr Empfinden einmal besonders laut zu sein schien, rief sie mitten beim Sex mit Ria aus, so könne sie nicht arbeiten! Ria mußte gegen ihren Willen lauthals lachen, worauf Helene pikiert das Gesicht verzog und sich nicht ernst genommen fühlte. Sie sei doch nur ärgerlich auf Schulz, weil er nicht so sei, wie sie ihn bisher gesehen habe, vielleicht ärgerte sie sich auch unbewußt, daß sie sich nicht wenigstens einmal von ihm habe ficken lassen und wisse, daß es dazu nun zu spät sei. Helenes Antwort beschränkte sich auf einen Seufzer. So falsch lag Ria wohl nicht, aber sie konnte und wollte es nicht zugeben. Daraufhin ließ nun sie ihrer Lust akustisch noch mehr freien Lauf. Nicht nur Ria vertrat die Auffassung, daß es nur wenige Frauen gab, die beim Sex so laut wie Helene waren. Dieser vermeintliche ›Sängerinnenwettstreit‹ veranlaßte Ria zu der lapidaren Bemerkung, daß nun die halbe Côte d'Azur am regen Liebesleben in der Villa Jagenberg teilhabe.

Als Schulz eineinhalb Wochen später mit Birgit abreiste, erschien Helene das Haus plötzlich verwaist. Am Tag zuvor hatte sie den ›Unzertrennlichen‹ eine Abschiedsfeier in Form einer Grillparty gegeben, als Anzünder für die Holzkohle hatten die QEL-Akten gedient. Der Einäscherung wurde mit feierlicher Miene beigewohnt.

Zwei Tage nach Birgits und Schulz' Abreise entschied Helene, ebenfalls wieder nach Hause zu fahren. Sie waren ohnehin fast zwei Wochen länger geblieben als geplant. Ria war nicht so unglücklich darüber, wie sie vorgab. Der Abgabetermin für zwei Bucheinbände näherte sich bedrohlich und außer einer Handvoll Skizzen, die sie auf der Terrasse liegend auf kariertem Papier angefertigt hatte, hatte sie nichts daran getan.

Wagner meldete sich einen Tag nach ihrer Rückkehr. In der Nähe eines Ortes namens – hier machte er eine Pause, um den Namen abzulesen, wobei er ihn denkbar falsch aussprach – Brigonoles wäre hinter einer halb verfallenen alten Schäferhütte ein BMW ohne Kennzeichen mit gebrochener Hinterachse gefunden worden. Anhand der Fahrgestellnummer konnte Erich Pütz als Halter ermittelt werden. In der Hütte mußten sich zwei Personen aufgehalten haben, davon eine Frau. Es waren gebrauchte Tampons in einem Haufen mit Müll hinter dem Haus gefunden worden, worauf Helene spontan antwortete, sie benutze Binden. Er hielt es für einen ihrer üblichen Scherze und ignorierte es. Auf dem Tisch habe eine ungeladene und funktionsunfähige Pistole gelegen. Sie tat überrascht, hätte sie es damals gewußt, wäre sie nicht mitgegangen. Wagner erwiderte, daß man schließlich nicht sagen könne, ob es dieselbe sei, mit der sie bedroht worden war, daher wäre ihre damalige Entscheidung auch im Nachhinein richtig. Sie enthielt sich einer Antwort, sie konnte ja nicht sagen, daß sie wußte, daß es dieselbe Pistole war. Im Ort sei gelegentlich ein reichlich heruntergekommenes Paar, Mann und Frau gesichtet worden. Der Mann sei anhand des erkennungsdienstlichen Foto, das der Gendarmerie übermittel worden war, von einigen Leuten als Erich Pütz identifiziert worden. Über die Frau, die auf alle einen eingeschüchterten Eindruck gemacht habe und hübsch sei, konnte niemand eine genaue Beschreibung geben, was Helene erleichterte. Auf Clochards achtete man wohl nicht so, zumal sich an der Côte genug obskure Personen herumtrieben, die aus dem kalten Norden in den warmen Süden flüchteten. Von dem Paar fehle jede Spur. Sie war überzeugt, daß Erich nicht so bald wieder in Erscheinung treten würde, und fragte sich, wann man auf den Gedanken käme, daß er allein auf der Flucht sei. Birgit war bei Schulz jedenfalls sicher. Darüber hinaus gab es keine weiteren Erkenntnisse. Bei der Berger-Chemie sei man alles andere als kooperativ, was bei Werksspionage nicht ungewöhnlich sei, allerdings wisse man jetzt dort, daß die Unterlagen für Dritte wertlos seien. Grasser habe nun doch einen ausführlichen Bericht erstellt. Helene hatte den Eindruck, daß Wagner sich in erster Linie gemeldet hatte, um mit ihr zu sprechen.

Ria begab sich sogleich an die Bucheinbände, so daß Helene sie lediglich abends sah. Unmittelbar nach dem gemeinsamen Frühstück fuhr sie wieder nach Hause, um zu arbeiten, was Helene bewußt machte, derzeit eine privilegierte Müßiggängerin zu sein.

Einen gefühlten halben Tag saß sie am Schreibtisch und betrachtete das immer noch nicht abgesendete Kündigungsschreiben, dann entschloß sie sich, es Siebert persönlich zu überreichen. Es gab zudem einiges, was sie von ihm wissen wollte. So oder mußte diese Sache endlich zum Abschluß gebracht werden.

So fuhr sie am Nachmittag eines regnerischen Junitages zum ersten Mal seit jenem verhängnisvollen Montag wieder ins Werk.

25.

Alles schien unverändert. Helene ging direkt zu Sieberts Büro. Irmgard Reuter schien ehrlich erfreut, sie zu sehen. Helene fand, daß sie bestens aussah und konnte verstehen, weshalb Schulz diese schöne korpulente Frau begehrt hatte, wäre Ria nicht, würde sie auch gerne mit ihr vögeln.

»Der Chef ist im Augenblick allein«, antwortete sie auf Helenes noch nicht gestellte Frage. »Soll ich Sie ankündigen oder wollen Sie ihn überraschen?« fragte sie mit einem komplizenhaften Lächeln.

»Da er mich sicherlich vermißt hat, würde ich ihm gerne die Freude einer Überraschung bereiten«, erwiderte Helene das Zwinkern.

»Ich sorge dafür, daß Sie nicht gestört werden.« Deutlicher konnte sie nicht zeigen, wie sie zu ihrem Chef stand.

Dennoch klopfte Helene höflich an, wartete aber keine Aufforderung zum Eintreten ab.

»Ich habe doch gesagt, daß ich nicht gestört werden will, Frau Reuter«, sagte Siebert gereizt, ohne den Blick zu heben, als er hörte, wie die Tür geöffnet wurde.

Als keine Antwort erfolgte, sah er auf.

»Sie?« rief er erstaunt aus.

»Ja, ich«, erwiderte Helene ruhig und schloß die Tür leiser hinter sich, sich an seiner Überraschung weidend.

»Was wollen Sie?« Seine Stimme zitterte leicht.

Sie holte das Kuvert mit ihrer Kündigung aus der Handtasche und reichte es ihm.

»Meine Kündigung«, sagte sie ruhig.

Er nahm den Umschlag mechanisch entgegen und legte ihn ungeöffnet vor sich auf den Tisch.

»Es wäre nicht nötig gewesen, sie persönlich vorbeizubringen. Ich habe ohnehin damit gerechnet, daß Sie es tun.« Die Erleichterung war ihm anzusehen.

Sie setzte sich unaufgefordert auf einen der beiden Stühle vor seinem Schreibtisch und legte die Handtasche in den Schoß.

»Allein wegen der Kündigung wäre ich auch nicht vorbeigekommen«, sagte sie ruhig und sah ihn fest an.

Er war letztlich ein armseliges Männlein, einer der Typen, für die das Leben schon vorbei war, bevor es richtig begonnen hatte und die nur funktionierten und existierten.

»Weshalb sonst? Möchten Sie, daß ich mich wegen meiner Reaktion an jenem Montag entschuldige? Ich war leicht überreizt. Es ist keine schöne Sache, wenn man das eigene Büro halb verwüstet vorfindet.«

»Das ist es auch nicht«, blieb sie einsilbig. Sie wollte sehen, was er von selbst preisgab.

»Ich weiß natürlich von Ihrer Entführung. Zwei Polizeibeamte haben mich diesbezüglich aufgesucht. Ich bin froh, daß Sie unbeschadet freigelassen wurden. Das hat uns schon einen gehörigen Schrecken eingejagt. Bei Entführungen weiß man ja nie, nachdem, was man so darüber hört. Uns ist klar geworden, daß der Einbruch entgegen der ersten Annahme kein Streich von übermütigen Jugendlichen war. Mittlerweile wissen wir auch, daß die gestohlenen Unterlagen wertlos sind.«

Er schaute auf das Kuvert vor sich und wich ihrem Blick aus. Sie musterte ihn mit einem leisen Lächeln der Herablassung.

»Die Originale werden nie mehr auftauchen, da kann ich Sie beruhigen. Wenn auch Kopien existieren, laut dem Auftraggeber meiner Entführung.«

Er sah auf und blickte sie fragend an, als hätte er sie nicht verstanden.

»Durch einer jener Zufälle, die unglaublich erscheinen, aber immer wieder vorkommen, gerieten die originalen Unterlagen und meine dazu angefertigten Notizen vor etwa drei Wochen wieder in meine Hände.«

»Was haben Sie damit gemacht?« Feine Schweißperlen bildeten sich auf seiner Stirn. Für einen Moment kam ihr der Gedanke, daß er fürchtete, sie könne ihn damit unter Druck setzen.

»Papier ist immer noch der beste Anzünder für Holzkohle«, meinte sie lapidar.

Er benötigte einige Augenblicke, bis er verstand.

»Es handelt sich um Firmeneigentum, insofern könnten wir Schadenersatz von Ihnen verlangen, aber aufgrund des geringen Wertes und daß die Unterlagen für die Firma nur Ärger und Kosten verursacht haben, will ich so tun, als wüßte ich nichts davon.«

»Nicht alles, was ich mit nach Hause nahm, waren Originalaufzeichnung«, war es mehr ein gespieltes Trösten als eine Rechtfertigung für ihr Handeln. Sie hatte tatsächlich nicht daran gedacht, daß sie damit Firmeneigentum vernichtete und für kurz fuhr ihr der Schreck durch die Glieder, was ihr aber gelang, vor ihm zu verbergen. Ein möglicherweise eingeforderter Schadenersatz könnte teuer für sie werden. Aber Siebert wirkte nicht, als würde er diesbezüglich irgend etwas in die Wege leiten wollen. Sein Interesse am endgültigen Verschwinden der Unterlagen war auch kein geringes.

»Ob Kopie oder Original ist letztlich unerheblich. Laut Herrn Grasser hatten Sie sie mit nach Hause genommen, ohne sich die Mitnahme quittieren zu lassen, was bereits ein Verstoß gegen unsere Regeln darstellt.«

»Ich bedauere selbstverständlich, daß ich nicht daran gedacht habe, aber es waren besondere Umstände«, sagte sie süffisant.

»Geschehen ist geschehen«, meinte er übertrieben nachsichtig in ihren Ohren. »Insgesamt ist es kein wirklicher Verlust fürs Unternehmen. Irgendwann wären die Aufzeichnungen ohnehin vernichtet worden, ob ihrer Wertlosigkeit. Für einen Bericht über die Wirkungslosigkeit genügte, was Herr Grasser und Herr Schulz rekonstruieren konnten.«

Er drehte das Kuvert mit ihrer Kündigung kurz in den Händen.

»Ich werde dafür sorgen, daß Ihre Ansprüche auf eine Abfindung geprüft und sie Ihnen unbürokratisch ausgezahlt wird. Wie lange waren Sie bei uns?«

»Kommenden Herbst wären es fünf Jahre.«

»Fünf Jahre sind heutzutage eine lange Zeit, besonders wenn man so jung ist wie Sie.«

»Fünf Jahre Knast können sogar noch länger sein«, meinte sie mit einem diabolischen Lächeln.

»Wie meinen Sie das jetzt?« schaute er sie irritiert an.

»Wie ich es sage. Irgend jemand muß den Tip gegeben haben, daß es sich bei QEL vermutlich um ein bewußtseinsveränderndes Präparat handelt. Außer Grasser, Schulz, Bonners und mir wußten nur Sie davon. Die Laboranten, die das auffällige Verhalten der Versuchstiere mitbekommen haben, schließen wir mal aus, da sie nicht bei der anschließenden Besprechung anwesend waren, in deren Verlauf diesbezügliche Vermutungen geäußert wurden. Vom vorläufigen Bericht, der den Weg in Ihr Büro fand, wußten sie nichts. Meine Person scheidet auch aus, da ich ja die vollständigen Unterlagen, teils im Original, teils in Kopie bei mir hatte. Ich hätte sie problemlos vollständig in Kopie weitergeben können. Ein solcher Einbruch wäre damit unnötig gewesen. Grasser scheidet gleichfalls aus, er wußte, daß ich die Unterlagen mit nach Hause genommen habe und die hier verbliebenen somit unvollständig waren, was einen Einbruch ebenfalls unnötig machte. Schulz«, sie lächelte nun doch, als sie an den Schulz dachte, den sie während der Zeit in ihrem Landhaus kennengelernt hatte, »nun, der Mann ist eine grundehrliche Haut. Er wäre der letzte, der sich für Industriespionage hergeben würde.«

»Sind Sie da sicher?« Es waren vorgeschobene Zweifel. Die Schweißperlen auf seiner Stirn verdichteten sich.

»Absolut. Es bleiben nur Sie.«

Er wischte sich mit dem Handrücken über die Stirn.

»Es muß jemand gewesen sein, der sich bestens auskennt, der weiß, wo sich die Unterlagen befanden, das wußten Schulz und Bonners nämlich nicht, da Sie den Hefter nur in Grassers Beisein eingeschlossen haben und nur der Schrank in Ihrem Büro aufgebrochen worden war, nicht die Tür oder sonst eine andere Tür. Der Einbrecher mußte ungehindert Zugang gehabt haben. Das konnte ihm nur jemand in Ihrer Position ermöglichen, ohne Verdacht zu erregen.«

»Sie sollten Kriminalromane schreiben«, versuchte er sich in Ironie, was ihm gründlich mißlang.

»Vielleicht sollte ich das. Ich bin mir nämlich noch nicht sicher, was ich in Zukunft machen werde. Das Vorgehen bei einem Kriminalroman und in den Naturwissenschaften ist nicht unähnlich. Nein, ich bin sicher, daß der Tip von Ihnen kam, daß ich Ihnen indirekt auch meine Entführung zu verdanken habe.«

»Eine schöne Theorie.«

»Sagen wir lieber Arbeitshypothese, da ich sie weder verifizieren noch falsifizieren kann, damit daraus im naturwissenschaftlichen Sinn eine Theorie wird«, sagte sie schulmeisterlich. »Ehrlich gesagt, ist es mir auch egal. Es liegt hinter mir. Sie müssen es mit Ihrem Gewissen ausmachen. Dennoch würde ich gerne *Ihre* Triebfeder verstehen.«

Er schwieg, schaute an ihr vorbei, schien nachzudenken. Sie überlegte, ob sie sich nicht verabschieden sollte, viel mehr würde sie wohl nicht von ihm erfahren.

»Ihr Vater bedeutet Ihnen viel, vermute ich«, sagte er unvermittelt.

»Ja, sehr. Er ist nicht nur mein einziger näherer Verwandter.«

»Dann werden Sie verstehen, daß es Verwandte gibt, die einem wichtig sind.«

Sie ahnte, worauf er hinauswollte und hielt unwillkürlich den Atem an.

»Ich habe eine jüngere Schwester. Wir haben unsere Kindheit in Dresden verbracht, woher unsere Eltern stammten. Nach den Bombenangriffen vom August '44 und aus Angst vor neuen schickten uns unsere Eltern zu Verwandten, doch getrennt. Ich kam in die Eifel, meine Schwester in ein Dorf in der Nähe von Wismar, unsere Eltern blieben in Dresden. Wir verloren sie während des Bombardements vom Februar '45. Meine Schwester blieb im Osten und ich im Westen. Den Kontakt nahmen wir Anfang der '50er Jahre wieder auf. Obwohl ich ihr nahelegte, einen Ausreiseantrag zu stellen, blieb sie dort. Sie lebt in Leipzig, ist verheiratet und hat zwei Töchter. Vor einigen Jahren trat man an mich heran und fragte mich, wie wichtig mir Schwester und Nichten seien. Meine regelmäßigen Reisen nach Leipzig nicht nur während der Messezeit hatten Aufmerksamkeit erregt, weil man von meiner Stellung bei der Berger-Chemie erfahren hatte. Mir war schnell klar, was man von mir erwartete. Es genügten Anspielungen, deren Deutlichkeit nicht mißverstanden werden konnten. Man verlangte nicht viel von mir, nur hin und wieder einen Tip, an was hier gearbeitet wurde. Manchmal hörte ich monatelang nichts von ihnen, dann erneuerten sie den Druck. Viel bekamen sie nicht von mir. Sie schienen damit zufrieden zu sein. Aber in der letzten Zeit wurden sie ungeduldiger. Ihnen war das, was ich bisher geliefert hatte zu wenig. In den Versuchslabors einer Pharmaabteilung sollte mehr hervorgebracht werden. Da erschien mir QEL-250 wie gerufen.« Er unterbrach sich und lächelte verlegen.

»Sie gaben das weiter, was Sie von uns an jenem Freitagnachmittag erfahren hatten«, war sie darüber nicht allzu überrascht, aber davon, daß es in seinem Leben jemand gab, der ihm wichtiger als seine Integrität war. Dieser aalglatte Verwaltungsmensch besaß so etwas ein Herz! Schließlich hatte sie auch Schulz falsch eingeschätzt. Mit ihrer Menschenkenntnis stand es schlechter, als sie bisher geglaubt hatte.

»Ich mußte nur eine Nummer von einer öffentlichen Telefonzelle aus anrufen.«

»Ich vermute, daß die wußten, wie sie unbemerkt in unsere Büros kommen.«

»Das konnten sie schon lange. Sie mußten ja kurzfristig bereit sein.« Er blickte sie um Verständnis für seine Situation bittend an.

»Menschlich sind Sie zu verstehen, weil Sie Ihre Verwandten schützen wollen. Aber Firmengeheimnisse haben Sie dennoch verraten.«

»Kann Ihnen das nicht egal sein? Sie verlassen uns doch sowieso.«

»Sie vergessen, was ich durchgemacht habe. Daran ändert auch nichts, daß es glimpflich verlief. So ein Erlebnis kann einen Menschen nachhaltig traumatisieren.«

Er sah sie so an, als zweifelte er, daß *sie* so etwas traumatisieren könnte, womit er so falsch nicht lag, dabei sie hatte nur Glück gehabt, von einem kleinen Ganoven entführt worden zu sein.

»Ich kann Sie beruhigen. Ich hege keine Rachegelüste gegen Sie, dafür sind Sie mir nicht wichtig genug«, sagte sie ungewollt geringschätzig.

Er schien ihre Verachtung als körperlichen Schlag zu empfinden, vielleicht war es auch ein Anflug von schlechtem Gewissen.

»Sie müssen das mit sich selbst ausmachen. An Ihrer Stelle würde ich auch kündigen. Sie sind auf Ihrem Posten für die Firma nicht mehr tragbar. Da kann Ihnen Ihr Onkel auch nicht helfen. Versuchen Sie den Vorruhestand. Ihnen steht sicherlich eine stattliche Abfindung zu. Das ist nur als freundschaftlichen Rat.« Sie erhob sich.

Sie hatte schon die Rechte auf der Klinke liegen, als sie sich noch einmal umdrehte. Er drehte noch immer das Kuvert nachdenklich in den Händen.

»Was Sie mir gesagt haben, bleibt unter uns«, versicherte sie ihm.

Erleichterung überflog sein Gesicht. Sie verließ das Büro und schloß die Tür behutsam hinter sich.

»Ich denke, Ihr Chef will eine Zeitlang nicht gestört werden. Er muß nachdenken, Frau Reuter.«

»Schade, daß Sie uns verlassen. Herr Schulz hat gestern auch seine Kündigung eingereicht, aus familiären Gründen, wie er sagte.«

»Ach, das wußte ich nicht«, war Helene ehrlich überrascht. Vor einigen Tage hatte er sie angerufen, sich nochmals für die freundliche Aufnahme in ihrem Landhaus bedankt, Birgit ginge es ausgezeichnet, sie ziehe bald bei ihm ein, seine Wohnung sei ja groß genug.

»Er muß sich relativ kurzfristig entschlossen haben. Er beabsichtigt bald zu heiraten. Ich wußte gar nicht, daß er jemand hat.« Nun klang sie überrascht.

»Das allerdings wußte ich. Sie ist eine sympathische Person. Sie paßt zu ihm. Die beiden verstehen sich gut.«

»Dabei waren viele der Meinung, daß er der geborene Junggeselle sei.« Sie konnte einen Seufzer nicht unterdrücken. Ria lag mit ihrer Vermutung richtig, Helene fragte sich längst, ob es nicht ein Fehler war, nicht wenigstens einmal mit ihm gevögelt zu haben.

»Die Menschen zeigen uns immer nur einen Teil von sich«, meinte sie philosophisch.

Irmgard Reuter nickte beipflichtend.

»Ich habe auf unserer letzten Weihnachtsfeier als ich auf dem Weg nach Hause war, ihn und Sie zufällig beim Ficken in seinem Büro beobachtet.« Verlegenheit huschte über das hübsche Gesicht der Sekretärin, Helene lächelte ihr kameradschaftlich zu. »Sie wirken sehr schön beim Sex. Sie sind überhaupt eine schöne Frau.« Helenes Lächeln ließ keinen Zweifel daran, daß sie sich sexuell von ihr angezogen fühlte.

»Äh, danke«, sagte sie verlegen.

»Ich wollte Ihnen das unbedingt sagen, da wir uns wahrscheinlich nie wiedersehen werden.«

»Man soll nie, nie sagen«, erwiderte sie mit einem Lächeln, das keinen Zweifel daran ließ, daß sie sich ebenfalls von Helene sexuell angezogen fühlte.

»Ja, das soll man nicht, das stimmt«, sagte sie nachdenklich. »Ich wünsche Ihnen das beste.«

»Ich Ihnen auch.«

Helene verließ das Vorzimmer mit einem betont lasziven Wiegen der Hüften, um Irmgard eine Freude zu bereiten. Auf kürzestem Weg ging sie zum Aufzug. Sie war froh, keinem der Kollegen zu begegnen.

Sie fuhr im Bewußtsein aus der Tiefgarage, einen neuen Abschnitt in ihrem Leben zu beginnen.

Armin A. Alexander

Ein (fast) alltäglicher Fall

In einer Siedlung, die abgebrochen werden soll, um Neubauten Platz zu machen, wird die Leiche einer Frau gefunden, die nackt auf einem alten Bettgestell gefesselt liegt. Alles deutet darauf hin, daß eine BDSM-Session gehörig danebengegangen ist. Doch wer war bei der Frau gewesen? Wer hat sie gefesselt und mit einem Seidenschal gewürgt? Kommissarin Eva Gerbroth begibt sich im Rahmen ihrer Ermittlungen auch in die örtliche BDSM-Szene. Auf einer Party lernt sie den Szene-Photographen und passionierten Dom Jean kennen, von dem sie sofort fasziniert ist. Durch ihn erfährt sie mehr über sich selbst als über ihren Fall, der bald eine überraschende Wende nimmt, als Eva entdeckt, daß Jean die Tote gekannt hat, obwohl er es ihr gegenüber leugnet.

»Ein (fast) alltäglicher Fall« ist spannender Krimi und erotische Liebesgeschichte in einem. Die SM-Szenen sind liebevoll und detailliert beschrieben, herrlich zum Mitträumen. Armin A. Alexander ist ein hervorragender Erzähler, der zu fesseln vermag.

Zilli in den »Schlagzeilen« Nr. 113

ISBN: 978-3-7448-5218-0
Paperback, 320 S., € 13,99
E-Book, epub, no-drm, € 9,99